LES JOURS HEUREUX

Adélaïde de Clermont-Tonnerre est une autrice et journaliste française. Ancienne élève de l'École normale supérieure, elle a travaillé dans les banques d'affaires en France et au Mexique avant de prendre la direction du magazine *Point de vue*. Chroniqueuse, elle a participé à diverses émissions de télévision et de radio, notamment « Ça balance à Paris » présenté par Éric Naulleau ou « Le journal inattendu » sur RTL. Son premier ouvrage, *Fourrure*, a été récompensé par cinq prix littéraires, dont le prix Maison de la Presse et le prix Sagan, et a été finaliste du Prix Goncourt du premier roman. *Le Dernier des nôtres*, son deuxième roman, a notamment reçu le Grand Prix du roman de l'Académie française en 2016 et a été un immense succès en librairie.

Paru au Livre de Poche :

LE DERNIER DES NÔTRES
FOURRURE

ADÉLAÏDE DE CLERMONT-TONNERRE

Les Jours heureux

N'obéir à personne, pas même à la réalité

ROMAN

GRASSET

ISBN : 978-2-253-93638-1 – 1re publication LGF

Pour Laurent,
Maxime et Alexis

« Life is what happens to you while you're busy making other plans. »

John LENNON

Tout a commencé le jour où j'ai appris que ma mère était condamnée. C'est paradoxal, entendons-nous, de commencer par la fin, mais c'est ainsi que les choses se sont passées. Les médecins nous ont prévenus séparément. Ma mère d'abord, le matin du 4 février. Ils l'ont cueillie au réveil. Elle était entrée à l'hôpital Pompidou pour une intervention mineure. Ils ne l'ont pas laissée repartir. Moi, je l'ai su l'après-midi. J'ai tout de suite demandé à être informé de la situation. Je voulais que l'on me dise la vérité et c'est exactement ce que le chef de service a fait. J'ai été convoqué dans son bureau. Il m'a déroulé un cours magistral accéléré en accolant toute une série de mots savants comme si nous en avions discuté la veille ou comme si j'avais fait dix ans d'études de médecine. Il m'a ensuite montré les radios de ma mère et décrit une « curiosité » avec l'air de celui qui contemple un chef-d'œuvre de la nature. Le chef-d'œuvre en question était une double tumeur au poumon qui dessinait un huit parfait. Une forme extraordinaire, insista-t-il. Je ne partageais pas son admiration. Son chef-d'œuvre allait tout de même tuer ma mère.

Il a mentionné une possible opération, « lourde », a-t-il précisé. Il a évoqué un protocole expérimental et m'a indiqué, réprobateur, que ma mère ne voulait pas en entendre parler. Dommage. Elle réunissait tous les critères. Il comptait sur moi pour la ramener à la raison. Ce monsieur ne connaissait visiblement ma mère que par dossiers interposés. S'il avait passé plus de dix minutes avec elle, il aurait compris qu'elle n'est pas le genre de femme à se laisser persuader de quoi que ce soit. En concluant son exposé, il s'est levé, m'a désigné la porte d'un geste qui se voulait courtois et qui ne l'était pas. Je me suis retrouvé dans le couloir. Seul. Sonné.

Un fils normalement constitué se serait précipité au chevet de sa mère, mais l'infirmier m'a dit qu'elle dormait. J'ai lâchement saisi ce prétexte pour quitter l'hôpital. J'ai commencé par errer au hasard dans Paris avant de m'enfoncer dans une banlieue inconnue. J'ai marché pendant des heures.

Comment faire face à ce qui m'attendait ? J'ai beau avoir vingt-neuf ans, ma mère a toujours été ma boussole. Sans elle, je perds le nord et le sud. L'idée de sa souffrance m'est intolérable. Je me sentais devenir fou. Alors j'ai marché. Je suis rentré chez moi à l'aube et suis resté tapis dans mon refuge, là où elle n'est jamais venue. Mon père non plus. Je leur défends l'accès de mon deux pièces comme je leur défendais celui de ma chambre à l'adolescence. Je me suis perché le plus haut possible : sept étages sans ascenseur, à l'abri dans cette boîte mansardée qui s'ouvre sur l'immense étendue du 19e arrondissement. Ce n'est pas le Paris romantique, celui des toits en zinc, des églises et des dômes, mais le Paris d'aujourd'hui, grouillant et méconnu. De mes fenêtres, j'aperçois le siège du Parti communiste, celui des Archives, la Cité des sciences et de l'industrie que complète maintenant le lingot d'aluminium de la Philharmonie. J'ai acheté cet appartement avec mes droits d'auteur et un gros emprunt, pas avec l'argent de mes parents. Pour posséder enfin quelque chose qui soit le fruit de mon travail, pas de mon hérédité. Parce que l'on peut aimer passionnément sa famille et avoir besoin d'un endroit à soi, loin de leur goût obstiné pour la tourmente.

Ici tout m'apaise. Personne ne vit au-dessus de moi. Le soleil embrase deux fois par jour l'appartement : le matin à l'est dans la chambre, le soir à l'ouest dans le salon. C'est là que j'ai installé mon bureau. Contrairement à mes parents, je travaille assis, pas au lit. Contrairement à eux, j'ai peu d'affaires. J'ai pris cette habitude pendant les années de pension qui m'ont permis d'échapper à leur amour dévorant.

Chez moi, aucune photo. Ni cadres ni souvenirs. Le nombre de fois où un camarade ou un pion a lancé, à la cantine, un magazine à côté de mon assiette parce que mes parents en faisaient la couverture ! Le nombre de fois où ma mère m'a imposé des prises de vue… Mes parents avaient toujours quelque chose à vendre : un film, un festival, un livre, et je faisais partie de leur communication. « Il est tellement mignon ! », s'extasiaient les photographes alors que je leur lançais les regards les plus noirs dont étaient capables mes yeux bleus. La dernière fois que j'ai été réquisitionné, c'était pour *Paris Match*. Je me suis réveillé le matin, le visage couvert de boutons. Depuis, je me suis juré de ne plus jamais faire partie de ce cirque, cette exhibition permanente qui a constitué l'un des aspects si marquants de la vie de mes parents. Quant aux albums de notre famille, je les ai rangés dans deux cartons en haut de la penderie. Ils contiennent notamment le tirage qui me servait de marque-page durant mes années de pensionnat. Je le regardais tous les soirs. On y voit mes parents, sublimes, sur les marches de leur premier festival de Cannes. Un vent de liberté soulève les cheveux de ma mère et plaque sur son corps sa robe de mousseline blanche. Elle a la tête légèrement baissée dans un mouvement pudique. Mon père, fiévreux, le nez aquilin, la tient fermement contre lui. Ils semblent enivrés d'amour et de succès. Ils sont enivrants eux-mêmes.

Dans ces cartons, j'ai aussi les images des voitures de mon père, celles de ma mère en collier de fleurs et bikini lors d'un tournage à Tahiti, de nos six pieds nus empilés sur une plage non identifiée, des autres stars : Marthe, Jean-Paul, Agnès, Anouk, Jean-Loup, Michel, Lino, Gisèle, Brigitte, toute leur bande d'alors. Les intellos et les jongleurs, les artistes et les cabotins, les poètes, les chansonniers, les écrivains qui peuvent être un peu tous ces personnages à la fois. Ceux qui ont réussi. Ceux qui ont échoué. Ceux qui ont fait les deux, que l'on a portés aux nues puis oubliés. On les voit ensemble, assis en longues tablées sous les canisses, visages souriants, clope au bec. Ils sont férus d'indépendance, grandes gueules. Des écorchés qui se foutent de tout sauf des copains.

Il n'y en a pas un pour voter comme l'autre, avec les engueulades que cela implique. Il n'y en a pas un pour croire au même dieu – et même ceux qui ne croient pas en Dieu du tout, ne le font pas de la même manière – mais ils marchent groupés, inséparables. J'ai d'autres photos de nos baignades nus dans les rivières de montagne en Corse ou dans les criques des îles Lavezzi. Moi bébé dans les bras de ma mère ou petit garçon, ma tête émergeant de sa jupe comme d'un tipi. Moi décoiffant mon père dans un éclat de rire en noir et blanc puis sur ses genoux en couleur conduisant le bateau d'un ami italien. Moi endormi sur un canapé pendant qu'en arrière-plan la fête bat son plein ou remettant un prix, une sculpture en bronze lourde comme une ancre, à une jolie actrice qui effectuerait, après ce moment d'éclat, un prompt retour à l'anonymat. Moi à neuf ans, habillé en petit marquis pour un film d'époque puis jeune homme en costume de marin, de nouveau figurant dans l'un de leurs films. Sous le béret bleu à pompon rouge, ses yeux à elle, son nez à lui. Les cheveux sombres, la haute silhouette de mon père, les lèvres en pétales et les pommettes de ma mère... L'image est transpercée par un regard mélancolique qui semble dire, mais moi ? Qu'ai-je à moi ? Qui suis-je quand je ne suis pas eux ? Même tristesse, l'année du bac. Je tiens mes résultats sans conviction. Ma mention « Très bien » ne suffit pas à effacer l'humiliation que j'ai vécue avec la publication de mon premier recueil de nouvelles. J'y reviendrai... Il faut attendre Los Angeles, la folie de mon patron, Quentin, les études et les amis pour que je reprenne du poil de la bête.

Il ne me viendrait pas à l'idée d'accrocher ces montages de notre vie comme l'a fait ma mère dans tous leurs appartements. Sauf autour de mon bureau où j'affiche ce qu'Esther – mon ex – appelait « mes cartes de serial killer » : la géographie de mes scénarios, les fiches de personnages, le plan des scènes, les coupures de journaux ou les portraits d'inspiration. J'ai un panneau par histoire sur laquelle je travaille. Le reste des murs, je les aime immaculés. J'évite tout déclencheur émotionnel, cela m'a aidé à reprendre ma vie en main. Depuis que je sais ma mère malade, pourtant, je n'arrête pas de penser à ces cartons. Bientôt c'est ce qui me restera d'elle. Ces images lumineuses de sa jeunesse, de ses joies féroces, de son humour, de ses cheveux blonds qui voilaient le soleil et me caressaient le visage quand elle se penchait sur moi, de ses baisers, de nos petits déjeuners au lit où nous lisions, tous les trois, jusqu'en début d'après-midi. De nos rituels farfelus.

Ma mère a des défauts, mais elle sait glisser dans le quotidien une magie et une drôlerie que je n'ai jamais retrouvées. Je me souviens des cabanes qu'elle me fabriquait dans sa chambre, de la balançoire qu'elle avait installée dans la mienne, d'un pique-nique improvisé sur le parquet du salon parce qu'un orage nous avait privés de sortie, des dimanches soir « cinéma » où nous ne dînions que de chips, de pop-corn et de glaces en regardant un film, de ceux où, sans raison, nous nous lancions dans une célébration païenne et sauvage, électrisés par la voix rocailleuse d'Adriano Celentano ou les rythmes de *La Colegiala*, pour finir épuisés dans le canapé. Je me souviens de mon père faisant danser ma mère. De ce mystère puissant qui les unissait. J'avais le sentiment qu'ils m'échappaient. Dans ces moments-là, ma mère était si possédée par mon père que je n'étais plus de taille à la retenir. J'étais partagé entre le désir de les ramener à moi et le trouble que j'éprouvais à contempler la souplesse animale qui les accordait. C'était donc ça l'amour. C'était donc ce que je connaîtrais un jour.

Me revient aussi ce mercredi où mes parents sont venus me chercher à l'école. Sur le chemin du retour, mon cartable à la main, maman a lancé : « Et si nous partions en Italie ? » Mon père l'a regardée, puis a été chercher la voiture. Nous avons roulé toute la nuit. Allongé sur la banquette arrière, le manteau de ma mère pour couverture, celui de mon père pour oreiller, j'ai contemplé les étoiles et les lumières défiler à travers la vitre. J'ai fait semblant de dormir pour mieux écouter leurs conversations de grands, admirant, à la dérobée, la beauté de ma mère lorsque les phares d'une voiture, juste devant nous, illuminaient son visage d'un halo rougeoyant. Le matin nous nous sommes réveillés à l'hôtel Bristol de Gênes avec sa vue sur la mer. Nous avons longuement erré dans la ville, ivres d'air iodé, du bonheur d'être ensemble et, pour moi, de faire l'école buissonnière. Nous avons envoyé des cartes postales à cinq de mes camarades de classe, été voir un film en italien auquel nous n'avons rien compris et dégusté les meilleurs gnocchis de notre vie. Le lendemain, nous partions pour Rapallo avant de nous arrêter quelques jours à Portofino. Sur le chemin du retour, réticents à rendre trop vite notre liberté, nous nous sommes arrêtés à

Saint-Tropez puis à Douchy, dans le Loiret, chez Alain Delon. Je ne savais pas, à l'époque, la star qu'il était. Pour moi, il était simplement un de leurs amis.

À Paris, il y avait les parties acharnées de crapette, de Risk et de Monopoly. Cette soirée où nous avons trempé l'appartement parce que j'avais amorcé une bataille de pistolets à eau. Le jour où nous avons fêté la création de LEO Productions, la société de mon père, nom qu'il avait choisi parce que son signe astrologique est Lion et parce que c'était la somme de nos trois initiales : Laure, Édouard, Oscar. Les aventures de ma peluche Berdie, un cocker beige, qui apparaît dans tous les films de mon père. Ma mère lui avait lancé ce défi quand il tournait *Le Sourire de ta femme* et Berdie, après avoir longtemps veillé à la sérénité de mes nuits, est devenu un talisman garant de leurs succès en salles. Aujourd'hui ma peluche est dans les étagères du bureau de mon père. Elle a subi une restauration complète après avoir été victime de la rage de l'actrice principale lors du tournage de *Mes nuits avec lui*. Cette odieuse agression a été sanctionnée : le film a moyennement marché.

J'ai hésité à ouvrir ces boîtes de Pandore. À en extraire les enveloppes de papier Kraft tenues par des élastiques, à replonger dans nos plus belles années. J'ai résisté. Je devais rassembler mes forces. M'infliger les brûlures d'un bonheur révolu n'aiderait ni ma mère ni moi. Je ne devais songer qu'au moment présent. Ne pas penser au-delà de l'heure à venir. Une chose après l'autre. Pour ne pas laisser mes démons reprendre le dessus.

Chez moi, j'ai épuré au maximum : une bibliothèque de cinq mètres de long avec les livres classés par ordre alphabétique. Des meubles en bois clair. Un canapé bleu vert. Dans la grande pièce, une toile qu'Esther a peinte quand je vivais à L.A. Dans le couloir, ma barre de traction. J'en fais trois cents par jour, en plusieurs fois. Je cours dès qu'il fait beau, sinon j'ai mon rameur, et ma batterie. J'ai sacrifié mes centaines de DVD et de Blu-ray au profit de plusieurs disques durs externes qui contiennent près de deux mille films. Rien de superflu ici, rien qui puisse me déconcentrer.

Il y a des jours où ma tête m'épuise. Comme celui où j'ai appris pour ma mère. Tumeur agressive. Cancer stade 3C. Évidemment j'ai regardé sur Internet. Évidemment j'ai paniqué. Alors j'ai marché, marché et encore marché. J'ai développé cette habitude à l'adolescence pour survivre à mon échec littéraire, cette humiliation qui reste, dans ma vie, comme un câble à haute tension auquel je viens régulièrement me heurter. Dès que l'angoisse menace, je marche. Jusqu'à ce que mon corps tremble de fatigue et que mon cerveau soit vidé.

Le 4 février, après ma nuit d'errance, je me suis couché et j'ai dormi d'un sommeil sans rêve jusqu'à quatre heures de l'après-midi. L'heure du goûter ou l'heure des mamans, comme on disait à l'école. J'aurais dû aller la retrouver, mais je n'ai pas réussi à me rendre à l'hôpital. J'avais la frousse. Une frousse insurmontable. Ma mère avait toujours existé. Sa naissance, sa jeunesse, « l'avant-moi » se confondaient avec un temps mythique, peuplé d'épreuves héroïques, de grands personnages familiers et pourtant inconnus. L'éventualité de sa mort se situait dans ce même espace mental, une fiction de la fin qui rejoignait celle des origines, mais elle n'avait pas plus de réalité. Aujourd'hui j'étais contraint de me rendre à l'évidence – maman allait disparaître – mais je le refusais de toutes mes forces. L'idée de la voir affaiblie me tétanisait. Il fallait néanmoins que je sois à la hauteur de ses attentes. J'ai demandé à sa meilleure amie, Véronique, d'aller passer un moment avec elle. J'ai appelé ma mère pour lui dire que j'avais une urgence. Il fallait que je réécrive entièrement la scène clé d'un épisode qui était tourné le lendemain. Elle m'a apaisé :

« Je comprends Oscar. Je sais que c'est difficile », et le ton de sa voix, résolu, signifiait qu'elle comprenait bien au-delà de ce que j'invoquais.

Quand elle m'appelle Oscar et non Scaro, le surnom que je me suis choisi enfant, c'est que la conversation est sérieuse. J'ai raccroché un peu vite. Je suis retourné marcher seul. Le lendemain, j'avais toujours une enclume sur le cœur, mais la panique m'avait quitté.

Avec ma mère, nous n'en avons jamais clairement parlé. Elle savait que je savais. Je savais qu'elle savait. Sans nous concerter nous avons décidé de faire comme nous avions toujours fait : nier la réalité dès lors qu'elle nous trahissait. Les médecins avaient évoqué quelques mois. Probablement la fin de l'année. C'était difficile de prévoir exactement. Et puis ma mère a ce qu'on appelle un « tempérament ». Elle ne rend pas les armes. Pas d'atermoiements, pas de geignardises. Lorsque je suis allé la voir à l'hôpital Pompidou, elle était habillée, maquillée, belle comme toujours… Son inaltérable beauté. Elle m'a attaqué bille en tête sur le dernier prix de l'Académie française qu'elle avait lu et qu'elle avait trouvé nul. « Encore une histoire de nazis, m'a-t-elle dit en levant les yeux au ciel. Totalement téléphoné. » Puis elle m'a transpercé de son regard d'impératrice romaine :

« On sort d'ici aujourd'hui. Tu te débrouilles. Je ne resterai pas une minute de plus. Et la fin du film ce sera chez moi, tu as compris ? »

J'ai dit « oui, maman ». Je dis toujours « oui, maman ». J'ai mentionné l'organisation que cela impliquerait. Elle m'a ramené à l'essentiel :

« Ne m'emmerde pas avec l'intendance. Et pas un mot à ton père. Pas un. Si tu lui parles, je te tue avant de mourir. Compris ?

— Compris », ai-je répété.

À la minute où j'ai prononcé ce mot, pourtant, j'ai su que j'allais lui désobéir. Pour la première fois, j'irais contre ses interdits, peut-être parce que j'avais le sentiment que sa demande ne reflétait pas sa véritable volonté. Ou parce que je ne me sentais pas capable d'affronter seul sa maladie. Je ne sais pas ce qui s'est passé dans mon cerveau triste et embrouillé ce matin-là, mais j'ai décidé que mon père devait reprendre ses droits sur cette histoire. C'était une erreur. Tragique. Et j'ai persisté, toutes les semaines qui ont suivi, dans cet égarement. Ma mère avait raison. C'est son défaut : avoir toujours raison. Je me souviens qu'enfant, je n'arrivais pas à lui mentir. Elle lisait en moi. Chaque fois, elle visait juste, réduisant à néant mes tentatives de filouterie. Je m'entraînais, seul devant la glace. Je m'essayais à des tromperies infimes, sans motivation autre que celle de lui échapper de quelques centimètres. Le mensonge, c'est le premier pas vers la liberté. En mentant, je mesurais l'espace que je pouvais créer entre moi et mes parents, je déployais mon refuge imaginaire, je m'essayais à ma première conquête. Mais ma mère voyait tout, n'était dupe de rien, et avait toujours raison. Ce jour-là aussi, j'aurais dû l'écouter, maintenir mon père à distance, très loin de nous. La laisser terminer tranquillement sa vie avec moi. Ne pas perturber l'équilibre qu'elle avait reconstruit. Pour ma défense, je ne soupçonnais pas le cataclysme à venir, alors que, dans sa chambre d'hôpital où elle refusait de rester, je réfléchissais déjà à la manière dont je lui ramènerais papa comme un trophée :

« On y va ? Tu rêvasses, Scaro », m'a-t-elle rappelé à l'ordre en passant son manteau.

Ma mère n'aime pas les digressions. La vie est trop courte pour meubler ou faire du remplissage. Son mot d'ordre ? « Droit au but, sans débander. » Tous ses scénarios sont écrits à la cravache. C'est ce qui a fait son succès. Elle écrit vrai, elle écrit dur et tout à coup, elle vous colle un moment de grâce absolue qui vous laisse à genoux avec des larmes dans les yeux. Et lorsque vous êtes bien affaibli, enferré au milieu du drame, elle vous fait éclater de rire d'une pirouette que personne n'a vue venir. Alors vous vous dites que ce n'est pas gagné d'être le fils de ces deux monstres sacrés, et vous avez clairement envie de changer de métier.

Édouard Vian et Laure Branković ont formé puis déformé pendant trente ans le couple le plus terrible et le plus célèbre du cinéma européen. Ils se sont mariés trois mois avant ma naissance. Sur une photo de mon carton, on les voit en train de signer les registres. Elle encore un peu potelée, lui encore un peu maigrichon : le vrai signe de leur jeunesse. Ils divorcent quand j'ai un an. Ils se remarient quand j'en ai cinq et se séparent à nouveau quand j'en ai quinze. Ils se retrouvent pour mes vingt ans avant de signer leur dernière rupture la veille de mes vingt-cinq. Entre-temps ils ont fait une trentaine de films ensemble et un seul enfant. Ils avaient décrété que j'étais parfait, absolument parfait et qu'ils ne produiraient pas mieux. De toute façon ils m'aimaient trop, ils s'aimaient trop et il n'y avait de place pour personne d'autre. Moi j'aurais préféré. Cela aurait un peu allégé la pression, mais c'était contre la philosophie de mon père :

« Plutôt mourir que faire la suite d'un film réussi. Quand on commence à faire des suites, c'est le signe du renoncement. »

Mes parents partagent le même goût des phrases définitives. Tout ou rien. Avec ou contre moi. Ils ne sont pas du genre à finasser, et la nuance, pour eux, n'est qu'un compromis. À eux deux, ils ont créé une sorte de légende. Lui à la réalisation et à la production, elle au scénario. Évidemment, mon parcours honnête dans les séries les a déconcertés. Pendant un moment, ils m'ont pris du haut de leur septième art.

Pourquoi n'osais-je pas me lancer ? De quoi avais-je peur ? Ils n'avaient quand même pas engendré un fils timoré ! J'aurais pu attaquer directement le grand écran et je grenouillais dans la télévision !

Pour mon malheur, mes parents tenaient à « m'aider » dans ma carrière. Depuis la maternelle, ils montraient mes cahiers d'enfant à tout leur carnet d'adresses, lequel carnet était sommé de s'extasier sur l'évidence de mon génie. Ma première nouvelle à peine écrite – et avant même qu'un éditeur n'envisage de la lire –, mes parents se disputaient déjà sur le nom dont je signerais mon chef-d'œuvre. Ma mère refusait d'être effacée de mon lignage. Mon père défendait mordicus la tradition patriarcale. Au prix de longues controverses, il se montra prêt, en ultime concession, à un cumul des patronymes, à condition que le sien vienne en premier. Proposition inacceptable pour ma génitrice qui avait sacrifié neuf mois de son corps de rêve à ma fabrication. Je ne voulais ni l'un ni l'autre, mais mon avis n'était absolument pas la question. Mon patronyme fut tranché par tirage au sort. Mon père l'emporta. Il a toujours eu de la chance au jeu.

Mon premier recueil de nouvelles parut donc sous le nom d'Oscar Vian. J'avais seize ans. Il fut un formidable flop. Les journaux n'avaient retenu qu'une chose : mes parents. Certains affirmaient à tort que j'étais le petit-fils de Boris Vian. La triple comparaison ne pouvait être qu'écrasante. En avait découlé quelques entrefilets méprisants dans la presse culturelle et deux articles corrosifs dans la presse people qui se gaussaient des prétentions littéraires d'un « fils de » né avec une ménagère en argent dans la bouche. L'un des journalistes retournait le couteau dans la plaie en faisant une lecture psychanalytique de mes fictions. Il citait des phrases totalement hors contexte pour mieux révéler la prétendue discorde qui régnait dans notre famille, les dégâts irrémédiables que les séparations de mes parents avaient infligés à ma personnalité et mon manque crasse de talent. C'est ce qui blessa le plus mes parents. Ils auraient voulu que je fasse mon entrée dans le monde sur un coup d'éclat. Ce ne fut pas le cas.

Pour me guérir de cet échec retentissant et de la honte d'avoir déçu mes parents, je me suis attelé au synopsis d'une série sur la vie d'une école privilégiée de la capitale. Les amours des élèves croisaient celles des parents et des profs. Les questions de société s'invitaient au fil des épisodes : premiers émois, harcèlement scolaire, amitiés, crises existentielles, jalousies et blagues potaches. Les personnages étaient attachants, l'univers familier. Il me semblait qu'il y avait du potentiel. J'ai envoyé ce projet aux trois producteurs de France avec lesquels mes parents n'avaient jamais travaillé. Échaudé par ma précédente expérience, j'ai signé du nom de jeune fille de ma grand-mère paternelle : Laventi.

Agricultrice dans le Vaucluse, Viviane Laventi avait donné à mon père, avec sa passion des belles histoires, l'élan nécessaire pour s'arracher à la terre du Comtat Venaissin et se lancer dans le cinéma. C'était une vieille dame aux mains noueuses et au verbe clair, une conteuse née qui avait marqué mon père, son unique enfant, au fer rouge. C'était aussi l'une des rares personnes qui en imposaient à Laure Branković parce que Viviane avait une humanité de sainte, alliée à l'autorité morale d'une combattante. Après l'invasion de la zone libre par les Allemands, elle s'était engagée, dès la fin 1942, à quinze ans, dans la Résistance. Des années plus tard, ma grand-mère serait décorée de la croix de la Libération par de Gaulle en personne. Un beau parcours, quand on y pense, pour une fille d'immigrés : sa famille était venue d'Italie dans les années 1920 s'implanter près de Cavaillon, un pays de soleil et de cocagne où j'ai passé l'essentiel de mes vacances, quatorze ans durant. Mes parents étaient par monts et par vaux. Les tournages, les festivals, la promotion de leurs films, les avant-premières leur laissaient peu de temps et peu de répit. Bébé, ils m'emmenaient. Je passais de mains en mains, de jeunes filles inconnues en nounous occasionnelles – que ma mère choisissait vieilles et moches – quand je n'atterrissais pas dans les pattes du régisseur, des maquilleuses ou du chef décorateur. C'était joyeux et bordélique. Je m'endormais, paraît-il, sur les canapés des maisons où ils dînaient, sur la banquette arrière de la voiture ou les manteaux des invités et même une fois dans le panier d'un chien avec lequel je m'étais lié d'amitié. Toutes sortes de photos cocasses attestent de cette période faste, mais j'étais trop petit pour en avoir gardé un quelconque souvenir. Les choses ont changé lorsque j'ai eu trois ans. Alerté par mon faible poids et les crises d'eczéma qui me dévoraient la peau, le pédiatre qui me suivait a énergiquement recommandé d'arrêter de me balader comme un sac à main.

« Les enfants sont casaniers, madame. Ils aiment la régularité, je dirais même la routine. Vous pouvez trouver ça bourgeois, mais si vous continuez à jouer avec sa santé, il ne grandira pas. »

Ses reproches s'adressaient à ma mère, la seule coupable dans l'esprit de cet affreux phallocrate plein de bon sens. Ils m'ont mené directement à ma grand-mère. J'ai même vécu chez elle un trimestre lorsque mes parents sont partis tourner *Viva Marianne* à Cuba pendant des semaines. Mamine était une fée. Elle me faisait des crêpes ou du pain perdu pour le goûter. Elle me lisait des contes et légendes dans son grand lit chauffé d'un édredon électrique fuchsia. Elle me racontait des histoires de chevaliers, de rois, de reines, de sorciers et de magiciennes. Elle me faisait découvrir son potager, ce garde-manger à ciel ouvert. J'ai connu avec elle le plaisir de croquer les petits pois à peine formés dans leur cosse, les carottes tout juste déterrées, les framboises et les tomates encore chaudes de soleil. Celui de décrocher de l'arbre des pêches poilues et juteuses dont le goût, à jamais disparu, me fait encore rêver. En été, je l'aidais pour la récolte des melons, trésors de son exploitation. Je me souviens des grandes tablées de fin de journée quand, tous fourbus, nous cassions la croûte avec ses deux employés et les saisonniers. Notre fierté de voir ces fruits ronds, lourds, parfaits, partir en cageots vers Rungis et les assiettes les plus prisées. Les chansons et les récits, à la lueur de la lune et de quelques lanternes, lorsque les amis ou les voisins de ma grand-mère nous rejoignaient pour dîner. Hormis ce moment de travail et de communion, je passais mes journées libre, dehors. Ma seule contrainte était d'apparaître aux repas et de laisser mes divers bâtons, lance-pierres et autres fers à cheval rouillés à la porte de la maison. Je jouais avec les trois enfants de la maison d'à côté et avec les autres gamins du village. C'était une joyeuse bande qui m'avait accueilli sans m'en vouloir d'être un Parigot. Nous allions chez les uns, chez les autres. Les parents nous laissaient la bride sur le cou. Rien ne pouvait nous arriver. Quand mes camarades étaient à l'école parce que les vacances entre ma zone et la leur étaient décalées, je filais chez Christian, le cousin germain de mon père. Ce beau gars, hâbleur et généreux, s'était pris d'affection pour moi. C'est lui qui m'a appris à faire de la bicyclette sans roulettes, lui qui m'emmenait conduire son John Deere, lui qui m'a montré comment grimper aux arbres. Il me bricolait, à chaque saison, une piscine avec des bottes de paille recouvertes d'une bâche en plastique. Il m'avait aussi construit un radeau de vieilles chambres à air pour naviguer sur sa réserve d'eau et une cabane dans un petit bois qui longeait son jardin. Il m'a fait pêcher mon premier brochet, donné mon premier couteau suisse avec une grande lame, des ciseaux, un ouvre-boîtes, un décapsuleur, une scie à bois, un tire-bouchon, une lime à ongles et un tournevis. Je le conserve encore dans un tiroir de mon bureau, même si c'est uniquement pour sa dernière fonction qu'il m'est utile aujourd'hui. Avec ma grand-mère la vie était douce. Je garde de ces années des images d'insouciance, de tendresse et de gourmandise. Un paradis dont la porte s'est refermée un soir d'été lorsqu'une crise cardiaque l'a emportée dans son potager. C'est Christian qui l'a retrouvée, allongée sur le dos, les yeux ouverts, au milieu d'un parterre d'œillets d'Inde qu'elle plantait en quantité pour protéger ses tomates des insectes. Il nous a dit, la voix enrouée, qu'elle avait l'air sereine, presque rêveuse, comme ça, à regarder le ciel entourée de ses fleurs. Nous étions tous effondrés, mais c'est ma mère qui a le plus pleuré. Je n'avais jamais prêté attention au fait qu'elle n'avait pas de famille, ni parents, ni frères, ni sœurs ni cousins. Juste une tante acariâtre qui vivait à Belgrade et qu'elle avait fuie dès qu'elle avait été en âge de le faire. J'ai compris, en voyant ma mère si vulnérable, que sa dureté n'était qu'un leurre et que ma grand-mère avait été pour elle une source de chaleur et d'affection qu'aucune femme, auparavant, ne lui avait prodiguées.

Quelques jours plus tard, mon père m'a raconté leur rencontre. Lorsqu'il a présenté pour la première fois Laure à ma grand-mère, elles ont commencé à parler le matin et n'ont terminé qu'à la nuit tombée. Il est resté un moment avec elles et, très vite, s'est senti de trop. Viviane Laventi a accueilli – et même recueilli – ma mère comme elle le faisait pour toutes sortes d'êtres et d'animaux blessés. Mamine l'a amadouée avec la délicatesse et la sensibilité qui, derrière son physique rugueux, faisaient d'elle une femme d'une bonté rayonnante. Elle lui a ouvert grand ses bras, sa maison et son cœur. Ma terroriste de mère, un temps décontenancée, s'est réfugiée dans les jupons de ma grand-mère avec un élan sauvage, et, petite fille assoiffée de tendresse, l'a aimée de toute la passion dont elle était capable.

Mamine, de là où elle est, veille aussi sur moi. Je n'ai jamais regretté d'avoir choisi son nom. Elle m'a porté chance. Mon projet de série scolaire a séduit le plus petit des trois producteurs que j'avais contactés. Il a réussi à le vendre à Canal+ et grâce à lui, l'année de mon bac, j'avais le pied à l'étrier. Mes parents l'ont appris fortuitement. Lorsque le producteur en question, ignorant tout de mon pedigree, a eu des problèmes de trésorerie, il a été voir mon père pour l'associer au projet. Mon père a sursauté en découvrant, en haut du dossier, le nom d'Oscar Laventi. J'ai eu droit à une convocation au Flore suivie d'un cours magistral sur la construction de scénario. Je m'en serais bien passé. J'ai fait le dos rond, le nez dans mon croque-monsieur. J'ai attendu qu'il ait vidé son sac pendant que je vidais mon demi. Je lui ai tout de même dit que je voulais préparer le concours de la Femis. Il m'a répondu que les études ne servaient à rien. Avec le nombre de films que j'avais vus, les tournages auxquels j'avais participé, les parents que j'avais en somme, j'en savais déjà plus que la moitié des profs. De toute façon qui étaient-ils ceux-là, pour expliquer quoi que ce soit à qui que ce soit ? S'ils se retrouvaient à décortiquer les films des autres au lieu de tourner les leurs, c'était bien qu'ils avaient raté quelque chose… À part formater et brider la créativité des futurs talents, il se demandait à quoi servaient toutes ces années d'études. Casser les règles. Avoir une vision. Être libre. C'était ça, le secret. Il en voyait passer des titulaires de diplômes en tout genre, brandissant leurs papiers à liseré comme des faits d'armes, il ne les engageait pas.

« Tu sais quel est le point commun entre Jean-Luc, François et Claude (*il voulait dire Godard, Truffaut et Lelouch*) ? Ils ont raté leur bac. Quant à l'autre Claude (*Chabrol*), il a essayé les lettres, le droit, avant de quadrupler sa première année de pharmacie. »

Lui, il voulait des débrouillards, des têtes brûlées qui avaient dévoré de la pellicule dans un cinéma de quartier, des gens avec la rage, une revanche à prendre, pas des binoclards intellos du genre qui plairait à ma mère. Il les voyait venir à trois kilomètres ces bachoteurs qui, pour passer leurs concours, avaient écrit plus de fiches que de scénarios. Ils lisaient des analyses de films au lieu d'aller en projections. Ils n'avaient pas le cinéma dans le sang. Lui préférerait toujours un type qui a fait de la prison à un blanc-bec qui sort de l'université. J'en étais le parfait exemple.

« Je n'ai jamais fait de prison…, tempérai-je.

— N'empêche que ton histoire a de la sève, du jus, m'interrompit-il. Tu as du talent. Je t'interdis d'aller le perdre à noircir de la copie d'examen. »

D'ailleurs, après m'avoir lu, il avait appelé Quentin (*Tarantino*) – « encore un qui n'a rien étudié » – et Quentin me prenait en stage, dès le mois de juillet à L.A.

« C'est un génie », a-t-il ajouté en commandant des profiteroles et un café, ce qui était sa manière à lui de clore le dossier.

Deux jours plus tard, ma mère m'a refait le même topo, à quelques nuances près. Souvenir de son enfance en Serbie et du rêve français qu'elle avait longtemps caressé, Laure Branković avait un faible pour les normaliens et les agrégés. Ils incarnaient l'élite de son pays d'adoption. Elle aurait aimé que je sois écrivain (je m'y étais essayé avec le succès que l'on sait), ou philosophe (matière dans laquelle j'étais d'une désespérante nullité). Étudier le cinéma lui semblait aussi inutile qu'à mon père. Elle disait que le meilleur moyen d'apprendre, c'était de voir des films. Des bons bien sûr, mais plus encore des mauvais, parce que les erreurs dévoilent les ficelles et les accidents de la mécanique, alors que les chefs-d'œuvre vous charment, dissimulant le travail et les coutures, pour vous donner une impression d'évidence et de fluidité. Mon père avait conclu notre déjeuner par la même recommandation. Il faut reconnaître à mes parents qu'ils sont aussi alignés dans leur vie professionnelle qu'ils sont divergents dans leur vie personnelle.

À leur injonction permanente d'excellence, s'ajoutait le poids de leur légèreté. Chaque fois qu'ils se séparaient, ils me laissaient tout : l'appartement dans lequel nous habitions, son contenu – objets d'art, meubles, collections de livres, l'incontournable mur de leur gloire constitué des dizaines de cadres photo de leur jeunesse, de la mienne et de leurs exploits, ainsi que le gros de leurs comptes en banque. Ils aimaient « repartir à zéro » et se délester sur moi des biens qu'ils avaient acquis leur semblait une bonne façon de « me lancer dans la vie ».

Lorsqu'il quittait ma mère ou qu'il était quitté par elle, mon père ne prenait qu'une valise de vêtements, ses papiers et une mystérieuse mallette que j'avais l'interdiction d'ouvrir. Ma mère, elle, emportait tout de même ses bijoux, atavisme des années de vaches maigres, et un portrait des années 1930 qu'elle avait accroché dans chacune de ses chambres à coucher. Il représentait une femme élégante, aux courts cheveux rouges, en train d'écrire. Elle disait que cette œuvre, repérée dans une galerie de Nice alors qu'elle venait d'arriver en France, avait fait naître sa vocation. Le marchand d'art, touché par cette Serbe de dix-huit ans si éperdument éprise de son tableau, lui fit crédit. Elle mit près de deux ans à le payer. Mon père était persuadé qu'elle l'avait acheté en nature. Il avait même fait de ce fantasme un court-métrage, *L'Amour de l'art ou l'inverse*, mais ses blagues à ce sujet avaient le don de mettre ma mère en rage. Elle trouvait qu'il salissait tout et que certains hommes, contrairement à lui, savaient se montrer purs et désintéressés. Dès qu'elle claquait la porte de leur vie commune, ma mère prenait donc son tableau sous le bras. Le reste, il m'incombait, avec l'aide de Joséphine, la secrétaire de mon père, de le trier, de le vendre ou de le donner. Il ne leur venait pas à l'idée que ce qui leur pesait pouvait me peser aussi. Ils pensaient sincèrement m'assurer un avenir. De mon côté, je me protégeais de cette corruption financière qui me conduirait forcément à la médiocrité. Au lieu de m'installer dans l'un de leurs anciens appartements, j'avais trouvé mon perchoir sous les toits et je défendais farouchement mon indépendance, même si ma mère venait d'acquérir une drôle de maison cube, montée sur pilotis de béton, à cinq rues de chez moi. Elle était tombée amoureuse de ce bâtiment conçu par un jeune architecte autrichien dans les années 1930. Installée au sommet de la butte Bergeyre, la « maison Zilveli » mesurait vingt mètres de long sur cinq mètres de large et offrait des vues extraordinaires de Paris. En dépit de son état de délabrement, ma mère avait remué ciel et terre pour la racheter aux enchères publiques et lui rendre sa forme originelle. Laure Branković développait une fièvre bâtisseuse depuis une dizaine d'années. Sa précédente restauration était un ancien garage dans le 17e arrondissement, près des Batignolles, dont elle avait fait un loft de cent cinquante mètres carrés. Une partie accueillait son bureau, l'autre avait été prêtée à un petit centre associatif pour les femmes victimes de violences conjugales. L'idée avait fait rire mon père :

« Et les maris battus ? Il faut penser aux maris battus ! J'en suis un ! Vous avez déjà vu Laure Branković en colère ? »

Ce n'était pas faux. Ma mère pouvait se transformer en furie. Lors de leurs disputes, les objets et les coups pleuvaient, même si leur différence de taille – bien que grande, elle avait une tête de moins que lui – rendait ce combat inégal. Mon père se contentait de parer les attaques de « l'araignée blonde », comme il surnommait ma mère lorsqu'elle se déchaînait.

Par ces temps d'orage, je me réfugiais dans ma chambre, casque sur les oreilles, et je me plongeais dans un livre. Peu à peu, j'avais appris à vivre avec. Quant à la vaisselle cassée, à la rigueur, cela me faisait moins de choses à déménager. Au gré de leurs séparations, j'avais donc mis leurs anciens appartements en location et je réinvestissais tout l'argent dans les premiers longs-métrages de mes copains apprentis réalisateurs, ce qui est le meilleur moyen de se délester rapidement d'une fortune que l'on n'a pas méritée. De façon générale, j'étais plus à l'aise avec les mots qu'avec les chiffres. Je traçais mon chemin. On me disait précoce. Mes parents m'avaient inculqué leur sentiment d'urgence ainsi que mon débit mitraillette : « Parle plus vite, insistait ma mère, tout est plus intéressant quand ça va vite. » Cet entraînement m'a préparé à mon métier. Petit, j'ai appris à pitcher mes demandes. L'attention de mon père était aussi difficile à saisir qu'à retenir. Il fallait une accroche directe et originale, un développement immédiatement intéressant, le tout condensé en moins d'une minute. Au-delà vous étiez sûr de le perdre. C'est d'ailleurs le rythme des séries qui a fini par leur plaire. La façon dont elles ont accéléré l'action. Dans les années 1930, la durée moyenne d'un plan était de 12 secondes, aujourd'hui elle est de 2,5 secondes… Ma mère a commencé par regarder en secret *À la Maison-Blanche* puis *Borgen* et *Game of Thrones*. Mon père, dans son bureau, dévorait *Breaking Bad*, *Les Soprano* et *The Wire*. Un jour ils m'ont invité au Flore – le lieu de toutes nos explications – à l'heure du déjeuner. Nous étions à leur table, à gauche dans la salle du rez-de-chaussée. Ma mère m'a dit :

« Avec ton père, nous n'avions rien compris. C'est toi qui as raison. La série est la forme narrative du XXIe siècle. Elle est l'héritière directe du grand roman français du XIXe et de la fiction à l'américaine. Le cinéma est foutu. Je veux écrire avec toi. »

Là encore, je n'ai pas su dire non. Je venais de quitter Los Angeles et de me séparer d'Esther. J'étais l'ombre de moi-même. À vingt-cinq ans, ma vie entière était à l'arrêt. Je reprenais contact avec les producteurs et les scénaristes français. J'avais refusé une proposition américaine parce qu'elle impliquait de passer plusieurs mois en Californie. Je savais que, là-bas, j'allais revoir Esther. Nous replongerions tête la première dans notre folie, alors que nous étions arrivés au bout de ce que la passion peut engendrer de morsures et de destruction. La proposition de ma mère m'a semblé, à ce moment-là, une planche de salut. Longtemps je me suis demandé si elle ne l'avait pas uniquement faite pour me sortir de la dépression et de la came dans lesquelles j'avais sombré. Pendant ces douze semaines à l'écart de tout, elle m'a mis au monde une deuxième fois. Elle a substitué à une addiction destructrice celle qui devait me sauver : l'écriture. Avec le sport dont, aujourd'hui encore, je ne peux plus me passer.

Nous nous sommes enfermés, maman et moi, dans une maison en Grèce. À quinze kilomètres du premier village. Je n'avais aucun moyen de m'approvisionner en quoi que ce soit. De toute façon, je lui avais promis de décrocher. Il y a eu des moments très durs. Il y a eu des moments magiques. En un mois, nous avons bouclé cinq épisodes de notre série sur les migrants. Elle ne me laissait aucun répit. Nous nous levions à l'aube. J'allais courir à jeun pendant qu'elle prenait son premier bain de mer. Café, douche, puis nous passions la journée ensemble à imaginer les personnages et à nous renvoyer la balle.

Nous avons commencé par les scènes les plus dures, pour aller peu à peu vers les plus légères. Une thérapie en soi. Un cheminement vers la lumière. Je me souviens du jour où une repartie de ma mère m'a fait éclater de rire. Nous nous sommes tus tous les deux. Nous étions assis à l'angle de la table en bois, sur la terrasse. Les larmes ont coulé sur le visage de ma mère. Elle s'est levée et m'a pris dans ses bras. J'ai retrouvé la douceur de sa poitrine, le parfum de mon enfance. Elle a murmuré :

« Mon amour, j'ai cru que je n'entendrais plus jamais ton rire… »

J'ai fermé les yeux. Nous sommes restés ainsi une ou deux minutes, sa main dans mes cheveux. Elle a ajouté en m'embrassant sur le front :

« Il n'y a rien qui me rende plus heureuse. Ne le laisse pas repartir s'il te plaît. »

Ses mots m'ont libéré. J'ai pu, peu à peu, faire le deuil d'Esther, me dire qu'il y avait une autre voie, sans elle, apprendre à supporter le manque, à l'accepter, à désintoxiquer mon corps et mon cœur pour mieux me donner à notre histoire.

Nous racontions en huit épisodes le meurtre d'une migrante sur l'île de Lampedusa et l'enquête qui s'ensuivait. Le héros, médecin sans frontières, s'était engagé suite à son divorce. Épris d'idéal, hanté par ses souvenirs, il décidait, face à l'indifférence générale, de faire justice seul. Il se heurtait aux autorités de l'île ainsi qu'aux criminels qui tiraient profit de la pire des misères humaines. Nous avions emporté une valise entière de documentation. Les derniers rapports annuels de la Croix-Rouge, ceux de la Commission européenne, de l'Assemblée et du Sénat, une dizaine de livres dont *De rêves et de papiers* de Rozenn Le Berre qui nous a bouleversés, *Revenu des ténèbres* de Kouamé ou *La Voïx de ceux qui crient* de Marie-Caroline Saglio-Yatzimirsky. Nous pensions en savoir beaucoup sur l'horreur de ces trafics, nous étions très loin du compte. L'ampleur du désastre humain qui, chaque jour, charrie son lot d'atrocités, l'ignominie des passeurs, la marchandisation des êtres et du peu d'espoir qui leur reste, la noirceur sans fond de l'âme humaine et sa beauté malgré tout m'ont fait prendre du recul. J'avais honte de me repaître de mes blessures d'amour. Elles m'ont soudain semblé un privilège odieux.

Lorsque nous manquions d'inspiration, que la fatigue nous ralentissait ou que le sevrage me mettait les nerfs à vif, nous allions nager. Il suffisait de faire trente mètres sur un étroit chemin de terre bordé de myrtes, de chênes trapus et de caroubiers, pour atteindre la crique. L'eau était froide en cette fin mai, mais ma mère s'y plongeait sans une hésitation et je ne pouvais me montrer plus frileux qu'elle. Par moments je maudissais sa discipline, ce qu'il fallait bien appeler une forme de dureté. J'aurais aimé un peu de paresse, l'esquisse d'un laisser-aller, mais rien ne lui était plus étranger. Ma mère restait un être de volonté. Elle gardait la certitude, au fond, que personne ne serait là pour la rattraper si elle trébuchait. Elle avait encore en bouche l'amertume de ses premières années : la perte de ses parents, la brutalité de sa tante, la peur de l'abandon, la solitude, l'angoisse permanente du loyer, les livres d'école qu'elle ne pouvait pas acheter, et les assiettes qui se vidaient au fur et à mesure que le mois avançait. Au cours de son enfance à Belgrade, longue période grise qui n'était éclairée que par ses rêves, maman avait forgé trois de ses plus belles qualités : sa générosité, son indéfectible sens de l'amitié et sa tendance obstinée à vouloir aider les autres, même contre leur gré… Moi le premier.

Sans elle, je ne me serais pas extrait de mon gouffre sentimental. En matière de créativité, c'était une lune de miel, et peut-être le meilleur souvenir que je garderais de nous. Les images défilent, heureuses, ensoleillées, même les souvenirs confus de mes crises se sont effacés. Aujourd'hui, je revois nos discussions vives, nos baignades, les déjeuners au village où nous savourions des salades de légumes, des brochettes ou du poisson grillé. Nos séances de travail durant lesquelles nous griffonnions l'architecture de notre histoire, cent fois recommencée, sur de grandes feuilles A3 que nous empilions en bout de table, lestées par une pierre du jardin pour ne pas voir notre plan s'envoler. Nous dînions sur le pouce à la maison, en buvant du vin résiné au coucher du soleil. Nous fabriquions des pièges toujours plus farfelus contre les guêpes qui venaient troubler notre sérénité. Nous poursuivions nos échanges jusqu'à tard dans la nuit, entièrement absorbés par notre scénario. Nous nous levions en y pensant. Nous nous couchions en y pensant toujours. Nous étions dans une sorte de transe.

Le retour à Paris a été plus compliqué. Les ajustements demandés par le producteur n'ont pas plu à ma mère. Elle s'était auto-investie d'une mission : porter la cause des sans-voix, et a « refusé de les sacrifier une deuxième fois à des impératifs douteux qui galvaudaient le sujet et les personnages ». Les relations se sont tendues. Elle a pris la mouche au lieu de me laisser faire et nous sommes arrivés à un ultimatum qui, à mon sens, n'était pas nécessaire. Jusqu'alors j'avais travaillé en bonne intelligence avec ce producteur. Nous avions d'autres projets ensemble, je n'avais aucun intérêt à dynamiter notre collaboration, mais ma mère a beau m'adorer, elle n'est pas du genre à laisser quoi que ce soit pousser autour d'elle. Je me suis juré de ne jamais recommencer. Je n'ai pas souhaité participer à la promotion avec elle et j'ai fait en sorte de ne pas apparaître au générique. Elle n'a pas insisté. Elle savait le traumatisme qu'avait été pour moi la sortie du recueil de nouvelles et ne voulait pas gâcher mes chances. Une fois encore, elle a fait carton plein. La presse a loué sa modernité et sa conscience sociale. De tous les scénaristes talentueux qui œuvrent dans le milieu, ma mère est la seule qui soit connue du grand public. Les autres restent dans l'ombre. Comme moi. Personne ne se doute que je suis le fils de mes parents et, l'air de rien, je suis devenu un des script doctors les plus demandés du métier.

Réparer la réalité, comme je répare les histoires des autres, c'est ma spécialité. Et c'est exactement ce que j'ai décidé de faire pour ma mère. Elle m'avait interdit de parler de sa maladie à mon père. Il n'était pas question de la trahir, mais je voulais réaliser le rêve de tout enfant de divorcés : forcer mes parents à se remarier avant la fin de l'année. Je savais que ma mère en avait envie. Elle restait, malgré ses infidélités, grâce à ses infidélités peut-être, la femme d'un seul homme : lui. Ses escapades étaient contingentes. Une sorte de déformation professionnelle. Le problème des créateurs vient de leur aspiration permanente à se réinventer. Laure Branković a besoin qu'un regard éperdu d'amour se pose sur elle pour écrire. Dans mes jeunes années, j'ai joué ce rôle d'adorateur. L'adolescence m'a éloigné de son giron. Elle a ressenti l'urgence de retrouver ailleurs la vénération que ni mon père, ni moi, ne lui prodiguions plus.

Papa, lui, n'a jamais pu résister à une actrice. C'est plus fort que lui. Toute mon enfance, j'ai été le spectateur contraint de leurs éclats. Ma mère l'injuriait en serbe avec une volubilité stupéfiante. Ils claquaient les portes, renversaient les meubles, me prenaient à témoin, avant de me coller devant un film d'auteur auquel, étant donné mon âge, je ne comprenais rien, pour aller « discuter dans leur chambre ». Le lendemain nous roulions vers Nice ou Deauville dans la décapotable de mon père. Pendant quinze jours, ils filaient le parfait amour puis tout repartait en vrille.

Leur dernière séparation, l'année de mes vingt-cinq ans, a laissé des cicatrices plus profondes que les précédentes. Ma mère s'est plus sérieusement entichée d'un bellâtre philosophe de quinze ans son cadet. Mon père s'est moins furieusement battu. Ils s'en sont beaucoup voulu. L'un de cet excès de sentiment, l'autre de ce déficit de combativité. Quand j'ai décidé, à l'hôpital, de les réconcilier, sans avoir conscience du drame dont j'allais, bien malgré moi, être l'artisan, ils faisaient mine d'avoir définitivement tourné la page. Mon père, qui n'aime pas la solitude, s'était installé avec « une nouvelle poupée Barbie », pour reprendre la terminologie de ma mère. Natalya était la fille d'une championne de natation française et d'un oligarque russe retrouvé assassiné dans un parking de Londres quand elle était encore adolescente. Ses parents s'étaient rencontrés dans les années 1980 lors d'une compétition sportive internationale et sa mère avait tout quitté pour aller vivre à Moscou. Natalya avait aujourd'hui vingt-huit ans, soit six mois de moins que moi, un physique ravissant – celui de ma mère il y a trente ans – et un petit pois en guise de cervelle. Mon père ne prétendait pas le contraire :

« Tu n'imagines pas comme sa simplicité me repose. L'intelligence de ta mère, l'exigence de ta mère, sa manière de partir au combat sur tout, tout le temps. Son militantisme politique dès le petit déjeuner, ses révoltes du soir, ses indignations permanentes : elle m'a épuisé, cette femme. Natalya me montre ses nouvelles robes et ses nouvelles culottes. Il suffit de lui acheter des bijoux et de l'emmener en week-end pour qu'elle soit contente. Truffaut, pour elle, c'est une jardinerie. Elle n'a jamais vu un Bergman ni un Godard. Elle ne regarde que des vidéos de maquillage sur YouTube et tout ce que je fais l'épate. Elle est la bonne humeur incarnée. Elle est tendre, attentionnée et très gentille. Avec ta mère, c'était le fouet et la mine. Il fallait être un génie ou rien. Avec Natalya, ce sont les grandes vacances. »

Je partais de loin. Mon père avait envie de repos, et s'il est une chose incompatible avec la fréquentation de Laure Branković, c'est bien la tranquillité. Je n'avais pourtant pas droit à l'erreur. Je me réveillais la nuit avec un poignard dans le cœur en réalisant que, dans quelques mois, elle ne serait plus là. J'imaginais ses derniers instants. Je cherchais en vain l'issue, mais ma mère était trop entière pour se voiler la face. Elle ne croyait ni en Dieu ni au diable, encore moins aux gourous ou aux guérisseurs. Elle avait regardé la faucheuse bien en face, et tant que son corps le permettrait, elle garderait le cap. J'avais essayé à trois reprises de lui parler du protocole expérimental de l'Hôpital américain. Elle m'avait remis à ma place : « Il n'en est pas question. » Pas question de croire qu'il y avait de l'espoir. Pas question de se salir dans une révolte inutile. Elle voulait rester digne. C'était sa dernière ambition, et elle me demandait de l'y aider.

Je savais qu'elle réfléchissait aux solutions pour en finir avant de perdre le contrôle de ses pensées et de sa personne. Elle m'en avait parlé d'un air détaché, technique. Comme s'il s'agissait d'organiser un dîner d'avant-première ou un planning d'écriture. De mon côté, porter une montre m'était devenu intolérable, tout comme voir l'heure s'afficher sur mon téléphone. La vie de ma mère était une poignée de sable dans ma main. J'avais beau serrer de toutes mes forces, les grains s'en échappaient. J'en étais malade d'impuissance. Je vivais une sorte de cauchemar continu. Pour échapper à cette tenaille de douleur et d'angoisse, je n'avais réussi à identifier que deux champs d'action : veiller par tous les moyens possibles à ce qu'elle ne souffre pas et m'assurer que, le moment venu, mon père lui tiendrait la main et lui fermerait les yeux.

Le jour de leur premier mariage, celui de leur second et à chacune de leurs retrouvailles, mes parents s'étaient promis de finir leur vie ensemble. Mon père était persuadé qu'il mourrait le premier, sinon il ne se serait pas engagé si légèrement, mais ils avaient abordé ces sujets graves dès le début. Cette obsession m'étonnait, surtout qu'ils s'étaient rencontrés très jeunes. Leur couple se fondait autant sur un serment d'amour que sur un serment de mort. Aujourd'hui, les choses avaient changé entre eux. Je savais néanmoins que, pour ma mère, les aléas de l'existence et de vulgaires signatures d'accord ou de désaccord auprès d'un représentant de l'administration française ne tenaient pas devant la parole donnée. Il me revenait de contraindre mon père à tenir ses promesses. À la subtilité près que mon père ne reconnaît qu'une maîtresse : la liberté. Il est de surcroît passablement hypocondriaque. Ce n'était pas en lui faisant la morale ou en essayant de l'attendrir avec la maladie de ma mère que je le ferais revenir. De toute façon, elle ne me l'aurait pas pardonné.

Le destin m'a donné un coup de pouce. Une fois par an, c'était la tradition, mon père et moi partions en montagne pendant trois ou quatre jours. Nous deux, entre hommes. J'avais appris la terrible nouvelle le 4 février, je devais retrouver mon père à Serre-Chevalier le 24. C'était la configuration idéale pour lui parler : je serais débarrassé d'emblée de l'obstacle Natalya et j'aurais le temps d'amener intelligemment les choses. Je retournais depuis plusieurs jours les phrases dans ma tête pour trouver le meilleur angle d'attaque quand j'ai reçu un coup de fil de mon père :

« Changement de programme mon Oscar. Je t'emmène à Courchevel.

— Courchevel ? Mais je croyais que tu détestais ce ghetto de riches ?

— On ne va pas se voiler la face, riche, je le suis. En plus je viens de signer avec Edward Norton pour un nouveau film. Le scénario est incroyable. Le réalisateur – moi en l'occurrence – n'est pas nul. Ça ne va pas s'arranger en matière de pauvreté.

— Tu le réalises ?

— Oui, ça me manquait… C'est basé sur le cas Percy Schmeiser, un type génial.

— Génial en quoi ?

— C'est un agriculteur canadien qui a intenté un procès contre Monsanto pour contamination de ses champs par leurs semences génétiquement modifiées. David contre Goliath. C'est d'ailleurs le titre de travail, *Goliath*. Je te raconterai…

— Mais pourquoi Courchevel ?

— Joséphine t'appelle pour les billets. »

J'allais rétorquer que je prendrais mes billets tout seul, merci, que nous n'allions pas de nouveau avoir cette conversation, mais il a raccroché. J'ai reçu dans la foulée un texto de Joséphine doublé d'un mail avec la réservation de l'hôtel, le K2, et mon itinéraire de train. J'étais désarçonné. Cela ne ressemblait pas à mon père de fréquenter ce genre de station. Il avait toujours aimé l'authenticité de « Serre-Cheu » où il ne croisait que des amis, où il n'avait pas besoin de s'habiller le soir ni de faire des salamalecs à tout bout de champ.

Ma mère, de son côté, manifestait son indépendance. Elle trouvait que je l'appelais trop souvent, que mon inquiétude n'aidait personne : ni elle ni moi.

« Occupe-toi un peu de ta vie. Trouve-toi une copine…

— J'ai toutes les copines qu'il faut, je te remercie, répondis-je vexé.

— Je te parle *d'une* copine, pas d'un panel test. Depuis Esther, tu ne nous as présenté personne.

— Tu ne vas pas me demander de te faire des petits-enfants tant qu'on y est !

— J'aimerais te savoir heureux…

— Heureux ! Le grand mot ! Tout ça pour quelques coups de fil !

— Ce n'est pas parce que tu me téléphones cinq fois par jour que tu fais des réserves de moi pour le jour où je ne serai plus là. »

Ma mère m'a annoncé dans la foulée qu'elle partait une semaine à Tanger, chez Véronique. C'était prévu de longue date. Elle ne voyait aucune raison d'y renoncer. J'étais à la fois effrayé qu'elle s'éloigne de Paris – plus précisément qu'elle s'éloigne de l'hôpital – et soulagé de ne pas la savoir seule en mon absence. J'avais le sentiment de transférer la responsabilité de sa survie à Véronique. Cette dernière avait une dizaine d'années de plus que ma mère. Elle était parvenue à cet âge où l'inquiétude de la beauté cède la place à celle de la santé. Elle avait un carnet d'adresses médical qui allait de l'urgentiste au chirurgien en passant par tous les spécialistes imaginables, et même des rebouteux. Elle faisait également du yoga à haute dose et en matière de souplesse, elle battait à plate couture bien des filles de trente ans. Je savais que Véro s'occuperait de ma mère, tout en la faisant rire et en lui changeant les idées. Décoratrice, elle était drôle, libre d'esprit, elle connaissait un monde fou et avait beaucoup voyagé. Parfaite association pour ma mère.

Lors de notre dernier déjeuner, juste avant son départ, je n'ai pas pu m'empêcher d'activer la géolocalisation du téléphone portable de ma mère. Elle m'a demandé de lui régler un problème de synchronisation, j'en ai profité. Je voulais savoir où elle était.

Notamment pour lui porter secours. Ma mère, qui ne comprend pas grand-chose à ces questions, ne s'est rendu compte de rien. Je ne lui ai pas dit bien sûr, elle aurait hurlé. Mon père l'a fait suivre pendant des années par un détective privé, elle n'allait certainement pas accepter que son fils « l'espionne ». J'étais très content de mon coup. Devant le restaurant, je l'ai serrée dans mes bras. Trop longtemps, trop fort. Elle a pris mon visage dans ses mains, comme quand j'étais petit, m'a embrassé entre les deux sourcils et m'a rassuré :

« Ne t'inquiète pas. Je suis encore là. Et quand je ne serai plus là, tu t'en sortiras très bien. Tu es grand maintenant. Et tu es fort. Je suis fière de toi.

— Tu ne dirais pas des choses pareilles si tu étais sûre de me revoir, ai-je répondu, les larmes aux yeux.

— Je suis fière de toi, mais tu restes un grand tragédien ! N'en rajoute pas, Scaro… s'est-elle moquée en me tapotant la poitrine. Tu sais bien que j'ai horreur des départs qui s'éternisent. »

Alors qu'elle s'éloignait, un peu pompette après la bouteille de rosé que nous avions bue, je l'ai regardée marcher jusqu'au bout de la rue. J'essayais de graver dans ma mémoire sa silhouette et sa grâce. Je voulais me souvenir de ce moment. J'avais si peur qu'il soit le dernier. Je me suis dit que si elle se retournait, ce qu'elle ne faisait jamais, si elle m'envoyait un baiser de la main avant de disparaître, alors je la reverrais. Dans les derniers mètres, je me suis tendu, prisonnier de ce pari absurde. Ma mère s'est retournée et m'a fait un petit signe de la main, puis un « non » de son index qui signifiait encore : « Ne t'inquiète pas. » Je me suis retenu de courir derrière elle. J'ai observé la pastille bleue qui la représentait sur l'écran de mon portable. Ce mouvement rapide, décidé, m'a apaisé.

La satisfaction n'a pas duré deux heures. Je me suis mis à regarder en permanence où elle était, espérant y trouver du réconfort, alors que mon angoisse, paradoxalement, ne faisait que croître. Sans doute parce que j'imaginais, pour chaque déplacement de ce petit point qu'était ma mère, une ou deux histoires – en général épouvantables – expliquant son parcours. J'ai donc continué à l'appeler cinq fois par jour, usant de prétextes de plus en plus ténus. Elle a répliqué en m'envoyant une liste de consignes plus farfelues les unes que les autres pour son enterrement – son incinération d'ailleurs –, ce qui m'a fait rire et m'a un peu calmé.

Le samedi suivant, j'étais de bon matin gare de Lyon. J'ai téléphoné à ma mère juste avant que le train ne parte. Elle avait une voix enjouée et l'air heureuse de quitter Paris. Prendre l'avion crée toujours en elle une impatience et le sentiment enfantin de partir à l'aventure. Son enthousiasme m'a soulagé. Il n'y avait personne dans mon carré. J'ai pu m'étaler, sortir mon ordinateur et mes papiers. C'était parfait pour travailler. Je planchais sur une histoire d'emprise… Une jeune femme est séduite par un homme qui semble avoir toutes les qualités. Elle s'emballe, le présente en deux temps trois mouvements à sa famille. Ils se marient tout aussi vite et partent s'installer à la Martinique. Cadre de rêve, confort financier, et pourtant, imperceptiblement, commence l'isolement de la victime, son enfermement, et bientôt son enfer. La structure fonctionnait, mais le personnage masculin était trop binaire et attendu. Il me revenait de l'étoffer, de le rendre plus complexe, plus angoissant. Je savais très clairement ce que je voulais faire de lui et j'ai commencé à me créer des ouvertures dans le scénario pour déplacer les blocs. J'injectais de la matière de façon chirurgicale dans la première partie, il faudrait une intervention plus conséquente dans la deuxième. Cinq heures plus tard, le train s'est arrêté à Moûtiers-Salins-Brides-les-Bains. La tête pleine des palmiers, des plages et des couleurs de la Martinique, j'ai été saisi par le froid et ramené à une réalité en dégradé de gris. Une voiture de l'hôtel m'attendait. Il ne fallait qu'une trentaine de minutes pour gagner la station. Ma déception a été grande lorsque, le chauffeur m'ayant déposé devant l'entrée du K2 à 1 850 mètres d'altitude, je suis tombé sur Natalya. En cuissardes bleu électrique et minijupe, elle a crié mon prénom et m'a sauté au cou. Son parfum fleuri, plus subtil que je ne l'aurais imaginé, m'a enveloppé. Elle était flanquée d'un cameraman preneur de son, d'une styliste et d'une coiffeuse maquilleuse qui a fait la tête en voyant que le rouge soigneusement appliqué sur la bouche pulpeuse de ma presque belle-mère s'étalait maintenant sur mes joues.

« Je dois refaire tout le contour ! a-t-elle constaté sèchement.

— Tu tournes un film ? ai-je demandé tout aussi sèchement à l'intéressée qui n'a pas relevé mon agressivité.

— Bien sûr que non Oscar ! Mais je n'avais encore jamais publié de photos à la neige.

— Des photos à la neige ?

— Oui, pour mes followers… Ils en ont assez de la plage et du soleil. Là j'ai fait plus de likes en deux jours qu'en deux mois.

— Sans parler du taux d'engagement… Les commentaires sont incroyables ! a souligné le cameraman.

— Oui ! Trop contente, a renchéri Natalya. Regarde ce que m'écrit @Minou : "Tu es merveilleuse. J'aime la beauté de ton âme. Ton cœur qui brille comme une étoile. C'est quoi ta crème de jour ? #angel #sexy #Love #loreal" Et là c'est @gouzigouzi, il est trop mignon ! "Belle. Depui ke je t'es trouvé sur insta ma vie a changer. Tro belle. Je te kiffe tro." »

Natalya a continué à parcourir les messages de ses fans et m'aurait probablement lu l'intégralité de leurs commentaires si la coiffeuse maquilleuse n'avait sifflé la fin de la récréation. Talya a pris une mine d'enfant coupable et m'a congédié d'un sourire enjôleur :

« Il faut que je travaille. Ton père est à la salle de sport. »

Mon père à la salle de sport ! Lui qui citait Churchill « cigars, whisky and no sport » chaque fois qu'il se servait un verre d'alcool… Rien n'allait plus. J'ai laissé ma valise à la réception – très bel hôtel, il fallait le reconnaître – et j'ai effectivement trouvé mon père au spa. Il n'était pas en train de soulever de la fonte, mais de se faire triturer les pieds par un masseur asiatique au crâne rasé qui devait mesurer près de deux mètres. Ce dernier s'est levé à mon arrivée :

« Chercher tisane détox, a-t-il annoncé.

— Je croyais que tu ne supportais pas les mains d'un homme sur toi ? me suis-je étonné en embrassant mon père.

— Les pieds ça va. C'est le coach de Talya… Viens, on se tire, a-t-il bougonné en enfilant ses claquettes, sinon il va encore essayer de me faire boire son jus de fenouil.

— Les choses changent…

— Ne m'en parle pas. Elle me pourrit la vie la petite. Regarde ce qu'elle me fait manger, s'est-il plaint en sortant des poches de son peignoir des barres protéinées.

— Pourquoi es-tu venu avec elle ? ai-je lancé sur un ton de reproche.

— Figure-toi qu'elle est devenue jalouse.

— De moi ?

— Mais non, pas de toi. Elle t'adore. Du reste du monde…

— Je ne doute pas qu'elle ait des raisons d'être jalouse.

— Aucune ! Pas la moindre raison », a protesté mon père, soudaine incarnation de l'innocence.

Je lui ai rendu son regard. Il a laissé tomber le baratin.

« Ce n'était rien, cette histoire. Elle en fait tout un plat…

— Une actrice ?

— Pas du tout ! Une copine de trente ans, gentille comme tout, qui m'a remonté le moral. Même ta mère l'adore.

— Agnès ?

— Agnès.

— Tu as remis le couvert avec Agnès ?

— Remis le couvert, remis le couvert ! Elle m'a réconforté quelque temps…

— Tu étais déprimé ? »

Il a marqué une pause et, tête basse, m'a confié :

« Au départ, avec Natalya, je me sentais jeune, maintenant c'est l'inverse, je me sens vieux. Elle ne comprend rien à ce que je fais. Je ne comprends rien à ce qui l'occupe. Elle passe son temps sur son portable et son ordinateur. Et puis il y a le problème physique...

— Le problème physique ?

— Son corps est une insulte à côté du mien. Sa minceur pointe ma bedaine, sa souplesse ma raideur. Et puis son cul n'a pas d'esprit. Il est parfait. Parfaitement rond, parfaitement ferme, mais il n'a pas d'esprit. C'est un vrai tue-l'amour.

— Pourquoi restes-tu avec elle ?

— Avec une autre ce sera pareil et je ne suis pas doué pour la solitude. Surtout elle est belle, vraiment belle. C'est quelque chose quand même. En plus, elle est adorable. »

L'image de ma mère est passée entre nous. Il ne l'a pas évoquée. Je n'ai pas osé la mentionner. J'avais peur de raviver, en parlant d'elle trop tôt, leur vieil antagonisme. Je l'ai orienté sur notre marche. Je craignais que Natalya n'essaie de s'imposer, mais il m'a rassuré :

« Ne t'inquiète pas. Elle ne marche que sur un tapis roulant. »

Après avoir échappé au masseur une deuxième fois – il nous avait retrouvés et insistait pour nous faire boire des breuvages troubles au goût de terre et de citron –, nous sommes montés dans ma chambre. La vue était magnifique. Nous avons préparé nos sacs à dos avec le plus grand soin, comme au bon vieux temps. Leur contenance de 40 litres limitait ce que nous pouvions emporter. C'était un jeu entre mon père et moi. Il fallait avoir le paquetage le plus léger possible et nous allions jusqu'à peser nos vêtements pour y parvenir. Nous aimions rivaliser de technicité et discuter équipement. Nous comparions nos chaussures, nos skis de randonnée, nos polaires, nos coupe-vent et autres vestes en Gore-Tex. Nous rajoutions une doudoune en duvet qui tenait dans une pochette de vingt centimètres et qui se révélerait précieuse, le soir au refuge. Il fallait aussi compter deux paires de gants, des masques de ski et des tours de cou. Nous partions avec des détecteurs de victime d'avalanche, ainsi qu'une pelle et une sonde chacun, au cas où.

Mon père a eu la bonne idée de réserver un « rituel sérénité » pour Natalya au spa. Elle était épuisée par sa journée. Le soin signature durait près de trois heures et nous a permis de dîner sans elle.

« De toute façon, elle aurait regardé un bol de bouillon aux algues et son portable », a déclaré mon père.

Le K2 nous a mis en contact avec un guide, Roland. Nous l'avons retrouvé à l'Arbé, un restaurant de spécialités savoyardes. Après avoir commandé un copieux repas, il nous a familiarisés avec la topographie de la région et nous a aidés à établir le parcours en pointant les zones de danger. Il a proposé de nous accompagner, mais nous préférions rester seuls, quitte à choisir un itinéraire sans grande difficulté. Nous avons vérifié l'altimètre avec Roland. Il nous a prévenus qu'il n'y avait pas de réseau dans la vallée des Avals et nous a prêté un GPS. Nous n'irions pas bien loin avec nos téléphones : ils consommaient trop d'énergie et le froid achèverait de vider les batteries. Roland nous a ensuite raconté ses expéditions un peu partout dans le monde avec un enthousiasme communicatif. Il était passionné de cinéma. Il avait vu la plupart des films de mon père et semblait ravi de pouvoir le questionner à ce sujet. Grand amateur de littérature également, il a été étonné d'apprendre que nous n'emportions même pas un livre de poche. Juste un carnet et de quoi écrire. Nous voulions nous purifier l'esprit. Il fallait inventer nos histoires au lieu de les recevoir. Les paysages somptueux, l'ampleur du cadre, cette lente ascension vers le ciel, la verticalité même de notre périple nous décloisonnaient le cerveau et nous ouvraient le regard. Rien ne venait plus enfermer la pensée. La marche nous renforçait les jambes, le cœur et l'imagination. Elle renforçait aussi l'amour indéfectible, bien que tourmenté, qui nous unissait mon père et moi.

Nous sommes partis du Belvédère. La navette de l'hôtel nous y a déposés. Le chef du K2 nous avait préparé une sélection de friandises, deux thermos remplis de café, des sandwichs et, pour le soir, des repas tout prêts.

Natalya s'était opposée à notre expédition avec une obstination que je ne lui connaissais pas. Elle trouvait mon père trop fatigué. Elle m'avait même pris à part pour me dire qu'il n'était pas en forme, que ce n'était pas prudent. Mon père s'agaçait : elle n'avait rien à craindre, ce n'était pas en montagne qu'il allait croiser des jeunes femmes ! Natalya se fâchait. Elle prétendait que ce n'était pas du tout la question.

Nous avons été sauvés de son ingérence par l'arrivée d'une amie de sa famille. Venue passer quelques jours à l'hôtel, cette comtesse russe, très élégante, vivait à Londres et devait avoir dans les soixante-dix ans. Ses cheveux d'un gris soigné étaient coiffés en chignon. Elle ne skiait plus mais séjournait chaque année à Courchevel pour retrouver des amis. Natalya lui a fait une vraie fête et nous a finalement laissés décamper. J'ai téléphoné à ma mère juste avant d'enfiler les skis. Quand il a compris que je l'appelais, mon père a levé les yeux au ciel avant de dire « Embrasse-la pour moi ». Ce que j'ai fait. Je l'ai prévenue que je ne pourrais pas la joindre pendant quarante-huit heures.

« Tu vas survivre ? m'a-t-elle demandé en riant.

— Dans la montagne, tu veux dire ?

— Non, sans me parler pendant deux jours.

— Pas sûr », ai-je répondu avec honnêteté.

Nous avons raccroché dans la bonne humeur.

Nous débutions mon père et moi par une étape raisonnable : quatre heures de ski vers les Lacs Merlet. Nous devions arriver en début d'après-midi, ce qui nous donnait le temps de chauffer le refuge pour la nuit. Il n'était pas gardé à cette période de l'année et serait probablement vide, même si nous devions y trouver de quoi nous installer. La deuxième étape serait plus accueillante, mais nous recherchions moins le confort que la solitude. Nous avons passé nos systèmes de protection ARVA, posé les peaux de phoque, vérifié les fixations et nous sommes partis. L'ascension débutait sous les meilleurs auspices. Il faisait beau. Le manteau blanc, préservé de toute visite, scintillait. Je savourais la brûlure du froid dans mes poumons, la perception de mon souffle qui s'accélérait avec l'effort, le craquement sourd de la neige sous nos skis. J'observais, devant moi, la silhouette de mon père, tendue vers le sommet. Je retrouvais la sensation de force qu'il dégageait et qui, enfant, me rassurait. Je me souvenais de notre première expédition, quand, pour mes douze ans, il m'avait emmené avec un de ses amis découvrir cet univers de silence, de contemplation, et de liberté. C'était une joie de se retrouver ensemble, minuscules taches de couleur dans ces espaces limpides sur lesquels nous dessinions des lacets. Nous en soignions le tracé, arabesques dérisoires à la mesure de notre petitesse dans cette immensité. Nous avions le sentiment de respirer un air supérieur, de nous ouvrir à une vie abritée des hommes, de comprendre enfin le murmure des choses muettes. Nous parcourions les formes d'une géante, les ondulations de sa chair immaculée. Nous ressentions ce mélange d'esprit de conquête et d'humilité. Les montées étaient rudes. Il fallait prendre sur soi, mais les descentes, si courtes soient-elles, nous offraient notre récompense. Nous décollions les peaux, changions les fixations, passions un coupe-vent et nous retrouvions, pour quelques centaines de mètres, notre légèreté. Puis la montée recommençait…

Passé deux heures d'orgueil et d'ivresse, c'est à l'humilité que nous avons été ramenés. Nous étions à mi-parcours. Des masses menaçantes ont refermé le ciel en une vingtaine de minutes. Un brouillard épais a envahi la vallée. On ne se distinguait plus à un mètre. Nous venions d'apercevoir le lac inférieur qui étendait ses eaux dormantes à perte de vue, puis nous avons été coupés de lui. Nous nous sommes attachés l'un à l'autre par précaution. Les nombreuses dépressions et les cuvettes d'érosion se révélaient des pièges difficiles à déjouer. Nous avions le plus grand mal à nous repérer et nous nous sommes rendu compte que nous tournions en rond en croisant, par deux fois, la trace de nos skis. La troisième nous a inquiétés. Nous pensions avoir progressé alors que nous étions restés à l'endroit même où le brouillard nous avait saisis. La fatigue a commencé à se faire sentir. Nous allumions nos portables à intervalle régulier mais, comme l'avait annoncé Roland, nous ne trouvions pas le moindre réseau. Nous ne pouvions appeler à l'aide. Nous nous sommes rabattus sur un autre refuge, le Grand Plan. Nous le savions fermé, mais nous espérions pouvoir forcer la porte : en vain. Elle a résisté, tremblant à peine sous nos coups d'épaule. Les volets étaient tout aussi solides. Un écriteau rendait hommage au précédent responsable du refuge : Lionel Blanc, qui, en dépit de son nom prédestiné, avait péri, victime d'une avalanche, quelques années plus tôt. Nous avons échangé un regard : pas question de passer la nuit dehors. Nous avons dégagé l'un des bancs en bois et marqué une pause pour nous restaurer. Le café dans les thermos était encore chaud. Nous avons étudié la carte à nouveau et nous sommes repartis. Il fallait faire chaque pas à la boussole et à l'altimètre, vérifier sans arrêt que, dans cette semi-nuit, nous n'étions pas en train de dévier de notre route. Mon père peinait désormais. Je n'en menais pas large non plus. Notre silence disait notre tension. Nous avions conscience du danger. Il nous a fallu une heure et demie pour, enfin, nous trouver à proximité du refuge des Lacs Merlet. Une brève percée nous a permis de l'apercevoir. Très vite, le brouillard l'a à nouveau englouti, mais il était là, tout près.

« J'ai bien cru que j'allais construire mon premier igloo », a plaisanté mon père…

Il n'a pas eu le temps de terminer sa phrase. Je l'ai vu disparaître d'un coup. Comme s'il venait de prendre un ascenseur vers le centre de la terre. J'ai crié. Je me suis jeté en arrière pour empêcher sa chute. Il n'était pas loin car la corde qui nous reliait ne s'est pas tendue. Je me suis précipité à plat ventre à l'endroit où mon père s'était évanoui. Seul son front dépassait. J'ai gratté comme un chien enragé pour dégager son visage, il a repris sa respiration.

« Ne bouge pas, tu vas t'enfoncer, ai-je ordonné.

— Je ne peux pas bouger. »

Une fois son souffle apaisé, et mon ancrage sécurisé, j'ai essayé de le remonter sans y parvenir. Jamais je n'aurais pensé que mon père était aussi lourd. La fosse semblait le retenir de mille mains invisibles, ou ses skis le bloquaient sans qu'il puisse les déchausser. Je n'osais m'approcher, de peur que la neige ne cède sous mon poids. J'ai tenté d'utiliser ma sonde pour délimiter le tracé approximatif de la dépression et ne pas être piégé à mon tour. Après de pénibles tentatives, j'ai changé de stratégie. J'ai demandé à mon père de me décrire la position de ses bras. Guidé par lui, allongé sur la neige, j'ai dégagé ses membres supérieurs à la pelle. Une fois ses épaules et ses bras libérés, j'ai à nouveau tiré sur la corde et mon père a pivoté pour agripper les points d'appui que j'avais créés. Il a pu se tourner un peu plus et, je ne sais trop comment, réorienter ses skis. En quelques minutes, il était sorti d'affaire. Nous nous sommes éloignés du piège. J'avais le cœur qui cognait. Mon père était d'une pâleur effrayante. Nous sommes restés enlacés de longues minutes sans dire un mot. Il faisait quasiment nuit. J'ai allumé ma lampe torche pour parcourir les cent derniers mètres qui nous séparaient du refuge. C'était long, cent mètres de poudreuse, dans notre état de fatigue et de choc.

La porte était ouverte. Le froid glacial. Un mot de bienvenue de Corinne, la gardienne du refuge pendant la saison d'été, accueillait le visiteur. Seules deux appliques, sans doute alimentées par des panneaux solaires, éclairaient les lieux. Des cartes et des affiches pédagogiques du parc de la Vanoise décoraient les murs, lui donnant un air de salle de classe. Au coin cuisine, avec un réchaud et une sorte d'évier, s'ajoutaient une longue table couverte d'une toile cirée à rayures colorées, des bancs de bois vernis et, juste en face, les lits superposés. Je n'avais jamais été aussi content d'arriver quelque part. Mon père a semblé pris d'un vertige. Je l'ai assis d'autorité et emmitouflé des couvertures mises à la disposition des randonneurs. Il n'y avait pas d'eau. J'ai rempli une marmite et une casserole de neige. Je les ai fait bouillir pour lui préparer un thé et avoir un peu d'avance. Il n'y avait pas assez de bois pour démarrer le poêle. J'ai dû ressortir et me suis aperçu avec découragement que les bûches entreposées sous l'abri extérieur mesuraient près d'un mètre. Il fallait les couper en trois tronçons pour espérer les enfourner dans le poêle. Je m'y suis attelé pendant une demi-heure. Les dents de la scie étaient usées et mon outil se coinçait régulièrement dans le bois. La hache aidait bien à fendre les rondins dans la longueur et le sens des fibres, mais ne servait à rien dans la largeur. J'avais l'impression de n'être moi-même constitué que de matière ligneuse et douloureuse. En rapportant les bûches à l'intérieur, j'ai vu que mon père grelottait. Son front était brûlant. J'ai allumé le feu, et je lui ai proposé de s'allonger dans le couchage le plus proche de la source de chaleur.

« Finalement ce n'est pas si mal les hôtels de luxe », a-t-il grimacé en s'étendant sur le matelas épais d'une dizaine de centimètres. « Je me demande si nous n'avons pas fait du snobisme à l'envers. »

Je lui ai donné trois oreillers. Il a bu une deuxième tasse de thé. Étant donné la température, il n'était pas question de se découvrir, mais nous avions évité le pire. Je me suis promis de ne plus jamais partir sans guide. Le temps que nous avions perdu à tourner en rond près du lac avait failli nous coûter la vie. Je n'aurais pas donné cher de notre peau si nous avions dû passer la nuit dehors…

J'ai trouvé des casseroles et des assiettes en Pyrex dans le placard à portes coulissantes. Le brûleur à gaz fonctionnait à la perfection. Bientôt un délicieux parfum de poulet au curry a envahi le chalet. J'ai rajouté à ce festin une soupe lyophilisée aux vermicelles et aux champignons noirs trouvée sur place. Il y avait aussi des pâtes, du riz, des sachets de chocolat, du café soluble, des biscuits et pas mal de conserves, bref, de quoi accueillir et dépanner les visiteurs. La température montait petit à petit. Je rechargeais le poêle sans arrêt. Mon père n'a pas eu le courage de se lever. Il a pris sa soupe au lit et a refusé le curry. Il avait une fièvre de cheval. Toute la nuit, j'ai rechargé le poêle pour éviter que le feu ne s'éteigne et surveiller l'état de mon père. Entre ces fournées, j'ai fait les pires cauchemars. Tous impliquaient ma mère. Je fuyais dans des couloirs sans fin. Aucune lumière, aucune issue. J'étais prisonnier de mes terreurs.

Le lendemain matin, je me suis réveillé vers neuf heures. Les courbatures de la veille me signalaient douloureusement des muscles dont je n'avais, auparavant, pas soupçonné l'existence. Mon père ronflait. J'ai mis ma main sur son front. Il était encore très chaud. Je n'ai pas osé le réveiller. Pendant une petite heure, la visibilité a été belle. Deux chamois sont passés à une dizaine de mètres du refuge et quelques instants plus tard, un renard a pointé son nez. Il a regardé quelques secondes vers la fenêtre d'où je l'observais, a gratté la neige de ses pattes arrière, marquant sa propriété sur ce bout de planète, et a continué son chemin. Aucun de ces animaux ne semblait préoccupé par notre présence. Ils suivaient leur programme, l'air affairé, parmi les formes arrondies des moraines. J'ai coupé du bois, autant que je pouvais, et fait bouillir de l'eau pour constituer des réserves. Le poêle fonctionnait à plein régime. Il faisait vraiment chaud dans le chalet.

Le ciel s'est couvert à nouveau. Je ne nous voyais pas du tout repartir, même pour rentrer à la station, d'autant que mon père dormait toujours. J'ai commencé à m'inquiéter en voyant son sommeil troublé. Ruisselant de sueur, il s'agitait et marmonnait des choses étranges. Je l'ai réveillé pour le faire boire. Il a regardé à travers moi avec des yeux d'illuminé, sans répondre à mes questions, et a repoussé avec véhémence le plateau que je lui ai présenté. L'inquiétude m'a gagné. Nous étions bloqués au milieu de nulle part, sans aucun moyen d'alerter qui que ce soit, et il n'était pas bien. Pas bien du tout. Je l'ai découvert pour faire baisser la fièvre. Il répétait en boucle qu'il ne savait pas comment faire et qu'il avait peur. Depuis ma tendre enfance, j'avais autant été son père qu'il avait été le mien, mais ce jour-là j'ai cessé pour de bon d'être son fils. La veille, il avait failli perdre la vie sous mes yeux. La hantise du jour où je devrais porter son corps mort, et le corps mort de ma mère avant le sien, ne me quittait plus. Je ne cessais de penser à eux les yeux clos, le souffle éteint, la peau blanchie et froide. Ces pensées occupaient tout mon champ de vision et dès que je tentais de porter ailleurs le regard, elles revenaient me frapper avec plus de force encore. J'avais le sentiment d'être assailli de corbeaux vengeurs. J'essayais de me concentrer. Je lui appliquais une serviette humide sur le front, les bras et les mollets. Je rafraîchissais ce linge et je le reposais. Il a semblé s'apaiser. Dans ce moment d'accalmie, il m'a demandé :

« Raconte-moi une histoire. »

J'ai été touché. C'était très différent de ces années où, pour me coucher le soir, pris de flemme, mon père me disait : « Aujourd'hui c'est toi qui racontes l'histoire. » À l'époque il s'allongeait sur mon lit sans faire l'effort d'enlever ses chaussures et, auditeur exigeant, pointait mes incohérences, ou m'encourageait à plus d'imagination : « Ah non, le lion ne sera pas féroce, c'est plus drôle s'il est trouillard », « La princesse belle ? Oui, tu as raison, c'est mieux qu'elle soit belle, sinon tu perdras la moitié de ton public, mais il faut qu'elle ait un foutu caractère. Comme maman, tiens. Maman ferait une princesse épatante… Oui, tu as raison, maman est une reine, pas une princesse, mais pour le caractère on est pas mal. » À l'époque c'était lui le grand, moi le petit. Il n'y avait aucun doute là-dessus, mais ce matin-là dans le refuge, il m'a demandé « Raconte-moi une histoire » comme le petit prince exige son mouton, avec cet air d'enfant qui surgissait parfois dans son regard. Un enfant qui n'était pas fait pour la réalité, la laideur du monde et des gens. Un enfant hypersensible qui s'était construit toutes sortes de carapaces, à commencer par un certain goût de l'outrance et de la vulgarité. Un enfant qui avait peur de la maladie, de la solitude, de la mort. Un enfant qui demande à vous prendre la main. Alors j'ai raconté. Raconté une Serbe orpheline et pauvre. Fillette élevée par sa tante qui l'accuse de ses propres échecs, des années qui passent, de la jeunesse qui s'enfuit, des amours défuntes. Une petite Serbe au fichu tempérament qui rêve de Paris, de littérature, de la France, de ses arts et de ses écrivains. Une jeune femme qui traverse bien des pays seule, en bus, se défendant des hommes à la serpe de sa volonté, pour arriver un jour à Nice et y demeurer plusieurs années. Elle comprend peu à peu qu'elle est belle. Personne n'avait pris la peine de le lui dire. Elle se lie d'amitié avec des peintres, des chanteurs et des poètes. Ils lui apprennent la vie, le beau, la joie des mots et des idées à l'université des comptoirs de café. Je lui raconte ses réveils aux petits matins blêmes, ses nuits d'amour et ses lendemains de fête. Je lui raconte Laure qui rencontre Édouard. Je lui raconte Viviane, sa mère, qui devient Mamine, ma grand-mère. Sa tendresse, ses combats pendant la guerre et après. Je lui raconte ses anecdotes à lui. Ses faits d'armes avec Laure, leurs ratages, nos fous rires et ces engueulades qu'il connaît par cœur et dont les fils tissent l'épaisse corde qui lie notre famille. Je lui demande de se tenir à cette corde, de s'y accrocher de toutes ses forces. Comme hier dans la neige, elle le sortira de ce gouffre de fièvre et d'angoisse.

C'est le deuxième refuge qui a donné l'alerte. Ne nous voyant pas arriver, ils ont appelé Roland, l'hôtel, puis les secours. Nous étions depuis deux nuits aux Lacs Merlet. Mon père allait un peu mieux, mais n'était pas en état de se déplacer. Je lui avais parlé pendant des heures. Des heures, parce que je voyais que ma voix lui faisait du bien et parce qu'à raconter notre vie, je savais que ma mère refaisait son chemin en lui. J'avais peur pour mon père, j'avais peur pour ma mère. Deux jours sans l'avoir au téléphone et j'imaginais le pire, comme si le fait de ne plus l'appeler allait causer sa mort ou la mienne. Un psy m'aurait dit qu'à vingt-neuf ans, je n'avais pas coupé le cordon ombilical. C'était vrai. Un cordon inversé : je croyais garder ma mère en vie, comme je venais de le faire pour mon père, à la seule force de mes mots. J'avais besoin de savoir où elle était, à tout instant. Quand je l'entendais, je ne la voyais plus tomber seule. Je ne la voyais plus se figer et partir selon une infinité de scénarios tous plus sinistres les uns que les autres. Lorsque je l'entendais, mon cœur et mes pensées s'apaisaient. Depuis deux jours, je n'avais pas pu surveiller ses allées et venues sur mon téléphone portable. Je vivais les affres d'une désintoxication non assistée. Je me battais pour mon père et je me battais contre moi-même. En lui contant nos souvenirs heureux, j'étais souvent contraint de m'arrêter, les larmes aux yeux, étreint par cette nostalgie de ce qui, déjà, n'était plus et dont la mémoire finirait par s'éteindre. Mon père devait percevoir mon émotion parce qu'il retenait sa respiration. Il semblait retrouver son souffle quand je reprenais mon récit.

Le temps s'est amélioré enfin. Nous avons entendu les claquements d'un rotor en fin de matinée et quelques secondes plus tard, l'hélicoptère se posait. Les secours avaient enfin pu se déployer. Un médecin a examiné mon père. Il était trop faible pour redescendre jusqu'à la station, mais il pouvait marcher. Nous sommes montés à bord. Une poignée de minutes plus tard nous atterrissions au K2 où Natalya nous attendait dehors, ses cheveux blonds volant autour de son visage d'ange dévasté.

La tension de Natalya m'a ému. Elle était cernée et pâle. Elle a pris mon père dans ses bras d'une manière très belle. Elle le soutenait. D'une façon presque maternelle. Ce geste m'a frappé. Je ne pouvais douter de la sincérité de ses sentiments. Je refusais depuis longtemps de les prendre en compte, mais ils étaient évidents et forts. Il n'y a pas de mauvaise raison d'aimer ou d'être aimé. Son propre père avait été assassiné quand elle avait treize ans. Il lui avait laissé beaucoup d'argent certes, mais cela remplace-t-il le temps, l'affection et le sentiment de protection que procure un parent ? Édouard Vian savait se montrer rassurant. Il demandait de l'attention, mais il était tendre et réconfortant. Natalya rêvait d'intégrer une famille. À bien y réfléchir, cela expliquait aussi pourquoi je me montrais si dur avec elle. Nous étions en compétition pour la position de l'enfant.

Par moments, Natalya me touchait, à d'autres elle m'irritait. Je sentais parfois qu'elle avait quelque chose à me dire, que son secret s'arrêtait au bord de ses lèvres, que sa jovialité et son insouciance dissimulaient une âme tourmentée. Je n'étais son aîné que de quelques mois. Dans des circonstances différentes, nous aurions pu être amis, mais chaque fois que je passais du temps avec elle, j'avais l'impression d'avoir trahi ma mère, de pactiser avec celle qui l'avait remplacée et, pris de remords, je m'éloignais. Lorsque nous sommes descendus de l'hélicoptère et que Talya a serré mon père contre elle avec cette puissance, j'en ai été marqué. Parce que c'est un geste que ma mère aurait pu avoir. Natalya ne lui ressemblait pas que physiquement. Quelque chose d'autre les rapprochait et cette proximité m'était insupportable. Lorsque ma presque belle-mère a refermé sur eux la porte de leur suite, je me suis senti exclu. Ils étaient tous les deux et j'étais seul.

J'ai regagné ma chambre, branché mon portable. Ma main tremblait lorsqu'il s'est allumé. Il a bipé une bonne dizaine de fois. Parmi tous les messages, j'en avais trois de ma mère. Mon cœur a manqué un battement. Son dernier message disait : « Rappelle-moi dès que tu redescends. » J'ai appuyé sur le favori « Mum ». Elle m'a répondu tout de suite, ce qui ne lui ressemblait pas. Elle m'a avoué que, pour une raison obscure, elle s'était inquiétée, vraiment inquiétée. Elle en était la première étonnée. Je lui ai dit que nous avions été bloqués en montagne, sans préciser à quel point nous nous étions trouvés en mauvaise posture. Je ne voulais pas l'alarmer. Elle a affirmé, de son côté, que tout allait bien, mais j'ai trouvé sa voix fatiguée, loin du ton impérieux qu'elle avait souvent. Maman a éludé mes questions, préférant décrire les charmes du Maroc, de Tanger et de la maison de Véronique. Elle s'accordait enfin un peu de farniente, agrémenté de balades en bateau et diverses excursions. Il faisait trop froid pour se baigner, mais les deux amies avaient visité le musée d'art moderne, l'ancien palais du sultan, le grand marché de Casa Barata et s'apprêtaient à partir pour les grottes d'Hercule. L'idée de découvrir l'antre du demi-dieu semblait enchanter ma mère. Cette expédition lui avait donné envie de travailler sur la guerre de Troie. Je savais qu'elle écrivait vite, mais mon cœur s'est serré. Comment aurait-elle le temps, et bientôt la force, de mettre au monde une nouvelle série ? Elle donnait le change, mais je la connaissais trop pour ne pas sentir que la fêlure s'élargissait. Celle qui minait son corps et peut-être sa confiance, à présent. Elle m'a décrit les vues envoûtantes sur le détroit de Gibraltar, la profusion de la végétation même en hiver, les ruelles de maisons blanches qui côtoient les immeubles contemporains. Ma mère agissait comme si rien n'avait changé dans sa vie. Une parfaite touriste, sans arrière-pensées. Lorsque j'ai essayé d'avoir des réponses plus précises, elle s'est lancée dans une ode aux épices locales avant de raccrocher parce que le taxi était soi-disant arrivé. Je suis resté le téléphone entre les mains. Je ne savais comment libérer ma poitrine de l'étau qui l'enserrait. J'ai pris une douche aussi brûlante qu'interminable, parce que nous ne nous étions pas lavés depuis trois jours, mais surtout parce que ma peau gardait l'acidité de ma peur.

Le lendemain, mon père semblait quasiment rétabli. La fièvre était tombée pour de bon. J'ai été très étonné qu'il ne demande pas à voir de nouveau un médecin. Pendant des années, j'avais dû l'accompagner dans ses inquiétudes médicales. Si un hôtel de luxe avait eu l'idée de fusionner avec un hôpital, il aurait été le premier à y louer une chambre à l'année. Là rien. Il avait fait tout seul sa mystérieuse pharmacopée et semblait se remettre. C'était déstabilisant. Je savais qu'il avait décidé, après son dernier divorce avec ma mère, de s'attaquer à ce problème d'hypocondrie qui pourrissait son quotidien. Il s'était essayé à la psychothérapie, à l'hypnose, à l'EMDR, à la sophrologie et à d'autres bizarreries dont il avait fini par faire une comédie, *Paracétamol*, qui avait remporté un franc succès. J'ignorais à quelle discipline il fallait imputer ce changement d'attitude, mais le résultat était spectaculaire. Natalya se montrait très attentionnée envers lui, même si ses gestes touchants n'étaient pas bien reçus. Mon père semblait à la fois attendri et agacé. Il lui flattait distraitement le dos ou la croupe. Il la laissait se coller contre lui et la cajolait, mais je voyais bien qu'il ne la désirait plus et ne savait que faire de son affection. Ma presque ex-belle-mère sentait sa disgrâce. Le départ de son amie russe aggrava encore sa déprime. Elle était d'humeur si sombre qu'elle annula son programme de vidéos de la semaine. Elle avait juste posté une « no make up » et une « cry baby » où elle partageait sa tristesse avec ses fans. Elle expliquait en anglais, français et russe que son amour avait failli mourir, qu'elle avait eu tellement peur et qu'elle ne se sentait pas capable de vivre sans lui. On suivait en plan serré des larmes couler le long de son visage parfait. Elle avait désormais sa chaîne YouTube et près de deux millions d'abonnés sur Instagram, l'espace d'expression privilégié des peines contemporaines. Natalya semblait avoir fédéré une part non négligeable des femmes malheureuses de la planète. Elles s'échangeaient des déluges de confidences mondiales, nappées d'une empathie épaisse. Cette impudeur me mettait mal à l'aise.

Natalya m'a montré ses œuvres avant de les poster. Je me suis assis un moment avec elle, sur la terrasse du K2. Face à son ordinateur, elle faisait preuve d'une grande dextérité. J'ai été étonné par la rapidité à laquelle elle montait et animait ses messages. Nous avons discuté de ses mises en scène et de la lumière de ses photos. Je me suis rendu compte qu'elle avait une idée très claire de ce qu'elle cherchait à produire et que, visiblement, ses principes fonctionnaient. Le nombre de ses followers donnait le vertige. Leur progression aussi. Au cours des trois jours qu'avait duré notre errance en montagne, elle en avait gagné dix mille.

C'est la taille d'une petite ville, lui fis-je remarquer.

Elle était heureuse parce qu'elle venait d'être démarchée pour une première « collab ». Une marque voulait utiliser son nom pour une série de T-shirts. Ce que je croyais un simple passe-temps se révélait une mécanique bien huilée qui, après plusieurs mois d'efforts auxquels je n'avais pas prêté attention, se déployait à grande vitesse. Natalya m'a décrit son projet. Je la regardais. Quelque chose de trouble en elle retenait mon attention. Elle portait un simple legging noir sous un pull jacquard. Son carré de cheveux blonds désordonnés lui donnait une douceur enfantine. C'était peut-être son mouvement, empreint d'une certaine langueur, ou sa voix, qui m'interpellaient. De temps en temps, elle avait une repartie vive, étonnamment juste, et la minute d'après elle retrouvait cette indolence qui me faisait douter de son intelligence. Bien sûr elle était belle. Il suffisait qu'elle se montre pour que les regards convergent vers elle. Natalya apparaissait et – littéralement – les gens se taisaient, mais ce n'était pas sa beauté qui me déconcertait. Plutôt une incohérence. Une contradiction. Elle gardait une sorte de candeur. Une sensibilité aussi. Elle ne semblait pas se rendre compte à quel point elle était le centre de l'attention. Dès qu'un portable se levait en revanche, c'était fini. Ces quelques centimètres carrés d'écran prenaient le pouvoir sur sa personne. Son personnage virtuel se substituait à la jeune femme avec qui je discutais quelques secondes auparavant. Elle se mettait à poser, à faire des moues étudiées, lèvres savamment entrouvertes, corps tourné de trois quarts avec une cambrure affectée. Le charme était rompu. Elle perdait son mystère pour n'être plus que la poupée d'un marionnettiste inconnu.

Mon père n'était pas d'une génération susceptible de comprendre son activité. Il l'encourageait, mais il n'en saisissait ni l'utilité, ni le fonctionnement. Il considérait les réseaux sociaux comme une occupation futile. Ils avaient de surcroît donné naissance à une nouvelle forme de célébrité qui heurtait son amour de l'art, parce qu'elle ne se fondait ni sur le talent ni sur l'excellence. Il n'avait jamais été un défenseur acharné de la réalité. Au contraire. Mais cette virtualité-là ne lui plaisait pas. D'autant que le narcissisme qui s'était emparé du monde entrait en compétition directe, sur le marché déjà tendu de l'attention, avec son propre travail. Non contents de lui prendre de plus en plus de spectateurs, les réseaux sociaux lui prenaient aussi sa maîtresse. Natalya était droguée aux « likes », incapable de décrocher. Elle se levait et se couchait avec son portable, se réveillait au milieu de la nuit pour répondre à ses messages et partager ses insomnies. Son téléphone constituait sa relation la plus passionnée et la plus exclusive. Elle aurait voulu retrouver ces gratifications dans la vie réelle. Son équipe n'en était pas économe, mais leurs encouragements avaient perdu de leur efficacité. Comme dans toute addiction – j'étais bien placé pour le savoir –, Natalya voulait plus et plus fort. Ma réserve comme celle de mon père faisaient de nous des objectifs. Un compliment de lui ou de moi aurait eu plus d'impact que dix de son preneur de son, visiblement épris de cette créature extraterrestre. Je cédais mollement à ses appels du pied. Je n'étais pas gentil avec Natalya. Je me suis rendu compte trop tard à quel point je la sous-estimais. Nous la sous-estimions tous.

Natalya a décidé de rentrer. Elle avait un rendez-vous important, à Londres. Essayait-elle de reconquérir mon père en se faisant désirer ? Elle m'a transmis une liste de consignes de santé. Le programme avait été fait sur mesure par le meilleur coach du monde, titre que la presse américaine lui avait décerné pour avoir permis à Angelina Jolie de retrouver la ligne en quelques jours après ses grossesses, et à Barack Obama de ne pas perdre la sienne malgré ses deux mandats. Natalya m'a chargé de veiller à ce que mon père respecte ce qu'elle appelait sa « routine ». Je l'ai rassurée.

Elle a décollé du K2 en hélicoptère pour une vidéo censée en mettre plein la vue à ses followers. Le panorama était certainement sublime, mais j'ai souligné le caractère contradictoire de cet « éditorial » – comme elle appelait ses interventions – avec le film déchirant qu'elle avait posté la veille et qui montrait deux oursons tentant de rallier à la nage, avec leur mère, une banquise réduite de moitié. Elle ne voyait pas le lien entre son plein de kérosène et le pôle Nord. Elle a balayé mes remarques d'un trait de khôl, rajouté à la va-vite sur ses yeux translucides dans le grand miroir du lobby. Elle a embarqué, téléphone à la main, souriant et parlant « en live » à je ne sais quelle foule indistincte, effrayante et polymorphe qui, déjà, l'ensevelissait de déclarations à l'orthographe aléatoire.

Le soir même, mon père et moi plongions avec délice charcuteries, patates et morceaux de pain blanc dans une fondue savoyarde. Le tout arrosé d'un rouge capiteux. Avec le réchauffement climatique, il devient impossible de trouver des vins à moins de 13 degrés. En moins d'une heure et plus de deux bouteilles, nous étions soûls.

Mon père n'était pas pressé de rentrer. J'avais abandonné mes a priori sur Courchevel. Les gens étaient exceptionnellement gentils et l'hôtel très confortable. La collection d'œuvres d'art contemporain n'aurait certes pas plu à tout le monde, mais la gastronomie et les vues de toute beauté ne pouvaient que faire l'unanimité. Mon père et moi avions beaucoup parlé et nous n'avions plus envie de grandes conversations, juste de laisser filer la journée, chacun vaquant à ses affaires et à ses lectures. Nous étions à la fois dans notre monde et heureux de notre proximité, comme lorsque, plus jeune, je venais passer des après-midi à son bureau. Le soir nous avons joué aux échecs et au backgammon en sirotant un whisky japonais qu'il avait découvert depuis peu. Quelque chose en lui s'était modifié en profondeur. Je sentais moins l'impatience, l'intranquillité qui, des années durant, l'avaient maintenu en mouvement. Ce calme inédit me troublait. Je me suis demandé ce qu'il nous préparait.

Ma mère était rentrée de Tanger. Malgré la douceur de ces moments, j'ai décidé de regagner Paris.

Je ne cessais de m'inquiéter. Je la soupçonnais de me dissimuler son véritable état de santé. Je voulais en avoir le cœur net. Mon père a pris le train avec moi. Nous avons lu côte à côte puis discuté longuement en prenant un café au wagon-restaurant. À la gare, mon père a insisté pour me déposer, ce qui ne lui ressemblait pas. En général, le pied à peine posé sur le sol de la capitale, il était repris par la frénésie urbaine. Déjà pendu au téléphone, il m'embrassait distraitement, en cherchant des yeux son taxi. Cette fois-ci, il n'a rien voulu entendre :

« Puisque je te dis que je te raccompagne ! J'ai laissé ma voiture au parking.

— Je dîne avec maman…

— Ne t'inquiète pas, je ne viendrai pas perturber votre soirée en amoureux. »

En route vers l'est de Paris, il a parlé de tout et de rien, charmeur comme il savait l'être, avec cet humour et cette verve qui faisaient de lui un aimant, un pôle au magnétisme intact quand il souhaitait séduire. Je le voyais chercher à m'éblouir, se chauffer. J'attendais. Je le laissais venir. Paris défilait dans les fenêtres de son Audi. Je restais en retrait. Je n'allais pas lui faciliter la tâche. Rien ne le stimulait plus que l'adversité. Il avait besoin de conquérir. M'avoir pour obstacle était la meilleure façon de tendre son désir. Il attendait que je lui pose une question que je me refusais à lui poser. Je voulais que le geste vienne de lui. Nous sommes arrivés en bas de la butte Bergeyre. Je lui ai demandé de s'arrêter devant les escaliers de l'avenue Simon Bolivar. Je préférais monter à pied. Je lui ai dit merci papa, au revoir papa. C'était bien d'être avec toi. Je me suis appliqué à sourire. Il a souri aussi, avec un fond d'inquiétude et d'incrédulité dans les yeux. Au moment où je suis sorti, il m'a rattrapé par le bras.

« Va la chercher. Je vous emmène dîner. »

J'ai hésité à faire durer le plaisir, puis j'ai dit la vérité :

« Je ne sais pas si elle sera d'accord.

— Essaie », a-t-il imploré.

J'ai répondu « oui, papa », et il a répété « essaie, vraiment ».

J'ai monté les escaliers du passage quatre à quatre, parcouru les cinq cents mètres qui me séparaient de la maison de ma mère et ouvert, comme si nous étions à la campagne, la grille du jardin. En sonnant à sa porte mon cœur battait violemment. Pas parce que j'avais marché trop vite, mais parce que je jouais mon va-tout. Je voulais qu'elle vienne bien sûr. Je voulais si fort qu'elle vienne avec nous.

Ma mère est apparue. Elle était habillée d'un pull beige et d'un pantalon blanc, son regard clair étincelant dans les amandes soulignées de noir de ses yeux. J'ai vu passer dans ces éclats de miroir une interrogation, un doute rare. J'y ai répondu :

« Tu es très belle maman. »

C'était vrai. Fatiguée, mais belle. Le Maroc lui avait donné des couleurs malgré ses traits tirés. Elle portait son parfum d'avant, celui qu'elle ne mettait plus que pour les grandes occasions depuis que sa fabrication avait été arrêtée quelques années plus tôt. Il lui en restait une réserve dont elle avait disposé parcimonieusement ces dernières années, mais qu'elle avait, depuis quelques semaines, décidé de terminer. Cette huile de musc qui fondait sur sa peau réveillait des souvenirs en moi. Petit, je lui volais ses pulls ou ses T-shirts pour m'endormir dans son odeur. Serrer ses vêtements contre ma joue me donnait le sentiment d'être dans ses bras. Elle m'a transpercé de sa clairvoyance :

« Il est en bas ?

— Oui, il attend… Comment sais-tu ?

— Je vous connais. »

Elle a soupiré et m'a demandé :

« J'y vais, tu crois ?

— Fais la coquette avec lui, pas avec moi », ai-je répondu en lui passant une main sur la joue avant de l'embrasser.

Nous n'avons pas eu le temps de descendre. Elle était en train d'enfiler son manteau quand la sonnette a de nouveau retenti. Mon père dans l'encadrement. Sa voiture garée contre la grille du jardin, à l'adresse exacte : 70 rue Georges Lardennois. Il était pourtant censé n'être jamais venu.

« On va dîner ici, c'est mieux, a déclaré mon père en entrant chez ma mère sans lui demander la permission. J'ai commandé libanais. »

Ils ne se sont pas touchés. Elle n'a pas protesté. Son fin visage était impassible. Comme si, après quatre ans de séparation, la présence de mon père chez elle était parfaitement normale. Sa docilité m'a étonné. Je m'attendais à la grande scène du deux, aux dialogues ciselés, aux reparties qui sèchent l'adversaire sur place, au chantage affectif, à la passion, au pardon – ou pas –, aux éclats de voix : la routine. Non.

Rien de tout cela. Ma mère s'est effacée pour que mon père puisse entrer. Il a sifflé d'admiration en découvrant cette vue inimaginable : la façade ouest englobait le Sacré-Cœur, la façade sud, la tour Eiffel dans toute sa hauteur. Il a fait le tour du propriétaire. Déjà chez lui. Il est allé dans la chambre de ma mère, dans sa salle de bains, dans la chambre d'amis. Il est sorti sur la petite terrasse avec son bureau extérieur en béton reconstruit à grands frais. Il a fini par s'installer sur le canapé. Il a choisi d'instinct l'endroit où elle préférait s'asseoir. Elle m'a dit :

« Il y a du champagne au frais. »

Puis elle s'est plantée devant mon père :

« Pousse-toi. »

Il lui a fait de la place et ils sont restés là un moment, sans rien dire, flanc contre flanc. De la cuisine je voyais ces deux têtes si familières dépasser du canapé. Leurs épaules se touchaient, mais ils regardaient vers la fenêtre ouest, se tenant très droits. Ils étaient comme de vieux adolescents qui hésitent à se lancer. Quand je suis revenu avec le champagne, des flûtes et des noix de cajou, ils se tenaient la main, puis ma mère, comme prise d'une immense fatigue ou d'une immense fragilité, a posé sa tête sur l'épaule de mon père et a fermé les yeux. Il a passé son bras autour d'elle. Dans son regard à lui, j'ai vu une larme briller. J'ai attendu quelques minutes. Ma mère ne bougeait plus, lovée contre mon père. Je lui ai envoyé un baiser de la main. Il m'a souri. J'ai pris mon sac et je suis parti.

Je suis rentré à pied chez moi. Une promenade dont j'avais besoin, malgré le froid et mon sac de voyage. J'avais à la fois le cœur lourd et rempli de joie. Mes parents étaient réunis. Secrètement assoiffés l'un de l'autre, combattants épuisés, ils s'étaient retrouvés avec une évidence déconcertante. J'avais aimé me sentir à nouveau de trop, parce qu'il y avait quelque chose de très doux à contempler leur union, leur attachement, ces moments d'harmonie qu'ils savaient partager.

Enfant, je ne supportais pas leurs disputes. Avant même de savoir parler, j'allais en prendre un par la main puis l'autre et je les forçais à se retrouver autour de moi. Je me pelotonnais contre leurs jambes, je les serrais de toutes mes forces et comme par magie, je sentais leur colère s'apaiser. J'étais fier de ce pouvoir. En grandissant, j'ai souffert de ne plus réussir à les réconcilier, de constater que les failles s'approfondissaient et que je ne pourrais plus les combler, malgré l'amour qu'ils me portaient.

Ce soir-là, les voir ensemble, calmes et heureux, m'a fait un bien fou. Le cœur de notre famille s'était remis à battre. J'étais pourtant déchiré d'émotions contradictoires. Je savais que, dès le lendemain ou le jour d'après, cette union serait brisée. L'échéance qui menaçait ma mère, cette échéance que mon père ignorait encore, me pétrifiait. Je savourais ce répit et ma victoire, mais mon but atteint, je ne pouvais chasser l'image qui venait juste après, celle de la défaite ultime. Je voyais la souffrance de ma mère, la souffrance de mon père, la mienne, et la peur m'habitait. Ma mère parlerait-elle à mon père ? Mon père comprendrait-il qu'elle était atteinte, bientôt à terre ? Ou, gardienne de son désir et scénographe de leur amour jusqu'au bout, saurait-elle lui dissimuler la vérité avant de disparaître un matin ? Me tiendrais-je à ses côtés ce jour-là ? Mon père serait-il assez fort, dans les derniers instants, pour tenir sa main et leurs promesses ? Je ne savais plus. J'espérais un miracle. Une résurrection. J'avais envie de croire à Soljenitsyne résorbant son cancer par la seule puissance de l'esprit. J'avais envie de croire aux rebouteux et aux guérisseurs. J'avais envie de croire que l'amour triompherait de tout. Je rêvais, pour eux, d'un mauvais film, avec des litres d'eau de rose, de bons sentiments, et bien sûr une fin heureuse. J'appelais de mes vœux un dénouement rocambolesque qui nous sauverait tous. Je voulais changer le cours des choses en effaçant d'une touche d'ordinateur la suite logique, implacable, de ce scénario. Je voulais réécrire notre histoire.

Le ciel a semblé m'entendre. Ma mère me disait qu'elle était stable, que ses examens étaient bons, qu'il ne servait à rien de s'inquiéter, tout arriverait bien assez tôt.

« S'inquiéter, c'est vivre les événements redoutés dix fois au lieu d'une. Arrête, Scaro », m'a-t-elle murmuré un soir en passant la main dans mes cheveux.

Je lui ai demandé si papa savait. Elle a perdu en une fraction de seconde sa sérénité et ses mines philosophes :

« Je t'ai demandé une chose et j'entends que tu la respectes. »

Alors je respectais. Extérieurement, elle avait l'air plutôt bien. Mon père lui cuisinait des pâtes dès le petit déjeuner pour « qu'elle se remplume ». Elle faisait mine de manger avec appétit et ne se plaignait pas. J'ignorais tout de son traitement. Elle m'opposait une barrière infranchissable. Je lui en voulais de son silence. J'avais l'impression qu'en savoir plus m'aiderait à me préparer, à évaluer la distance, mais rétrospectivement je me rends compte qu'elle avait raison. Savoir quoi ? Contrôler qui ? J'aurais alimenté d'informations médicales que je ne maîtrisais pas la machine folle de mon cerveau, sans pouvoir trouver de solution ni de repos. J'avais le plus grand mal à mettre au pas mon imagination. Je ne faisais qu'envisager le pire, or le pire était sûr, ce qui aurait dû m'en libérer.

Mon père, lui, nageait dans le bonheur. Il s'est installé chez ma mère dès le lendemain de leurs retrouvailles. Il a demandé à son assistante de lui acheter des vêtements et quelques babioles. Il n'avait pas besoin de grand-chose et Joséphine connaissait la chanson. Mon père a toujours eu ce côté coucou. Il aime les nids des autres.

Natalya en revanche n'a pas réagi comme je l'escomptais. La manière dont elle prendrait les choses préoccupait beaucoup mon père. Ma mère l'a taquiné, désormais sûre de sa victoire, sur son goût incorrigible pour les filles de l'Est.

« Tu es la seule fille de l'Est qui compte pour moi, lui a-t-il répondu.

— Puisque tu aimes tant l'ex-URSS, tu devrais faire la suite de *Perestroïka*. Ils étaient passionnants, ces entretiens avec Gorbatchev…

— Je ne fais pas de suite, tu le sais.

— Ce ne serait pas vraiment une suite… Mais des entretiens avec Poutine ! Tu imagines ? Personne ne comprend qui est cet homme.

— Cela ne fait pas dix minutes que je suis rentré et tu es déjà en train de m'envoyer à la guerre ! a protesté mon père.

— On ne peut pas le laisser reconstituer la grande Russie sans rien faire quand même !

— Ma petite révolutionnaire de Serbie… Laisse tes amis russes tranquilles et viens m'embrasser. On en reparlera quand j'aurai terminé *Goliath*. »

Pour revenir à Talya, elle nous a tous surpris. Je l'avais imaginée déjeunant avec mon père, se défendant, l'accusant, s'accrochant à lui comme tant d'autres avant elle. Je la voyais pleurer dans sa salade puis sur Facebook et sur Instagram. Soignant l'esthétisme des larmes, capitalisant sur sa douleur auprès de sa communauté… Rien de tout cela. Mon père n'a même pas eu à lui parler. Lorsqu'il est arrivé chez eux avec quatre jours de retard – il avait prétendu se reposer à Courchevel alors qu'il était chez ma mère –, il a trouvé l'appartement vide. Plus rien dans les placards ni dans la salle de bains. Natalya avait laissé l'endroit aussi impeccable qu'une chambre d'hôtel après le service du soir. Le réfrigérateur était rempli de denrées adaptées au régime alimentaire que mon père était censé suivre. Elle avait déposé une note en russe sur son oreiller : « Без обид. Развлекайся. » Ce qui signifiait : « Sans rancune. Amuse-toi bien. »

Mon père l'a appelée et lui a écrit. Elle n'a pas répondu. Il s'est gardé d'insister, trop heureux de cette délivrance aussi indolore qu'inespérée. De mon côté, je me suis senti coupable. Je ne souhaitais pas faire de mal à Talya. Je lui ai envoyé plusieurs messages. Je lui ai proposé de prendre un café. Elle m'a opposé le même silence. Sans doute me tenait-elle responsable de leur rupture. Ce qui n'était pas totalement faux. Je me suis abonné à ses comptes Instagram, Facebook et Snapchat ainsi qu'à sa chaîne YouTube. J'ai créé une alerte Google à son nom :

Natalya Vassilievna. Après une période d'éclipse qui a paniqué ses fans, les réseaux sociaux m'ont appris qu'elle était à New York. Elle a posté des vidéos de coucher de soleil sur l'Hudson River, de son jogging du matin, des écureuils de Central Park, de ses repas « healthy » et de la conception d'un sac pour une deuxième collaboration. Tout allait pour le mieux dans le meilleur des mondes. Elle se promenait de palaces en limousines, de tapis rouges en dîners de gala. Rien sur son chagrin d'amour. Rien sur ses blessures. Juste une vie parfaitement éditée. Les revers, les imperfections, les insomnies étaient coupés au montage. Natalya semblait un permanent rayon de soleil, une incarnation sans défaut de la jeunesse, de la beauté et de la réussite.

Je me suis remis au travail. France 3 venait de me commander un feuilleton en deux volets et, à force de la suivre sur les réseaux sociaux, mon ex-presque belle-mère m'a inspiré un des personnages principaux. La chaîne voulait traiter des dangers d'Internet pour les adolescents. J'ai pris l'habitude de regarder tous les jours, plusieurs fois par jour même, ce que Natalya faisait. Même ses vidéos de maquillage m'étaient utiles. Je racontais l'histoire d'une jeune fille de seize ans. Myriam a des copines, un petit ami, des parents attentifs qui lui laissent une grande liberté parce qu'elle est bonne élève et excellente musicienne. Tous les possibles s'offrent à elle, jusqu'au jour où Myriam est trahie par son amoureux. Très vite le quotidien de cette famille se dérègle. Myriam délaisse les vidéos d'astuces beauté, les jolies chaussures et les soirées arrosées. Elle ne veut plus sortir ni parler. Elle refuse d'aller en cours, ne joue plus de piano. Elle semble sombrer dans une dépression dont sa mère tente désespérément de la sortir. Un matin Myriam disparaît. Le récit devient alors celui de ses parents, ponctué des rumeurs chez les voisins, d'extraits de l'enquête et du deuil qu'ils doivent faire de leur fille… Je m'étais inspiré de Natalya pour imaginer la meilleure amie de cette adolescente, je lui avais aussi emprunté certaines caractéristiques physiques et, petit à petit, je me suis aperçu qu'elle avait contaminé tout mon texte. Elle était ma porte d'entrée sur ce monde. Je me familiarisais, à travers elle, avec cette vie parallèle effrayante, et la manière dont la virtualité prenait le contrôle des êtres, obscurcissant leur jugement et altérant leur bien-être. Quelques semaines après son départ de Paris, j'ai vu des photos de Natalya au bras d'un important avocat américain que mon père connaissait bien. Le cabinet qu'il dirigeait était spécialisé en propriété intellectuelle, notamment pour le cinéma ou les plateformes comme Netflix et Amazon Prime, ainsi que pour les chaînes numériques des géants du Web. Il était au cœur d'un dispositif qui ne pouvait que servir l'ascension de Natalya. J'en ai été choqué. Je l'avais imaginée choisissant ses amants par désarroi affectif plus que par intérêt. Avec ses cheveux poivre et sel, sa mâchoire carrée de dessin animé et ses costards bien coupés, ce Jay Cyrus n'était pas mal, mais il avait bien soixante ans, ce qui créait forcément le soupçon. À quoi jouait-elle ? Quand je lui ai parlé de cette histoire, mon père n'a pas semblé étonné :

« Nous avons dîné avec Jay l'hiver dernier. Il la dévorait des yeux.

— Ça n'a pas traîné !

— Il connaît tout le monde, elle va s'amuser.

— S'amuser ? Avec ce républicain obtus ? Je ne comprends même pas que tu puisses travailler avec un type pareil.

— Il est charmant. Il ne faut pas le diaboliser…

— Sauf que ce n'est pas avec ce vieux qu'elle va faire un enfant !

— Depuis quand veux-tu la marier ? Et pourquoi devrait-elle avoir un enfant ? Tu deviens un vrai père la vertu, Oscar… » s'est moqué mon père, vexé que j'attaque Jay Cyrus sur son âge.

« J'ai du mal avec les gens qui n'ont aucune suite dans les idées », ai-je rétorqué.

Il y a eu un blanc. Mon père a changé son fusil d'épaule :

« Et toi ? Tu en es où de ta vie ? J'ai beaucoup aimé la fille avec qui tu étais à l'avant-première de *Paradise Boy*.

— Laquelle ?

— Aurélie, a dit mon père, qui avait pourtant tendance à oublier les prénoms des gens.

— Je ne couche pas avec Aurélie.

— Pourquoi ? s'est exclamé mon père. Elle est magnifique.

— Je travaille avec elle.

— Elle travaille *pour* toi ou *avec* toi ?

— Avec moi.

— Bon, tu ne crains rien alors !

— C'est une amie.

— La vieille blague de l'amitié ! a soupiré mon père. Ce que tu peux être jeune quand même… C'est une bombe, Aurélie, en plus elle est surdouée, tu devrais y réfléchir », a-t-il conclu en ouvrant son journal.

Je suis resté songeur. Aurélie Vaillant… Une longue fille à crinière, drôle, émotive, avec des grands yeux noisette, la peau mate et un sourire qui ferait fondre du granit. Je n'ai jamais été attiré par les brunes, même si je dois reconnaître que sa voix – elle a une voix très spéciale – me donne le frisson. Nous avons collaboré sur *Paradise Boy*, et nous nous entendons très bien, mais j'évite, n'en déplaise à mon père, de tout mélanger. Mes parents ont toujours associé leurs passions. J'en garde trop de souvenirs cuisants pour avoir envie de les imiter. Une fille avec qui j'écris est la dernière personne que je chercherais à mettre dans mon lit. D'autant que, lorsque nous préparions *Paradise Boy,* Aurélie était en couple. Et moi en plein chagrin d'amour. Je savais qu'entre-temps, Aurélie avait repris sa liberté. Elle s'était séparée de son fiancé : un jeune loup frisant la quarantaine qui dirigeait une grande chaîne de télévision française et répondait au nom de Xavier. Depuis leur rupture, il traînait son aigreur dans tout Paris.

Aurélie était une excellente scénariste. Elle venait de faire un carton avec la première saison de *Championnes* sur Canal+, série consacrée à une équipe de footballeuses françaises. Elle était dotée d'une finesse psychologique hors norme et d'un talent certain pour les répliques chocs. Son côté chef de bande me séduisait aussi, mais je ne l'avais jamais envisagée autrement que comme une amie. D'autant que je voulais beaucoup de choses, mais certainement pas me recaser. Ma mère m'y encourageait avec insistance. Elle rêvait de « me laisser entre de bonnes mains », ce à quoi je rétorquais que les meilleures mains entre lesquelles me laisser étaient encore les miennes, ce qui me valait une moue dubitative exaspérante. Voilà que mon père s'y mettait à présent. Sans doute leur habitude du casting… Ils ont toujours eu tendance à m'envoyer leurs candidates, même quand je n'avais pas de rôle à pourvoir.

Je m'étais séparé d'Esther, la seule femme qui ait vraiment compté pour moi, trois ans plus tôt. Depuis je m'ennuyais. J'avais fait sa connaissance lors d'un vernissage à Los Angeles et je ne saurais dire, aujourd'hui encore, si c'était une bonne ou une mauvaise rencontre. Artiste, plus âgée que moi, elle mettait son corps en scène, nu, enchaîné, tatoué, peint, habillé, déshabillé, paré de métal, souillé de cambouis. Elle détournait l'image maternelle, faisait ruisseler du lait sur ses petits seins tout en dévoilant son entrejambe. J'avais passionnément aimé le parcourir, son corps à la limite de la maigreur, son dos anguleux, son sexe lisse si doux dans ma paume. J'avais passionnément aimé caresser son visage opaque, presque masculin et pourtant délicat, ouvrir d'un doigt ses lèvres souvent scellées par un mutisme non négociable, saisir d'une main ferme la masse de ses cheveux mordorés quand nous faisions l'amour. Esther aimait jouer. Elle aimait la domination. Avec elle, je n'étais plus un fils, j'étais un homme. J'avais adoré la faire jouir. La tenir renversée, la sentir palpiter, voir enfin la digue céder. Ses orgasmes me procuraient un sentiment de puissance que même la coke ne m'avait pas donné. Nous avions été loin, sexuellement et émotionnellement. Elle vivait à haute tension. Redescendre d'intensité, pour elle, c'était mourir. Elle se montrait aussi brutale qu'hypersensible. Il fallait naviguer entre les récifs de ses interdits et les abysses de sa permissivité. J'avais, cinq ans durant, cherché mon chemin à tâtons, avec mes mains, ma bouche, mes mots, pour trouver les clés de son âme et de son plaisir. Je voulais percer ses secrets, soigner ses blessures. J'essayais de la réconcilier avec elle-même, mais je crois, à présent, qu'Esther aimait souffrir, parce qu'elle pensait que la souffrance était au cœur de son énergie artistique. Elle avait peut-être raison. Figure montante de l'art contemporain, elle était aussi profondément féministe et sans concession. Mon père la trouvait folle, ma mère l'adorait. Elle avait été consternée d'apprendre notre séparation. Je crois qu'elles continuaient toujours de s'écrire, peut-être même de se voir. Je ne voulais pas en entendre parler. Pour me séparer d'Esther, j'avais dû arracher à son corps chaque centimètre de ma peau. Ce n'est pas rien, cinq ans avec une fille comme elle. Un peu plus d'ailleurs. Nous avions poursuivi une relation épisodique, à distance, après mon retour en France. J'avais imaginé que l'éloignement apaiserait nos rapports, que nous garderions le meilleur de notre relation puisqu'elle ne voulait pas d'enfant, jamais, ni avec moi ni avec un autre. Alors que bizarrement, et depuis longtemps déjà, j'y aspirais. Notre éloignement n'a pas eu l'effet escompté.

C'est l'inverse qui s'est produit. Ses excès, son acharnement à nous détruire ont eu raison de mes sentiments. J'ai gardé, des mois durant, la sensation d'être un grand brûlé. Elle m'avait menacé de tout, m'utilisant pour se faire du mal et encore plus de mal. Peu à peu, ses colères ont fini par s'espacer. Elle m'appelait parfois la nuit, sans mot dire. J'écoutais un moment sa respiration et je raccrochais. Il n'y avait rien que nous ne nous soyons déjà hurlé cent fois. Il n'y avait pas une phrase qu'elle aurait pu prononcer que je ne connaisse déjà. J'avais fait recouvrir d'un motif maori le tatouage de son prénom sur mon pubis. En découvrant sa dernière série d'autoportraits photographiques à la FIAC, j'ai vu qu'elle avait fait recouvrir d'un délicat enchevêtrement de fleurs le tatouage de mon prénom sur le sien. C'était notre divorce à nous. D'elle, je n'ai gardé qu'un tableau dans mon salon, parce qu'il conserve pour moi les couleurs de nos moments heureux.

Depuis, j'enchaînais les histoires. J'étais attiré par les filles border line et je m'empressais de les quitter dès qu'elles voulaient me voir plus régulièrement. La vie commune était associée dans mon esprit à trop de bruit et de fureur pour y céder, même si – je n'étais pas à un paradoxe près – les filles sages, sympathiques et équilibrées me semblaient ternes. J'étouffais, à peine leurs bras se refermaient sur moi. Mes parents, en me noyant dans le tourbillon de leur passion, m'avaient mis le cœur et la tête à l'envers. Esther avait parachevé leur œuvre. J'avais l'impression que ma vie sentimentale était derrière moi, que je ne connaîtrais jamais un amour comme le leur. D'ailleurs, je ne le souhaitais pas. Ce combat permanent de la femelle et du mâle, cette incompréhension ontologique qui s'effaçait le temps de l'emboîtement, le bref répit qui lui succédait, me semblaient insolubles. Et le bonheur surévalué. Cette religion ne valait pas mieux que les précédentes. L'opium du peuple a professionnalisé son marketing, mais il garde son amertume.

Mes parents, eux, se montraient plus unis qu'ils ne l'avaient jamais été. Ils étaient partis quelques jours revoir la baie de Naples, Malte et la Sicile. Leurs retrouvailles avaient pourtant commencé par une véritable tourmente. Quelques jours après notre retour à Paris, l'hebdomadaire *Le Savoyard* a consacré quelques lignes à notre mésaventure en montagne. L'article affirmait que mon père avait des « problèmes de santé » et qu'il avait présumé de ses forces. Cette expédition, ne représentant ni danger particulier ni enjeu sportif, avait failli lui coûter la vie. Les rares imprécisions de ce compte rendu ont suffi à mettre le feu aux poudres. D'abord reprise sur les réseaux, l'information a été totalement transformée par un site people. L'article n'y allait pas de main morte : « Édouard Vian entre la vie et la mort ». Il mélangeait des faits repris du *Savoyard* et les messages tragiques que Natalya avait postés après notre retour. À partir de là, tout s'est emballé. Le bureau de mon père n'a pas communiqué assez vite, décontenancé par l'absurdité de ces rumeurs. L'équipe de Talya était, de son côté, aux abonnés absents, et lorsque le démenti est enfin sorti, rien ne pouvait plus arrêter la machine. Les grandes interviews accordées par mon père au *Point* puis à France Inter n'ont pas permis d'éteindre l'incendie. Au contraire, elles ont remis un jeton dans la machine. Les assurances, épouvantées par cette campagne de presse, ont retiré leur garantie en exigeant que mon père fasse un nouveau bilan de santé. Il s'est braqué. Devant son refus d'obtempérer, les banques ont bloqué les fonds à leur tour. Le casting a commencé à se décommander. Les agents sombraient dans l'hystérie. Impossible de prendre du retard, les plannings de leurs stars étaient déjà limites. Ce n'était quand même pas compliqué de pisser dans un pot et de passer quatre ou cinq examens ! Si Édouard Vian voulait planter son film pour une question de principe, autant le dire tout de suite. Mon père les a tous envoyés paître et, depuis, son directeur financier suait sang et eau pour réparer le mal. Pendant ce temps, ses coproducteurs, les traîtres, s'étaient mis d'accord pour chercher un réalisateur remplaçant susceptible de sauver le projet. Ils faisaient le tour de tous les candidats de Paris en tentant de calmer Edward Norton. L'acteur américain n'avait accepté ce projet que pour Édouard Vian. *Roulez jeunesse*, qu'il avait vu à l'adolescence, restait l'un de ses films fétiches. Il refusait de travailler avec un autre que lui. En un mot, c'était un saccage.

Mon père en était ulcéré :

« Quelle bande de salopards ! À croire qu'ils ont décidé de mettre à la retraite tous les gens qui ont du talent. Regarde Polanski ! C'est la croix et la bannière pour financer son film. Tu te rends compte !

Un génie pareil ! Roman sur le banc de touche… Foutue politique du risque zéro, principe de précaution de mes deux.

— Polanski a d'autres choses à se reprocher… ai-je fait remarquer.

— On ne saura jamais vraiment. Et puis c'était une autre époque… » a commencé mon père, mais il a vu briller dans l'œil de ma mère l'étincelle guerrière qu'il ne connaissait que trop et s'est arrêté net.

Nous savions tous les deux ce qu'elle allait nous dire… C'était trop facile de convoquer l'art, la littérature, Nabokov et Matzneff pour justifier que des vieux dégoûtants dévastent la vie de jeunes femmes sans défense. Ils ont tous deux vu où ce chemin les mènerait. Ils ont hésité, puis mon père a fait une volte-face impeccable :

« Je ne parle pas de Roman, je parle de moi. Je n'ai jamais fait de mal à une mouche et il suffit que je ne sais qui écrive je ne sais quoi sans vérifier ses informations, pour que mon film soit transformé en champ de ruines. »

Ma mère ne contesta pas. Mon père avait connu beaucoup de femmes dans sa vie, mais elles étaient le plus souvent venues à lui. Particulièrement les actrices. Il avait, sur les tournages, une telle manière de les regarder, une telle adoration qu'elles finissaient par s'approcher, irrésistiblement attirées. Il répétait à l'infini son rêve de gosse : passer de l'autre côté de l'écran, emmené par les vedettes de cinéma qui l'avaient fasciné, petit garçon, dans la salle de projection de son village natal. Grâce à ces stars et aux séances du soir où il filait à vélo retrouver les copains dès qu'il le pouvait, il avait ouvert une fenêtre sur un monde qu'il n'aurait jamais pu imaginer. Il vivait chaque nouveau film de toutes les fibres de sa personne. Il ne se contentait pas de regarder John Wayne dans un western, il *devenait* John Wayne, jusqu'à sentir l'odeur de la poudre et la sueur de son cheval. Le jour d'après, il était Cary Grant dans *La Main au collet* et il renversait Grace Kelly sur la banquette de sa décapotable azur arrêtée sur la corniche de Monaco avant de retirer ses gants à *Gilda* pour mieux déshabiller Rita Hayworth. Auprès de mon père, les femmes avaient le sentiment d'être toutes-puissantes. Il les mettait sur un piédestal, même si ce piédestal était trop peuplé à leur goût. Les problèmes commençaient ensuite. Lorsque la flamme s'éteignait. Elles ne supportaient pas que son regard se détourne, qu'une autre capte son attention, entre dans sa lumière. Mon père n'était pas fidèle, il aimait l'échange, la sensualité. Il avait de l'humour et du savoir-faire. Tant dans la phase de séduction que par la suite. Plusieurs de ses maîtresses me l'avait laissé entendre. Mon père aimait les femmes et il aimait leur plaisir. « Ce qui est bien avec ton père, c'est qu'il n'est pas centré sur sa queue », m'avait expliqué l'une d'entre elles, me faisant rougir jusqu'à la racine des cheveux. Lorsque j'ai eu dix-sept ans, il m'a donné la clé des trois « R » : « rassurer, faire rire, faire rêver », qui, d'après lui, ouvre à un homme le cœur des dames, comme il disait, savourant ce mot un peu suranné. Et pour les divertir ou les convaincre, mon père pouvait inventer à peu près n'importe quoi.

Sur le tournage de l'un de ses films, dans lequel Brigitte Bardot tenait le rôle principal, il voulait la montrer au naturel, sans maquillage et sans ce chignon très haut, démesuré, qu'elle affectionnait. Il cherchait à saisir son côté sauvage, intrépide, mais aussi la pureté de ses traits lorsqu'ils étaient moins apprêtés. Comme elle ne voulait pas en entendre parler, il a été pris d'une inspiration subite :

« Tu as quinze centimètres de cheveux au-dessus du front. Si j'arrive à marcher sur les mains dix mètres, est-ce que tu les redescends de dix centimètres ? » Bribri ne l'en a pas cru capable. Elle a donné son accord. Ni une ni deux, mon père, tête à l'envers, a largement dépassé son objectif, et Bardot, dans un éclat de rire, a été conquise.

Les temps ont changé. Le cinéma n'a plus grand-chose à voir avec ce jaillissement de créativité, de liberté, où l'artisanat, la bidouille et le génie se côtoyaient. L'industrie s'est professionnalisée, perdant en chemin une partie de son inspiration. La destruction de *Goliath* en était un exemple parfait. Mon père a ressassé sa rage contre les assurances et les banques plusieurs jours, mais il s'est calmé plus rapidement que je ne l'aurais imaginé. Il a abandonné le projet à son équipe dans une sorte de dégoût furieux. Ma mère a prévenu son agent qu'elle ne prendrait pas de nouveaux scénarios dans les semaines à venir, et ils sont partis.

« On va s'acheter une carte senior, s'amusait ma mère.

— Ou une croisière », renchérissait mon père.

Ils s'accordaient du temps. J'en étais heureux, tout en ayant le sentiment de mentir honteusement à mon père. Son insouciance me blessait. Elle permettait leur légèreté et, en ce sens, ma mère avait raison de lui cacher son mal, mais il ignorait qu'il vivait ses dernières heures avec elle. J'avais l'impression de le trahir. Aurait-il mieux vécu la disparition de ma mère s'ils ne s'étaient pas retrouvés ? S'il avait continué à s'ennuyer avec Natalya, si nous n'étions pas partis ensemble, s'il n'avait pas manqué, lui aussi, d'y rester ? Aurait-il au contraire regretté jusqu'à la fin de ses jours cette pause, la tendresse, la complicité intellectuelle qu'il partageait avec ma mère sans se douter de rien ? Je ne savais plus où étaient la raison, la justice, le bon sens. Considérer les possibles m'épuisait. La seule chose que je voyais distinctement c'est que, bientôt, tout basculerait, et cette certitude continuait à hanter mes nuits. Le reste du temps, je faisais semblant. J'avais appris dès l'enfance le « comme si de rien n'était ». Il m'avait été indispensable pour survivre aux séparations de mes parents et ne pas devenir le jouet de ces deux félins amoureux. J'avais l'air joyeux. J'avais l'air serein. J'essayais d'avancer sur mes scénarios, mais je peinais.

Je suis beaucoup sorti à ce moment-là. J'ai joué avec mes limites, retrouvé le monde de la nuit, des amis d'avant. Toujours à la bonne table, avec la bonne bouteille, ils continuaient à vivre de fantasmes et de projets jamais réalisés. Je me suis fait peur, un soir, lorsque l'un d'entre eux m'a tendu un sachet. Je savais que c'était facile de replonger. J'ai revu les mois de combat. Les réflexes que, des années plus tard, je n'avais toujours pas perdus, notamment celui de chercher, dans les toilettes des boîtes, les traces de lignes que d'autres avaient laissées. Je me suis souvenu de l'ennui, l'ennui incommensurable sans cocaïne. Le sentiment que rien n'a de relief ni de saveur. J'ai senti, dans tout mon corps, une tension et une envie intactes. Je me suis forcé à visualiser les efforts surhumains que j'avais faits pour décrocher. Les sensations, les images, me sont revenues en bloc : la tristesse, les nuits sans sommeil, les crises… J'ai dit « non », je me suis levé et je suis rentré à pied. Je suis retombé dans une phase de sport. C'était la moins grave de mes addictions, même si ma mère, un soir, m'a tâté les épaules dont la musculature s'était développée en demandant, inquiète :

« J'espère que cela t'aide… Et que tu n'es tenté par rien d'autre. »

Je venais souvent à la maison cube. Le printemps était exceptionnellement beau. Nous prenions nos repas sur le balcon ou, le soir, devant la cheminée. Mon père préparait des choses simples : un poisson mariné, des salades, un risotto au romarin ou une tortilla de pommes de terre à l'oignon. Il rajoutait un imposant plateau de fromages avec du pain et du beurre pour que ma mère reprenne du poids.

« Je te préfère bien en chair », affirmait-il, gourmand, en lui pinçant les fesses ou la taille.

Elle souriait. Tout paraissait normal et plein d'avenir. Nous arrosions nos plats de Tio Pepe, l'un des péchés mignons de ma mère qui aime les vins secs à forte personnalité. Nous restions des heures à discuter. C'est ce que je chéris le plus chez mes parents :

leur liberté d'esprit et leur goût du débat. Ils refaisaient inlassablement le monde, avec l'optimisme de leur génération qui a échappé de justesse à la guerre, une génération à qui la vie a prodigué moins d'épreuves que de caresses. Ils ont cru à l'avenir parce que le passé les brûlait. Il fallait courir toujours plus vite, toujours plus loin. Inventer une société qui ne serait plus capable d'engendrer ce monstre. Croire encore et toujours à la jeunesse, au lendemain. Être la jeunesse et le lendemain jusqu'au bout.

Juillet. La canicule s'est abattue sur Paris. L'air chaud s'engouffrait dans les rues avec des soufflements de forge. Nous suffoquions. J'avais décidé de me plier à la philosophie de ma mère : laisser faire, laisser aller, ne pas lutter. Malgré mes doutes, je m'étais remis à travailler. J'avais rendu une première version de mon scénario pour France 3 et j'arrivais au bout de mon second projet, *L'Emprise*. Le tournage commençait fin août. Je devais donner un sérieux coup de collier. D'autant qu'en octobre, j'enchaînais sur une série en coproduction internationale. J'avais la chance de pouvoir écrire en anglais et en français. Avec l'émergence des plateformes, il n'était plus question de s'en passer.

La température sous les toits dépassait les quarante degrés. Il a suffi de quelques heures pour que je renonce à mes bonnes résolutions écologiques : j'ai acheté le dernier climatiseur disponible dans un magasin de l'avenue Daumesnil. C'était le modèle d'exposition et il faisait un bruit d'avion, mais il rafraîchissait à peu près mon salon. J'ai eu quarante-huit heures de répit, avant que cette période d'écriture intensive ne soit contrariée par une deuxième manifestation de l'adversité universelle qui semble s'opposer à tout scénariste soumis à une date butoir. Des coups de massue ont commencé, à l'aube, à faire trembler la maison. En descendant voir ce qui se passait, j'ai appris que les nouveaux propriétaires du sixième étage, profitant de la trêve estivale, rénovaient de fond en comble l'appartement en dessous du mien. De huit heures du matin à cinq heures de l'après-midi, des ouvriers abattaient les cloisons. Avant même qu'ils ne commencent à taper, j'étais réveillé par la fumée de leurs cigarettes et l'odeur du café qu'ils faisaient bouillir en arrivant. Ensuite le raffut commençait. Écoutant à fond la radio, ils cognaient, sciaient, perçaient, se hurlaient dessus dix fois par jour dans une langue que je n'avais pas identifiée et évacuaient leurs gravats via une goulotte installée sous la fenêtre de ma chambre. Envoyés vers une benne parquée dans la cour, ces monceaux de briques, de plâtre, de tiges métalliques et de pans de bois y atterrissaient dans un vacarme ahurissant. Je serrais les dents à chaque descente, les nerfs en pelote. Les premiers jours, je suis descendu au bistrot du coin de la rue. Le patron m'appréciait parce que je lui envoyais régulièrement le lien des séries auxquelles je travaillais avant leur diffusion. Il m'a réservé la table ronde au fond de la salle. C'était la plus tranquille. J'aimais bien travailler au milieu des conversations qui ne me concernaient pas. Elles captaient la partie flottante de mon attention et, paradoxalement, m'aidaient à me concentrer. En revanche, je ne pouvais plus m'accorder les microsiestes qui ponctuaient mes journées, ni faire de conférence téléphonique avec le producteur et son équipe, encore moins afficher mes plans au mur. Au bout de trois jours, je me suis rendu compte que, sans m'en apercevoir, j'avais écrit deux versions totalement opposées de la même scène. Quand j'ai appris, en croisant les propriétaires du sixième dans l'escalier, que les travaux dureraient encore deux mois, j'ai jeté l'éponge. Il fallait trouver une solution de repli.

L'appartement que mon père occupait avec Natalya n'avait pas été remis en location. Il était situé cours Albert Ier dans le 8e. C'était loin de mes quartiers de prédilection, mais l'endroit valait le détour. Au quatrième étage d'un immeuble cossu, il donnait sur la cime des marronniers bordant la rue et, au-delà, la Seine et la tour Eiffel. J'ai fait ma valise, rassemblé ma documentation et je me suis installé dans la chambre d'amis – je ne me voyais pas dormant dans le lit que Natalya et mon père avaient partagé. J'ai fureté un peu partout, installé mon ordinateur et mes piles de papiers sur la longue table de la salle à manger, étalé mes fiches de personnages par terre, sur le tapis dont les volumes et les couleurs reproduisaient une plage de sable léchée par des vagues laineuses et bleutées. Ma barre de traction m'a posé problème. Le seul espace suffisamment étroit pour la fixer, c'était les toilettes. Comme je n'avais aucune envie d'y faire mes exercices quotidiens, j'ai décidé d'aller courir le matin vers sept heures, avant que la chaleur ne rende le parcours intolérable. Je partais du pont de l'Alma, longeais le fleuve sur la rive gauche, faisais le tour de l'esplanade des Invalides, retraversais au pont Alexandre III et remontais jusqu'à un petit restaurant de la rue Clément Marot pour me restaurer. Je commandais un ou deux jus de fruits pressés, un muesli, et je choisissais au passage des salades pour ne pas avoir à ressortir de la journée. De retour à l'appartement, je travaillais jusqu'au soir.

Il n'y avait plus personne à Paris, à l'exception de mon ami Damien. Il venait d'être engagé dans une banque d'affaires. Il ne se passait pas grand-chose à son bureau de l'avenue de Messine. Les associés étaient tous à Formentera, Saint-Raphaël ou Saint-Tropez. Il devait néanmoins prouver sa bonne volonté à ses collègues en faisant des horaires à rallonge, et il mettait un point d'honneur à partir le dernier. Nous nous retrouvions lorsqu'il quittait la banque pour prendre un verre ou dîner en terrasse. Nous poursuivions la soirée par trois ou quatre parties de backgammon dans un bar de la rue de Ponthieu en lorgnant les rares jolies filles que l'été n'avait pas chassées de la capitale. Je n'avais pas fait l'amour depuis plusieurs semaines et, avec les beaux jours, cela me travaillait. Damien était dans la même situation que moi. Nous avons flirté avec trois Italiennes un soir… Après nous avoir aguichés, elles ont pris des airs sages et nous ont annoncé qu'elles rentraient le lendemain à Rome. Depuis, nous traînions nos envies sans grand espoir de les satisfaire.

J'avais pris rendez-vous avec la psychologue qui m'avait aidé, l'année de mes dix-sept ans, à dépasser mon fiasco éditorial, puis au moment de ma rupture avec Esther. Je lui avais tout dit. J'avais confiance en elle. C'était une femme bienveillante et droite.

À la fin d'une séance – pas plus d'une par quinzaine, c'était la règle –, elle m'a glissé :

« Oscar, ce n'est pas parce que votre mère va mourir que vous devez vous interdire de vivre et d'aimer. »

J'avais trouvé la remarque banale. Le genre de phrase trop épaisse pour l'écrire dans un scénario, mais il fallait reconnaître qu'elle me trottait dans la tête. Je me demandais pourquoi ma vie tournait à ce point autour de mes parents. Pourquoi, à bientôt trente ans, j'avais encore tant de mal à m'affranchir de leur influence.

Laure et Édouard, eux, avaient la bougeotte. Après l'Italie au printemps, ils étaient partis faire le tour du Péloponnèse. Ils ne m'avaient pas proposé de les accompagner. Je n'avais d'ailleurs pas demandé à venir. Dissimuler mes inquiétudes et mentir à mon père m'était de plus en plus pénible. J'avais peur de me trahir. J'étais déchiré entre l'envie de passer chaque minute avec eux, et celle de me préparer à leur absence. Au téléphone, ils semblaient enchantés. Ils me racontaient des anecdotes joyeuses, testaient sur moi leurs innombrables idées, m'envoyaient des photos de Mycènes, Épidaure, Mystra ou Olympie. Ils me disaient que je leur manquais. Les messages de ma mère se voulaient rassurants et je faisais semblant d'y croire, mais la tendresse inaccoutumée qu'elle me témoignait donnait à ses textos un poids qu'ils n'auraient pas dû avoir. Chacun de ses envois contenait l'éventualité de la fin. Elle prenait soin d'y mettre suffisamment d'amour pour qu'il puisse m'accompagner longtemps. Elle avait en tête que son corps pouvait la lâcher. Elle l'espérait peut-être. Une chute brutale. Quelques secondes et puis rien. Pas de déchéance, pas d'humiliation, pas d'hôpital. Elle qui avait l'habitude des expressions condensées, des reparties expéditives, mettait les formes.

L'appartement de mon père était d'un calme absolu. Il n'y avait plus un chat dans l'immeuble. Damien et moi formions un duo d'esseulés. Nous prenions le temps de vraies conversations que nous n'avions plus eues depuis l'adolescence : la course du monde, le sens de nos vies, l'espérance de l'amour. Un soir, alors que j'étais en route pour notre habituel dîner, je me suis aperçu que j'avais oublié de prendre *Le Nouvel Hollywood*, un essai croustillant sur l'histoire des studios. J'ai fait demi-tour.

En ouvrant la porte, mon cœur s'est emballé : l'entrée était allumée. J'étais certain de l'avoir éteinte. Il y avait du remue-ménage dans la chambre que j'occupais. Mon corps s'est tendu comme un arc. Je venais d'avoir mon père au téléphone. Il était en train de déguster un ouzo à Methana en attendant que ma mère, fatiguée du voyage, se réveille. Aucune chance que ce soit lui. J'ai tout de suite pensé au *Parisien* qui avait titré sa dernière édition sur l'augmentation alarmante des cambriolages en été. Une rame de Nouvelle-Guinée, en bois peint, ornait le vestibule. Je l'ai saisie. Le malfaiteur m'a entendu la décrocher. Le bruit a cessé. C'était pire. Je ne pouvais plus le surprendre. Ni savoir exactement où il était. Il portait peut-être un couteau sur lui, ou un revolver. J'avais un goût âcre dans la bouche. Le cœur qui battait. J'ai essayé de me raisonner. Ce type avait intérêt à s'enfuir, pas à me tuer… Mais par où était-il entré ? J'étais sûr d'avoir fermé les fenêtres. L'air étant plus chaud dehors que dedans, je faisais attention à préserver la fraîcheur de l'appartement… Peut-être avait-il réussi à ouvrir la porte d'entrée ? J'avais le visage en feu. Les muscles durcis comme de la pierre. J'ai avancé. Chaque pas sur le parquet me semblait une détonation. J'ai ouvert la porte d'un coup de pied et abaissé la rame devant moi, prêt à me battre. Une fine silhouette se tenait au milieu de la pièce. J'ai mis quelques secondes à la reconnaître. Ses cheveux clairs relevés dans une casquette masquaient une partie de son visage. Ses bras étaient tatoués. Elle portait un jean serré et un débardeur violet qui révélait son cou. Elle a levé une main pour m'arrêter. J'ai gueulé :

« Tu es folle de débarquer comme ça ! Tu m'as foutu les jetons. »

J'ai donné un coup de poing dans le mur pour libérer l'agressivité qui me submergeait. Devant elle, j'ai remarqué trois grands sacs noirs, un tas de fils, deux ordinateurs et des boîtiers. J'ai expiré bruyamment et j'ai articulé :

« Je ne m'attendais pas à te voir.

— Moi non plus. Je croyais que tu étais sorti, a-t-elle répondu.

— Tu me surveilles ?

— Oui.

— Tu aurais pu m'appeler. C'était plus simple.

— Je n'avais pas envie de te croiser.

— Ce n'est pas ma faute, Natalya.

— Si quoi ?

— Si mon père t'a quittée.

— Tu ne l'as pas dissuadé. »

Nous nous sommes tus. Je me suis senti idiot avec ma rame. J'ai été la raccrocher dans l'entrée. J'avais du mal à me calmer. J'ai crié à travers l'appartement :

« Tu veux boire quelque chose ? »

Elle a accepté un verre d'eau pétillante.

« Pourquoi as-tu apporté tout ce matériel ici ? Tu te réinstalles ? ai-je demandé en lui tendant un verre.

— Non, je suis venue le chercher.

— Où l'avais-tu rangé ? J'ai fait le tour de l'appartement et je n'ai rien vu.

— Dans le coffre.

— Je ne savais pas qu'il y avait un coffre... »

Elle a décroché la grande photo au-dessus de mon lit et m'a montré la porte. C'était un vaste espace dont l'arrière devait donner dans le dressing de la chambre que Natalya avait fait réagencer. À l'époque j'avais trouvé ces travaux inutiles. Tout cela pour caser plus d'escarpins ! Je comprenais à présent.

« Le code c'est 90545, si tu en as besoin.

— Papa ne m'en a pas parlé !

— Il ne sait pas. C'est moi qui l'ai fait installer.

— Pour tes bijoux ?

— Mes bijoux, mes affaires, mon testament.

— Tu as un testament ? À vingt-huit ans ?

— J'ai appris que les choses comme les gens pouvaient ne pas durer. »

Elle avait l'air sombre. Loin de la Natalya candide que nous avions connue. Son visage semblait changé. Les joues s'étaient creusées, les pommettes se dessinaient mieux, étirant plus encore son regard de chat.

Une fine rosée humidifiait son front, ses tempes blondes, le dessus de ses lèvres et le creux de sa poitrine. Elle a mis un genou à terre pour rassembler ses affaires.

« Comment va ton avocat ?

— Bien.

— À regarder ton Instagram, vous passez votre temps à sortir…

— C'est l'avantage avec Jay. Il connaît tout le monde.

— Tu es amoureuse ?

— Non.

— Pourquoi restes-tu avec lui ?

— On s'entend bien.

— Et papa ? Tu l'aimes encore ?

— Je ne crois pas. »

Un froissement sur son visage. Je me sens personnellement visé. Cela m'arrangeait de penser qu'elle resterait là, aimante, prête à revenir. J'imaginais que, ma mère partie, mon père retrouverait Natalya. C'était bien rangé dans mon esprit. Un scénario qui tenait. Et voilà que l'un des personnages principaux manifestait son indépendance. Cela m'a contrarié. Je me suis baissé pour l'aider :

« C'est quoi tout ça ?

— Une partie de mon ancien matériel vidéo. Je le donne à une amie qui veut devenir influenceuse. »

Je ne voyais pas pourquoi elle avait besoin d'autant de choses, mais je me suis abstenu de faire des commentaires.

« Où dors-tu ?

— Au Hyatt, près de la Madeleine.

— Jay est là ?

— Il passe la semaine avec ses enfants dans les Hamptons.

— Pas cool…

— J'ai l'habitude, a-t-elle rétorqué, narquoise.

— Tu n'en as pas marre des vieux ?

— Les jeunes ne sont pas mieux.

— Si tu es toute seule, je dîne avec un ami. Damien. Il te plaira. Tu veux venir ? »

Natalya m'a scruté. Elle ne répondait pas. J'ai insisté :

« Viens, je te promets que tu passeras un bon moment. »

Elle a acquiescé d'un signe de tête, puis a mis un premier sac à l'épaule. Je le lui ai pris :

« Ne t'embête pas. Je te déposerai tout demain matin à l'hôtel avant d'aller courir.

— C'est lourd…

— Raison de plus. »

Elle n'a pas fait mine de protester. Je lui avais fait du tort, j'étais censé me rattraper. Damien m'a appelé. Il s'est plaint de mon retard. Il avait faim. Je lui ai demandé de prendre une table pour trois, j'arrivais avec quelqu'un. Il a voulu savoir qui. J'ai répété : quelqu'un.

La tête de Damien quand il a vu Natalya m'a fait rire. Je m'attendais à ce qu'il soit charmé, mais pas à ce point. Il s'est littéralement figé. Il n'arrivait pas à croire que cette déesse avançait vers lui et qu'il allait passer la soirée en sa compagnie. Il a fait basculer la table en se levant pour nous saluer. La bouteille d'eau a valsé, nous aspergeant tous. Natalya a éclaté de rire :

« Merci de nous rafraîchir ! »

Nous avons commandé des cocktails. Natalya a descendu coup sur coup deux vodkas cranberry. Elle qui, lors de notre séjour à la montagne, ne se nourrissait que de bouillon, de tofu, d'algues, de graines et de fruits, m'a étonné en commandant une entrée et un plat. Elle a choisi des beignets de légumes et de fleurs – de la friture ! L'hérésie ! Ainsi qu'un tartare de bœuf – de la viande rouge ! Le crime ! Son séjour américain l'avait décomplexée. Nous avons pris une bouteille de pauillac pour arroser le tout. Puis une seconde. Nous étions joyeux. La nouvelle du jour, c'était que Donald Trump venait de passer devant Jeb Bush dans les intentions de vote aux primaires. Damien et moi étions consternés. Ce qui nous avait semblé une farce grotesque – ce clown à la Maison-Blanche – devenait une possibilité. Natalya se réjouissait pour Jay. Son chéri soutenait le fou méché depuis la première heure. Elle était aussi heureuse pour Melania, une personne « adorable », nous dit-elle. Et très aimée.

« Sauf de son mari, a plaisanté Damien.

— Il l'adore ! a-t-elle protesté.

— Tu as vu la manière dont il parle des femmes ! C'est un vieux vicelard qui est resté mentalement bloqué dans les années 1980 ! me suis-je emporté.

— Il n'est pas du tout comme la presse le décrit. Il est vraiment gentil. Attentionné, même. Et le jour où Melania a porté mon T-shirt “Who's the boss ?”, le stock s'est vendu en quarante-huit heures. »

Apparemment Jay et Natalya avaient passé plusieurs week-ends chez les Trump, d'abord à Bedford, puis à Beverly Hills. Nous avons été impressionnés par sa proximité avec ce type. Je pouvais comprendre que les rednecks et les Texans bas du front soient séduits par ses discours caricaturaux et ses promesses mensongères, mais de là à remporter les primaires ! Cela faisait froid dans le dos. Heureusement Hillary Clinton restait loin, très loin en tête des sondages, et nous n'imaginions pas un instant qu'il puisse réussir son pari. Natalya y croyait dur comme fer. Pour elle, Trump mettait en lumière les vrais problèmes, loin des privilégiés qui soutenaient les Clinton. Sentant ma nervosité, Damien a fait diversion. Nous étions sur des positions diamétralement opposées. Il n'y avait aucune chance de les réconcilier, ni aucun intérêt d'ailleurs. Nous avons déplacé le curseur vers des ragots divers et gloussé sans discontinuer jusqu'au moment où Damien s'est dit qu'une occasion comme Natalya ne recroiserait pas sa route. Il s'est mis à la draguer de façon éhontée et elle, vodka et rouge aidant (ou simplement l'envie), à répondre à ses avances avec autant d'enthousiasme. Décontenancé, j'ai été un moment le spectateur incrédule de leur parade nuptiale avant qu'un sursaut de fierté ne me saisisse. Damien piétinait sans vergogne les plates-bandes paternelles. L'honneur des Vian était en cause. Natalya Vassilievna ne sortirait pas de la famille sans un combat. Je me suis mis à attaquer mon ex-presque belle-mère tout aussi énergiquement. Damien s'est décomposé. Il m'a gratifié d'une série de remarques sardoniques. J'ai répondu coup pour coup. Natalya nous a mis d'accord en déclarant qu'elle était fatiguée et qu'elle allait se coucher. Je me suis exclamé que nous ne pouvions pas partir sans un dessert. Le jeune pâtissier du restaurant venait de chez Ducasse. Il avait récemment gagné une émission de téléréalité très regardée. Sa mousse de lait aux cacahuètes caramélisées, son baba au rhum, sa tarte aux deux chocolats agrumes et pistaches, ou son entremets mangue-coco étaient à tomber. Depuis quinze jours que nous dînions ici deux fois par semaine, Damien et moi les avions tous goûtés. Natalya ne s'est pas fait prier. Nous avons commandé les quatre ainsi qu'une tisane d'herbes fraîches pour elle, et deux coupes de champagne pour nous, offertes par le patron. Nous avons dégusté les desserts avec des oh et des ah en s'échangeant nos assiettes et nous sommes repartis de plus belle à l'assaut de Natalya. Civilement cette fois… Que le meilleur gagne.

Natalya avait les yeux brillants. Elle riait, se passait la main dans le cou et ondulait sur la banquette en skaï, mais aucun de nous n'aurait parié sur sa victoire. Le restaurant s'est peu à peu vidé. Le patron nous a apporté l'addition avec des nougats et des pâtes de fruits. Une manière de nous indiquer gentiment qu'il fermait boutique. J'ai invité les deux autres. Un point pour moi ? Pas sûr. L'argent n'a jamais été un problème pour Natalya. Sur le trottoir, il y a eu un flottement. Nous ne savions plus très bien comment nous y prendre. Nous avons parlé de tout et de rien, puis un silence s'est posé entre nous. C'était gênant. Natalya l'a rompu.

« Vous m'invitez à prendre un dernier verre ? »

Nous avons accueilli sa proposition dans une cacophonie exaltée. Lorsque s'est posée la question du lieu, elle a pris la main :

« Allons chez moi, enfin chez toi maintenant… C'est mieux, de toute façon je dois prendre mes ordinateurs. »

J'ai fait l'inventaire de ce que j'avais à boire… Vodka, whisky et Coca, on se débrouillerait. Il n'y avait que dix minutes de marche entre le restaurant et le cours Albert Ier. Natalya est passée devant nous. Je me demandais où elle voulait en venir, mais j'étais prêt à la suivre. Elle marchait gracieusement. Le mouvement souple de son bassin avait quelque chose d'hypnotique. Damien et moi nous sommes regardés, refusant de laisser passer dans nos yeux ce qui occupait notre imagination. J'ai repensé à ce que mon père avait dit de Natalya. Ses mots parfois méprisants sur son manque d'esprit. Il avait tort. C'est son regard sur elle qui était vide. Son regard de réalisateur habitué à plier les êtres à sa vision. L'exemple écrasant de ma mère l'avait empêché de saisir Natalya. J'ai compris en la regardant marcher, en regardant Damien la regarder, comme la beauté – la beauté extraordinaire, j'entends – isole. Elle devient une barrière qui nous interdit de voir la personne, son intériorité. Elle est l'unique critère, la définition entière de l'identité. Ma mère avait sans doute eu ce problème dans sa jeunesse, mais son tempérament lui avait permis de s'imposer. Laure Branković n'avait cessé de briser de sa fureur de vivre, de son autorité, cette glace dans laquelle les hommes voulaient l'emprisonner. Elle avait refusé d'être le réceptacle de leurs fantasmes, de servir d'écran blanc à leurs projections, de devenir, pour chacun d'entre eux, la femme dont ils rêvaient. Ma mère restait fidèle à elle-même, sans compromis. Elle avait besoin d'être aimée et comprise intimement. Elle avait besoin de mots faits pour elle, de contacts qui ne s'arrêtent pas à la surface, d'échanges véritables.

Avec mon père, Natalya ne parvenait pas à se défendre. Sa jeunesse, sa douceur, son besoin d'affection la rendaient perméable aux volontés d'autrui. Les regards la remplissaient, rétrécissant son être, et ce travers était encore accentué par les réseaux sociaux. Du matin au soir, elle recherchait, par ce biais, la validation de ses actions.

Aujourd'hui, je la découvrais sous un nouveau jour. Pas une fois, elle n'avait sorti son portable pour se prendre ou nous prendre en photo. Ni ses chaussures, ni ses beignets de légumes, ni la porte ou la carte du restaurant. Au contraire, elle se jouait de nous, nous entraînant vers je ne sais quel désir auquel nous étions heureux d'obéir. Cours Albert Ier, elle nous a demandé de prendre l'ascenseur. Elle préférait monter seule, à pied. Une fois dans l'appartement, elle a jeté son sac sur une chaise, s'est dirigée vers le canapé et s'est assise, les pieds sur la table basse. Nous la regardions, silencieux, indécis.

« Vous avez l'air perdus en pleine forêt, s'est-elle amusée.

— On continue à la vodka ? ai-je proposé.

— J'arrête de boire. Quand je suis ivre, je ne jouis pas », a-t-elle rétorqué.

Damien et moi n'aurions pas été plus surpris si le lustre argenté s'était décroché du plafond. Natalya a éclaté de rire. Nous l'avons imitée, pris d'une hilarité inextinguible. Nous avons atterri, essoufflés, essuyant des larmes au coin de nos yeux, de chaque côté de Natalya. Elle a enlevé son débardeur et l'a envoyé par-dessus le canapé dans un geste théâtral, révélant sa lingerie d'un rose fluorescent. De nouveau, nous avons ri tous les trois, incapables de nous contrôler. Damien a repris ses sens le premier. C'est son côté banquier. Il a de la méthode et de la suite dans les idées. Il a posé la main sur l'épaule de Natalya qui s'est tue. Moi aussi. Il a caressé ses tatouages, en a demandé la signification. Il est remonté jusqu'à son cou, puis a pris une oblique vers l'un de ses seins. Je me suis mis à la caresser aussi. La nuque, les épaules, les reins, les cuisses. Natalya s'est tournée vers moi et m'a embrassé. J'ai eu un frémissement. La joie d'être choisi. Damien a dégrafé son soutien-gorge pour mieux frôler tout son dos du bout des doigts. Elle s'est allongée sur moi. J'ai senti les mains de Damien entre nous qui ouvrait le pantalon de Natalya. Elle s'est tortillée pour l'aider à le retirer.

« Je voudrais de l'eau… a-t-elle demandé.

— J'y vais ! » a déclaré Damien.

Il acceptait clairement le second rôle. J'ai continué à câliner Natalya, à l'embrasser. Je lui tenais la tête d'une main, de l'autre, je la pressais contre moi. Elle était douce de partout, même sur le bas des fesses où les filles ont souvent la peau un peu plus rugueuse. Nous avons entendu des placards s'ouvrir puis se refermer. Natalya a déposé des baisers sur mon torse. Damien a refait surface. Il s'est planté devant nous une bouteille dans chaque main :

« Plate ou pétillante ?

— Plate s'il te plaît. »

Elle s'est relevée un instant puis s'est rallongée sur moi, gardant dans sa bouche une gorgée d'eau froide qui a rafraîchi notre baiser. Damien a entrepris un massage savant. Si j'en croyais les soupirs de Natalya, il avait l'air de s'y entendre. La main de Damien a touché la mienne. Cela m'a fait bizarre. Il l'a remontée de quelques centimètres. Natalya, qui avait jusque-là mené le jeu, s'est abandonnée à nos cajoleries en soupirant. Ces quatre mains l'affolaient. Je me suis demandé si, pour elle, c'était une première fois. L'image de mon père m'est venue à l'esprit. Je l'ai chassée. Natalya était trempée. C'était à cela, et seulement à cela, que je devais penser. Ainsi qu'à des multiples de 7, pour ne pas venir trop vite. Ou à Damien, pour calmer mes ardeurs. Avec Esther nous avions déjà invité une fille à nos ébats, mais je n'aurais jamais imaginé me retrouver dans cette situation-là. Je n'en avais jamais eu le fantasme. Ni Damien, ni moi n'avions d'ailleurs envie de nous toucher entre garçons, mais nous formions une bonne équipe, régie par une collaboration respectueuse, à l'écoute et coordonnée. Natalya est descendue pour me caresser le sexe de sa main et de sa bouche. Damien est descendu un cran plus loin pour la préparer, elle. Je crois qu'il l'a fait venir car à un moment elle a gémi et a cessé son va-et-vient. Puis elle s'est redressée, les yeux liquides, et s'est allongée sur le dos. Ouvrant les cuisses face à moi, elle a demandé à Damien de se déshabiller. J'ai eu un moment de flottement quand il s'est retrouvé nu. Il était assez poilu. Je ne m'en étais pas rendu compte. Cela m'a arrêté. Natalya m'a ramené à elle en écartant les replis de son sexe rose et ombré de mystère blond. Damien aussi a chaviré lorsqu'elle l'a pris dans sa bouche. Je suis entré en elle très lentement, très doucement, en tenant ses hanches. Nous voulions, à nous deux, l'étourdir, la remplir, l'épuiser de plaisir. Et nous y parvenions. À un moment, Damien l'a freinée :

« Attends, attends ! »

Natalya a suspendu ses gestes. Cela m'a rassuré de voir que je n'étais pas le seul à lutter. Natalya a ri de nouveau :

« Alors les garçons ! »

Sa protestation et ces quelques secondes de répit ont fait retomber la tension. Nous avons retrouvé le fil de notre désir, parce qu'elle le demandait, parce qu'elle attendait d'être comblée.

Damien a pris une douche. Je lui ai prêté un T-shirt et un pantalon. Nous avions à peu près la même taille et ses vêtements ne ressemblaient plus à rien. Il aurait pu dormir là, mais il a préféré rentrer chez lui. Il devait être au bureau dans quatre heures. Nous ne l'avons pas retenu. Il a attendu que Natalya sorte de la salle de bains, parée d'une serviette. Il l'a embrassée sur le front, gentiment. Elle lui a fait un câlin. Nous nous sommes tapé sur l'épaule comme si de rien n'était. Il a commandé une voiture. Trois minutes plus tard, il partait. Je me suis demandé si Natalya allait rentrer aussi. Elle n'en avait apparemment pas l'intention. Elle a passé la chemise que j'avais laissée par terre, m'a pris par la main pour m'emmener dans ma chambre. J'ai trébuché sur son matériel informatique, ce qui l'a fait rire. Elle s'est mise au lit, a réclamé que je la rejoigne et s'est pelotonnée de dos, entre mes bras. J'ai éteint la lumière et je me suis demandé, pour la première fois depuis plusieurs heures, ce que j'avais fait et dans quoi je m'étais embarqué. Si Natalya voulait bien que cela nous emmène quelque part… Je me suis vu déjeuner à quatre avec elle et mes parents. J'en ai ressenti un plaisir suspect. Ce sentiment m'a troublé. Mes rapports avec mes parents n'étaient peut-être pas aussi simples que je le prétendais. Je venais de coucher avec l'ancienne maîtresse de mon père et voilà que je me projetais déjà avec Natalya et mes parents autour d'un repas dominical à la maison cube. J'ai imaginé mon père riant à gorge déployée en me voyant arriver avec elle. Et ma mère l'accueillant avec la confiance de celle qui a triomphé. J'ai pensé qu'elle se fendrait d'un : « Ce n'est pas très catholique, tout ça… » en nous versant un verre.

Mon père rétorquerait :

« Nous ne sommes pas des notaires. »

Je me suis rendu compte que j'étais – encore – en train d'écrire un scénario. Une vraie maladie. Natalya dormait entre mes bras. Elle était brûlante. Sa respiration régulière m'a ramené à cette chambre, à l'obscurité qui y régnait encore. J'ai fermé les yeux et j'ai cédé au sommeil.

Natalya dormait encore quand je l'ai réveillée de mes baisers. Je me suis demandé si elle allait me repousser, mais elle a répondu à mes effleurements. Elle y a même répondu avec fièvre. Je lui ai retiré ma chemise et je l'ai admirée dans la lumière crue du matin. Une femme fleur, une femme soie, avec son fin visage de chat. J'ai passé mes mains sur son corps, du bout des ongles, du bout des doigts, puis de mes paumes, de mes lèvres, de tout mon poids. Elle ne disait rien cette fois, mais son regard s'est arrimé au mien. Elle n'avait plus envie de diriger. Elle s'offrait, s'ouvrant et se pliant aux mots que je murmurais à son oreille. C'était troublant, plus encore que la veille. Cette fois-ci, nous ne pourrions pas invoquer l'égarement du vin ou l'inquiétude de la nuit. Cette fois-ci, c'était délibéré. Nous réaffirmions un désir qui me semblait coupable et interdit. Nous avons fait l'amour deux fois avant d'aller petit-déjeuner au Café de l'Alma. Lorsque nous sommes entrés tous les deux, j'ai senti un frémissement parcourir les clients. J'ai compris à ce moment-là l'effet que nous produisions. Nous sommes restés un long moment à discuter de tout et de rien, à déguster des œufs Bénédicte, du pain perdu en buvant du thé vert et des pamplemousses pressés. En sortant, je l'ai serrée dans mes bras. J'ai brièvement contemplé le reflet de nos silhouettes dans la longue vitre du restaurant. Nous nous sommes embrassés. J'allais lui demander de rester quelques jours de plus, mais elle m'a coupé l'herbe sous le pied :

« Pour des raisons qu'il m'est difficile de t'expliquer, je ne peux pas laisser Jay. Pas maintenant. »

J'ai été étonné qu'elle se justifie. Nous avions partagé avec Damien une nuit de plaisir et nous avions prolongé cette nuit d'une matinée passionnée, mais ces étreintes ne nous engageaient à rien. Nous avons pourtant ressenti le besoin d'évoquer une suite, sans pour autant la définir. Peut-être parce que nous nous connaissions depuis longtemps, peut-être parce que nous avions développé une sorte d'attachement. J'ai descendu ses sacs remplis de fils et de matériel informatique. J'ai proposé de la raccompagner à son hôtel. Elle a décliné.

« Je repasse à Paris pour les défilés fin septembre… Je t'appelle », a-t-elle lancé par la fenêtre du taxi.

Talya s'est envolée vers New York, son vieil avocat et Donald Trump, me laissant en bouche une saveur douce-amère et, à ma propre surprise, au bout de quelques jours, le désir farouche de la revoir.

Pendant la semaine suivante, j'ai travaillé sans discontinuer. Ma solitude n'était interrompue que par les intenses sessions de textos – et de sextos – que j'échangeais avec Natalya. Au départ, elle avait décrété qu'elle n'aimait pas mentir. Elle ne se voyait pas dans une double vie, dissimulant notre relation à Jay, ou prétendant être disponible pour moi. Elle s'inquiétait : « Je ne sais pas faire semblant. » « Il va tout de suite comprendre. » Nous nous étions d'abord accordés sur le fait que : « Ce qui se passait à Paris restait à Paris, et inversement pour New York. » Évidemment, j'étais jaloux – furieux même –, mais je n'avais ni légitimité ni levier pour exiger quoi que ce soit. J'ai serré les poings et les dents. Très vite, Talya a changé d'avis. À la faveur d'un déplacement de Jay, elle a commencé à m'envoyer des messages et des vidéos qui, de très sages, sont devenues libertines. Elle me les postait sur un réseau dédié à ce genre d'échanges. Dès que je les avais visionnées, les images sensuelles de ma beauté blonde s'effaçaient à jamais dans un nuage de poussière numérique. Talya a créé un compte à cet effet sous le pseudo de *shadowlady* et acheté un téléphone à carte qui m'était réservé. Elle m'initiait à un monde inconnu, à des jeux auxquels je n'aurais jamais imaginé prendre part. Dans l'appartement qu'elle partageait avec Jay, ils avaient chacun leur chambre. Elle avait même son studio indépendant, avec un dressing et une grande salle de bains équipés d'un système de caméra complexe pour lui permettre de tourner ses vidéos professionnelles… et personnelles.

Cela l'amusait de me rendre à moitié fou. Ma vie devenait virtuelle. Je ne voyais plus personne depuis que Damien était monopolisé par un dossier d'acquisition dans les télécoms. J'appelais mes parents deux fois par jour, j'écrivais, je courais, je soulevais des haltères, et je déployais avec Talya cette relation sans contact qui occupait l'essentiel de mon attention.

Les dernières corrections de *L'Emprise* se terminaient et France 3 venait de valider mon scénario sur Myriam, l'adolescente sans histoires qui, radicalisée, décide de partir pour la Syrie. Une fois débarrassé de ces deux dossiers, j'ai eu un grand passage à vide. Quelques heures d'oisiveté ont suffi à faire proliférer mes angoisses. J'ai recommencé à suivre les déplacements de ma mère sur mon portable et à traquer les moindres détails des posts de Talya sur les réseaux sociaux. J'étais partagé entre la panique que m'inspirait la maladie de ma mère et la colère que suscitaient en moi les errements probables de celle que je ne pouvais même pas appeler ma maîtresse. J'imaginais ses yeux candides dépassant de l'épaule velue de Jay, lui sur elle, la couvrant de son corps massif et vieillissant, leur plaisir, les choses qu'elle lui faisait et qu'il lui faisait, les plis de leurs draps, les marques que les mains d'un autre, les lèvres d'un autre, les morsures d'un autre faisaient à sa peau. Je me consumais. Au bout de combien de temps a-t-on des droits sur quelqu'un ? Combien de baisers, de caresses, de pénétrations, de méga octets de messages, d'années de mariage ? En a-t-on jamais d'ailleurs ? Enfermé dans mon appartement parisien sans rien pour occuper mes journées, je me suis vu devenir braque. Lorsque Talya m'a annoncé, le plus naturellement du monde, que dans quelques jours, elle partait une semaine au Mexique avec Jay, je l'aurais giflée. Dès la fin de mon dernier rendez-vous à France Télévisions, le jeudi 21 août, j'ai pris un billet pour Athènes. Il me restait vingt-quatre heures à tenir avant d'échapper à Paris qui, soudain, m'asphyxiait. Vingt-quatre heures avant de retrouver mes parents.

Le destin prend parfois des embranchements inattendus. Alors que je revenais de mon jogging et que je m'apprêtais à faire ma valise, j'ai reçu un appel d'Aurélie Vaillant. La curiosité, et ce que m'avait dit mon père, m'ont fait décrocher. Sa voix m'a de nouveau charmé. Elle était très particulière, semblant presque manquer de souffle dans les basses, pour, l'instant d'après, tinter de façon claire et mélodieuse sur les aigus. Au sein d'une même phrase, elle alternait le court et le long en une alchimie intime et mystérieuse. Aurélie avait un projet à me proposer. Elle voulait me voir dans la semaine. Je lui ai dit que je prenais l'avion le lendemain pour la Grèce et que je n'avais pas encore prévu de date de retour.

« Tu as le temps maintenant ? a-t-elle insisté. J'ai passé le péage de Saint-Arnoult et ça roule bien. Je peux te retrouver d'ici trois quarts d'heure.

— Je viens d'aller courir… Il faut que je me change. Tu peux venir chez moi ? Je suis juste à côté de l'Alma. »

Il y a eu un blanc. Je l'ai sentie hésiter, puis elle a accepté.

J'ai pris une douche rapide, passé une chemise et un jean, rangé ce qui traînait dans le salon. Lorsqu'elle m'a rappelé pour avoir les codes, j'ai jeté un œil par la fenêtre. Je l'ai vue descendre d'un coupé bleu marine. Aurélie portait des lunettes noires et une combinaison sable, sans manches. Un grand Black, très beau, l'accompagnait. Avec sa chemise verte en lin et son pantalon blanc, il avait l'air d'un mannequin Ralph Lauren. Le type l'a serrée dans ses bras et ils ont échangé un baiser. Je me suis éloigné de la fenêtre.

Quelques instants plus tard, elle sonnait à ma porte. Ses longues boucles brunes, que le soleil avait blondies sur les pointes, couvraient ses épaules nues. Ses poignets étaient ornés de bracelets dorés. Elle tenait à la main un sac de toile à rabats. J'avais oublié qu'elle était si grande. Elle m'a décoché son fameux sourire et m'a embrassé. Elle sentait l'été et le monoï. Aurélie s'est mise à l'aise en enlevant ses sandales. J'ai remarqué ses ongles vernis, ses pieds plutôt menus pour sa taille. Elle a retiré les lunettes de ses cheveux et les a accrochées à son décolleté.

« Tu veux boire quelque chose ?

— Un jus de fruits si tu as. »

Aurélie s'est assise, jambes croisées, à la table de la salle à manger avec son ordinateur et deux chemises en carton. J'ai remarqué, sur le bronzage de sa cheville droite, deux cicatrices rondes et blanches qui ressemblaient à des brûlures de cigarette. Elle a vidé d'une traite le verre que je lui tendais, croqué deux glaçons. Elle m'a dévisagé un instant, pensive, puis m'a mis une lettre de confidentialité sous le nez.

« Tu peux me signer ça ? C'est un projet qui ne doit en aucun cas s'ébruiter, que tu sois à bord ou pas. Sinon, il sera bloqué.

— Tu m'intrigues… » ai-je avoué en lisant rapidement le document avant d'y apposer ma signature.

Elle m'a confié un des dossiers :

« C'est la note d'intention, la bible, et une première version dialoguée, emporte-les en Grèce. Tu me diras ce que tu en penses. Pour moi, c'est plus qu'un scénario.

— Que veux-tu dire ?

— J'y travaille depuis deux ans. J'ai rassemblé beaucoup de témoignages d'actrices, de productrices, d'agents, d'assistantes…

— Que des femmes ?

— Surtout des femmes, mais pas seulement.

— Raconte…

— Un producteur tout-puissant. Un producteur qui fait et défait les carrières, qui préempte les Oscars, qui parle aux présidents. Un producteur honoré dans tous les pays d'Occident. Faiseur de rois. Faiseur de reines. Sauf que les reines doivent payer. Et parfois violemment.

— Tu parles de qui ?

— De W.

— Mais tu as des preuves ? Des rumeurs, il y en a depuis longtemps…

— Ce ne sont pas des rumeurs.

— Ce genre de type, avec la vie qu'il peut offrir, attire les papillons.

— J'ai plus de preuves qu'il n'en faut pour l'enterrer. »

Sous ses sourcils à l'arc net, son regard brun clair se durcit.

« Je veux qu'il tombe. Et je veux qu'il paie.

— Il s'en est pris à toi ? »

Elle frémit, sans que je puisse interpréter ce froissement :

« Ce n'est pas la question. Les forces sont en train de se rassembler. J'ai rencontré plusieurs journalistes qui enquêtent sur lui et sur les femmes dont il a abusé… Des femmes dont on ne soupçonnerait jamais qu'elles puissent être des victimes. »

Je sens sa colère, à fleur de peau. J'essaie de comprendre :

« Pourquoi toi ?

— Je ne veux plus fermer les yeux. Je ne veux plus collaborer. Je me suis séparée de Xavier à cause de W. Sa chaîne est à nouveau coproductrice de trois projets avec ce pervers. Travailler avec lui, c'est consentir.

— Et pourquoi moi ?

— Toi… Parce que j'ai besoin du regard d'un homme sur cette histoire pour ne pas me laisser aveugler, pour rester juste. Nous avions bien fonctionné sur *Paradise Boy*. Tu n'as pas ton pareil pour mettre de la tension dans une intrigue. Et puis c'est un acte militant, donc mal payé, cela m'arrange que tu ne sois pas fauché !

— Qui produit ?

— Une actrice et réalisatrice mexicaine.

— À qui d'autre penses-tu dans le pool de scénaristes ?

— Juste nous deux. Enfin… pour être tout à fait honnête, j'avais pensé à ta mère… Elle a été tellement pionnière sur ces questions ! Mais son agent me dit qu'elle ne prend aucun projet en ce moment.

— Il ne t'a pas menti.

— Elle va bien ? » m'interroge Aurélie, son regard dardé sur moi.

Je suis cueilli par sa clairvoyance. La gorge serrée, je marmonne que oui, oui, elle est en vacances dans le Péloponnèse avec mon père.

« Ils sont à nouveau ensemble ? » s'exclame-t-elle, réjouie.

Je soupire :

« Ils sont incorrigibles…

— Puisque tu la rejoins, elle acceptera peut-être de lire ce que je t'ai donné ? »

Je ne sais pas dans quel état je vais retrouver maman. Je botte en touche.

Nous passons une bonne heure à discuter de la manière dont Aurélie voit les choses. Dès que nous abordons ce qu'elle appelle « la plomberie », à savoir la technique de narration, la colère qui tendait sa voix au début de nos échanges s'évanouit. Elle retrouve son enthousiasme et sa joie. Je lui demande pourquoi elle a choisi d'écrire une fiction. Ne faudrait-il pas aller directement sur un documentaire ? Elle m'affirme que, pour l'instant, les victimes ont trop peur des représailles. Elles ne sont pas prêtes. La fiction visera au cœur, sans risquer le procès. Il faut faire tomber le premier pan de la forteresse. Le milieu comprendra forcément de qui il s'agit, mais le scénario doit décoller du cas personnel, et poser les vraies questions. Lorsqu'elle parle, une vivacité juvénile anime ses traits. Elle appuie ses propos de ses mains. Elle est caustique. Mon père a raison. Cette fille a quelque chose de particulier. Elle donne envie. Envie de travailler avec elle. Envie de la suivre. Je dérive un instant et me corrige. Ce n'est pas la question ou si, c'est la question. Comment séduire une femme qui vous parle de manipulation, d'abus, d'attouchements et de viol ? J'enferme cette idée fugace et je jette la clé. Trop compliqué. Ou pas assez.

Mon père tient ma mère par l'épaule. Ils m'attendent sur la jetée. Sous son panama cerclé d'un ruban rouge, elle me fait signe de la main. Le ciel n'affiche pas un filament nuageux. L'eau se laisse pénétrer du regard jusqu'à ses fonds de sable. Le port est plutôt calme. La saison se termine. En descendant du ferry à moitié vide qui m'a transporté d'Athènes à Methana, j'ai le sentiment d'avoir déjà vécu ce moment. Je pense à tous ces étés où je rejoignais mes parents, insouciant, sûr qu'ils seraient toujours là pour moi malgré leurs disputes et leurs retours de flamme. Qu'ai-je fait de cette sérénité ?

Nous nous enlaçons tous les trois. À présent c'est moi qui les tiens dans mes bras et le sentiment de leur fragilité m'émeut. Durant quelques secondes, nous nous disons bien des choses en silence. Mon père fait une blague pour détendre l'atmosphère. Nous déposons mon sac dans la voiture qu'ils ont louée, une Peugeot bleue, avant de nous installer sous la tonnelle d'un restaurant au bord de l'eau, à une centaine de mètres de là. Il ne compte qu'une dizaine de tables vernies recouvertes de nappes jaunes. Les serviettes en papier assorties sont roulées dans les verres. Une radio au crincrin sentimental anime la terrasse qui se vide de ses derniers clients. Il est presque trois heures de l'après-midi. Je scrute ma mère. J'ai l'impression qu'elle a encore maigri. Mon père lit dans mes pensées :

« Elle grignote. Trois tranches de pastèque, deux rondelles de concombre, un morceau de poisson. Rien de consistant.

— C'est la chaleur », précise ma mère avec un sourire si convaincant que n'importe qui, à part moi et peut-être mon père à présent, aurait mis sa main à couper que tout allait bien.

« Quand je pense à ce que tu dévorais avant ! s'exclame ce dernier, nostalgique. C'est à me faire douter de mes talents de cuistot. »

Elle sourit et lui prend la main pour en embrasser la paume. Lorsqu'elle fait ce geste, son visage disparaît presque entièrement dans la grande paluche paternelle. « Tu es le meilleur chef du monde », assure-t-elle.

Il y a désormais quelque chose de très doux entre eux, une tendresse qu'ils ne combattent plus et qui me touche. Leur relation serait-elle enfin apaisée ? Au moment où elle va finir, se sont-ils enfin trouvés ? Mon père poursuit :

« Avec ce que tu nages, pourtant... Elle fait des kilomètres ! Enfin... Heureusement que tu es là Oscar. On va pouvoir se mettre quelque chose sous la dent. »

La gastronomie a toujours constitué, pour mon père, une affaire de la plus haute importance, et le manque d'appétit le reproche qu'il a le plus adressé à la gent féminine. « Une femme qui n'aime ni boire ni manger ne sait pas jouir », m'avait-il dit lorsque je leur ai présenté ma première petite amie qui chipotait sur tout. L'appétit de ma mère, sa capacité à se faire une tartine de brie ou une boîte de sardines au petit déjeuner a toujours enchanté mon père. « Tu brûles tout », s'émerveillait-il en caressant le corps tonique de sa femme, sans excès de graisse, en dépit de son coup de fourchette digne d'un joueur de rugby.

Nous voilà bientôt entourés d'une dizaine d'assiettes qu'apporte, l'œil réjoui, un serveur aux cheveux poivre et sel. Vêtu d'une chemise impeccable malgré la chaleur, il s'offre même le luxe désuet d'une moustache gominée. Aubergines cuites au feu de bois, croustillants d'épinards, calamars sautés, fromage halloumi grillé, salade de tomates, de feta et de câpres, feuilles de vigne, poivrons farcis, purée d'olives et brochettes : je ne sais plus où donner de la tête.

Mes parents me décrivent leurs journées. Ils ont l'air très détendus.

« Nous ne regardons plus les infos, nous n'achetons plus le journal, nous ne répondons plus au téléphone et je peux te dire que cela fait un bien fou ! Je lis des livres. En trois semaines j'ai épuisé mes réserves et celles de ta mère. Mon libraire a dû nous en envoyer un carton par la poste. Je n'ai donné aucune consigne et il me fait découvrir des auteurs incroyables ! Notamment une fille qui s'appelle Sandrine Collette dont je n'avais jamais entendu parler. Elle a écrit un roman noir hallucinant : *Des nœuds d'acier*. Je te le passe ce soir. Tu vas voir, c'est très fort.

— Et *Goliath* ?

— Je laisse les avocats gérer. J'aviserai en rentrant à Paris », répond-il.

Ma mère tolère moins bien l'inactivité que mon père. Elle s'est remise à sa série mythologique. À la différence près que les aventures de ces dieux tempétueux et jaloux sont transposées de nos jours. Membres d'une riche et nombreuse fratrie de Chicago, ils se disputent l'empire familial avec l'acharnement et les rancœurs des divinités antiques. Ma mère s'illumine en décrivant ses personnages qu'elle se plaît à torturer avec une joie évidente. L'aîné des enfants, Jeffrey – alias Héphaïstos –, est inventif, travailleur et talentueux mais méprisé par son père – Zeus – qui doute que cet enfant soit son fils biologique. Jeffrey-Héphaïstos est boiteux suite à une chute de cheval dans son enfance au cours de laquelle sa mère l'a forcé à remonter en selle alors qu'il avait une fracture du fémur. Il en a gardé une infirmité qui, malgré ses succès dans le design, le rend plus odieux encore à sa génitrice. Viennent ensuite les jumeaux : Alex-Apollon, magnifique, ouvertement bisexuel, qui hait tous les membres de la tribu, et Diana-Artémis, une pasionaria activiste de la cause animale, tous deux nés d'une liaison du père avec sa cousine germaine. Athéna, enfin, l'intellectuelle de la famille, l'enfant préférée du patriarche, est une beauté aux yeux gris qui termine sa thèse en stratégie politique et gestion des conflits armés.

Ma mère s'en est donné à cœur joie. C'est cruel, drôle, farfelu et provocateur. La première saison est bouclée. Son agent est en train de la présenter aux chaînes et aux plateformes. Je la regarde avec une admiration un peu effrayée et commence mon travail d'approche :

« Tu as du temps alors ?

— Ça dépend, répond-elle, prudente.

— Une amie m'a confié un scénario sur lequel je vais peut-être travailler. Elle aimerait beaucoup que tu le lises…

— Une amie ? s'enquiert mon père, l'air de rien.

— Aurélie Vaillant.

— Tiens, tiens, Aurélie Vaillant… ironise-t-il.

— Ne l'embête pas, voyons ! » proteste ma mère avant de se tourner vers moi, les yeux pétillants : « Alors, quand nous la présentes-tu ?

— Ah mais moi, je l'ai déjà rencontrée, se vante mon père. Elle est formidable. Le petit a bon goût.

— Vous êtes insupportables tous les deux ! Je ne couche pas avec Aurélie. »

Mes parents échangent un regard et s'esclaffent.

« Quand vous saurez de quoi parle son scénario, vous comprendrez que ce n'est pas près d'arriver.

— Qu'est-ce qui n'est pas près d'arriver ? s'enquiert mon père.

— Que je me tape Aurélie Vaillant. »

Ma mère fronce les sourcils. « Se taper », elle n'aime pas. Remarquant son assiette vide, mon père commande des fruits : melon, figues et raisin dont elle fera l'essentiel de son repas. Une ombre passe sur le visage de mon père. C'est la deuxième fois depuis mon arrivée qu'un pli d'anxiété barre son front. J'ai le sentiment qu'il a compris, mais comment être sûr ? Je grimace en avalant une tasse de café grec traditionnel. Il faut traverser une mousse âcre qui colle aux lèvres pour aspirer le liquide brûlant, brève satisfaction gâchée en deux gorgées par les résidus de marc qui se déposent sur la langue. Je regrette mes capsules en aluminium, tandis que mon père m'explique les subtilités de la préparation de ce breuvage avant de se lever d'un geste brusque : nous sommes assis depuis trop longtemps, il a besoin de bouger.

Ma mère prend le volant. Plié en deux à l'arrière de leur petite voiture, je me mets en diagonale pour ne pas avoir les genoux aux oreilles. Nous quittons le village et longeons la mer bordée de terrasses millénaires. Les eucalyptus, les vignes et les oliviers se succèdent. La maison qu'ils ont louée se situe à moins de cinq kilomètres du port. Je découvre bientôt une tache de clarté au milieu d'un bouquet d'arbres et de lauriers roses : la villa Nicoletta. Blanche, un peu biscornue, mais pleine de charme, elle s'organise sur trois étages et permet d'accéder directement à une crique de galets déserte. Un ponton de bois relie la terrasse la plus basse à la mer. Sur la plage j'avise un canoë à bord duquel mon père part chaque matin en balade.

« Je comprends comment tu as perdu ton ventre ! » dis-je en lui tapotant l'abdomen.

Il a l'air très content.

« Et toi, tu deviens monsieur propre, les cheveux en plus, constate-t-il en me tâtant les biceps.

— Non mais ce n'est pas fini de vous tripoter tous les deux ! proteste ma mère devant ces effusions.

— Je peux te tripoter aussi si tu veux… » lance mon père en se rapprochant d'elle.

Je m'installe dans une annexe séparée du bâtiment principal par un patio de dalles grises aux joints clairs, décoré de pots de géranium. Cette maisonnette aux volets bleus ne comporte que deux étages. Au rez-de-chaussée, une chambre, au premier, une grande salle de bains, au dernier étage, une deuxième chambre. Je choisis celle en hauteur. Elle est mansardée, je touche presque le plafond, mais la terrasse s'ouvre sur un tel panorama qu'elle n'a rien d'étouffant.

J'envoie des photos à Natalya. Je l'ai prévenue que je partais en Grèce sans mentionner mes parents. Cela me semblait indélicat. Elle se réveille tout juste à New York. Le visage encore chiffonné de sommeil, elle est d'humeur tendre. Pour la première fois, elle m'avoue que je lui manque et qu'elle aimerait plonger dans ces eaux transparentes avec moi. Je me la représente nageant nue, puis se redressant ruisselante, et cette simple idée suffit à éveiller mon désir. Je réponds que j'aimerais goûter sa peau salée d'eau de mer. Elle me raconte ce qu'elle ferait avec moi sur la plage et nos imaginations s'enlacent. Nous entrons de plus en plus rapidement dans le vif du sujet. Quelques mots-clés et nous y sommes. Nous savons tous les deux où nous voulons aller. Le matin elle a du temps, Jay part tôt au bureau. J'ai envie de faire glisser la bretelle en satin de son déshabillé. Je lui demande de me montrer un sein, puis l'autre. Je frémis lorsque apparaît la première aréole beige rosée. Je lui donne des indications précises pour qu'elle se dévoile et se caresse. J'aime nos échanges, mais en contemplant, sur mon écran, ce que je devine de son visage enfoui dans les oreillers, je ne peux m'empêcher d'être brûlé par l'idée que Jay y pose sa tête aussi.

Quand je redescends, mon père et ma mère, côte à côte sur le canapé du salon, sont plongés dans le texte d'Aurélie qu'ils ont pris dans mon sac.

« Effectivement, le sujet ne simplifie pas le travail d'approche, confirme mon père en me jetant un œil perplexe par-dessus ses lunettes.

— Elle est fabuleuse cette fille ! s'exclame ma mère. Enfin ! Enfin quelqu'un pour s'attaquer à ce porc.

— Depuis qu'il lui a mis la main aux fesses à Cannes en 1990, ta mère a une dent, disons même trente-deux dents contre W.

— Tu ne me l'avais pas dit… murmuré-je, stupéfait.

— Il a fait bien pire avec d'autres, temporise ma mère.

— Comment as-tu réagi ?

— C'était le soir de la projection de *Cyrano de Bergerac*. Jean-Claude Carrière, avec qui je commençais à travailler, m'avait invitée à la soirée qui suivait la présentation. W était là. À l'époque, il n'était pas très connu. Il était encore distributeur, pas producteur, mais il se croyait déjà tout permis. Ce n'était ni une caresse ni même une tape amicale. Il m'a attrapé le sexe et l'a pressé très fort. Sur le moment, j'ai été tellement soufflée que j'ai simplement crié : "Ça va pas non ?", ce qui l'a éloigné. Ensuite la colère est montée. Je me suis confiée à une amie. Elle était aussi énervée que moi. Plus tard dans la soirée, alors qu'il était assis en train de discuter avec des acteurs, nous lui avons chacune versé un pichet de caïpirinha sur la tête avant de prendre nos jambes à notre cou. Il était fou de rage. Et c'est une masse ce bonhomme. Heureusement qu'il ne savait pas qui nous étions.

— Tu l'as revu ?

— J'ai fait très attention, par la suite, à ne pas recroiser sa route… »

Mon père reste silencieux. Je l'interroge :

« Et toi papa, qu'en penses-tu ?

— C'est compliqué.

— Dis-moi…

— Bien sûr que W est un porc. C'est aussi l'un des hommes les plus puissants de cette industrie. Il est d'ailleurs très bon dans ce qu'il fait. Je n'ai jamais travaillé avec lui, et je ne conseille à personne de le faire parce qu'il a des méthodes de gangster, mais de là à se lancer dans cette bataille… Elle peut vous coûter très cher à Aurélie comme à toi. Vous êtes talentueux, avec une carrière prometteuse…

— Enfin Édouard, c'est exactement pour ces raisons que personne ne dit rien ! On ne peut pas laisser W impuni jusqu'à la fin de ses jours.

— Je réfléchis Laure ! Ne me saute pas à la gorge ! Je ne dis pas qu'il faut le laisser faire, je dis que ce n'est peut-être pas à notre fils de s'en occuper. »

Je proteste :

« Si vous commencez à vous appeler par vos prénoms, on arrête immédiatement cette conversation. À chaque fois ça termine par un divorce !

— L'avantage c'est que nous ne sommes pas remariés... précise ma mère, goguenarde.

— C'est une proposition ? » s'enquiert mon père sur le même ton.

Ils rient. Mon père attire ma mère contre lui et ils cessent de se chicaner.

« Quand dois-tu répondre à Aurélie ? me demande-t-il.

— Dans la semaine.

— Dormons dessus alors. On en reparle demain.

— En attendant, je vais lui faire une note avec mes remarques », déclare ma mère en embarquant le paquet de feuilles.

Je l'arrête :

« Maman... *Je* voulais lui faire une note avec mes remarques...

— Ah pardon ! Faisons-la ensemble alors ! »

J'ai un moment de vertige. Je m'étais promis de ne plus jamais, *jamais* travailler avec ma mère... Mais je la vois si mince, si frêle malgré sa détermination intacte, je suis tellement conscient qu'elle est en train de partir, de s'effacer, qu'il m'est impossible de résister. Je m'en voudrais pour le restant de mes jours si j'avais le malheur de lui faire défaut. Je cède :

« Je vais chercher mon ordinateur », dis-je, troublé que la Grèce, comme lors de ma rupture avec Esther, soit à nouveau le cadre de nos retrouvailles professionnelles.

« Moi aussi ! » décide mon père.

Et c'est ainsi qu'Aurélie recrute ses deux scénaristes avec, en prime, un réalisateur qui a quelques succès à son crédit.

Ma mère reste ma mère. Elle est même pire depuis sa maladie : elle sait que je ne peux rien lui refuser. Le lendemain matin, quand je descends pour un petit déjeuner tardif – les échanges avec Talya m'ont maintenu éveillé jusqu'à trois heures du matin –, elle m'attend triomphante :

« Aurélie arrive en fin de journée ! Nous commencerons à écrire dès demain. »

Assise à la table de la terrasse, elle porte un chemisier à col bateau qui révèle la naissance de ses épaules plus anguleuses qu'autrefois et me sourit.

« Pardon ?

— Je lui ai envoyé un message hier soir pour la féliciter. Elle m'a répondu qu'elle aurait adoré que je l'aide. Puisque tu étais d'accord pour que nous travaillions ensemble, j'ai accepté.

— Mais tu aurais pu m'en parler !

— Tu dormais chéri… Je ne voulais pas te réveiller, invoque-t-elle, l'air attentionné.

— Comment as-tu eu son mail ? »

Elle secoue le paquet de feuilles du projet W :

« Il y a ses contacts.

— Et papa, où est-il ?

— Parti faire du canoë.

— Tu l'as mis au courant ? »

Elle me tend le jus d'orange, les tartines, la confiture d'abricot et se penche vers moi, l'air complice :

« Il est ravi… et persuadé que cette fille est faite pour toi.

— Je ne suis pas là depuis vingt-quatre heures que vous essayez déjà de me marier !

— Ce ne serait pas une mauvaise idée que tu te poses…

— Je ne pense pas que tu sois la personne la plus adaptée pour donner des conseils matrimoniaux.

— Très peu de gens peuvent se targuer d'avoir autant d'expérience que moi, répond-elle, malicieuse. Et Aurélie a l'air épatante… ajoute-t-elle, espérant m'amener sur le terrain des confidences.

— Sauf que je suis occupé par quelqu'un d'autre ! »

Un moment d'inattention. Décidément je n'apprends rien… Ma mère, aux anges, me harcèle de questions et de plaisanteries. Je m'affale sur la table, la tête entre les bras, et j'implore le ciel :

« Vous êtes les parents les plus intrusifs que la terre a jamais portés.

— Plains-toi ! Tu as surtout les parents les plus aimants que la terre a jamais portés. Alors… Qui est l'heureuse élue ? Ce ne serait pas Esther par hasard ? » ajoute-t-elle d'une voix pleine d'espoir.

Je me redresse, furieux :

« Tu ne vas pas me refaire le coup d'Esther ! Déjà que vous continuez à vous voir dans mon dos…

— Dans ton dos, dans ton dos ! J'ai noué depuis des années ma propre relation avec Esther… Pourquoi devrais-je cesser de lui parler ? »

Me sentant sur le point d'exploser, ma mère m'épargne son développement habituel sur « tu n'es pas propriétaire des gens » auquel je rétorque en général qu'elle se considère bien, elle, propriétaire de papa et de moi. Cela a engendré suffisamment de drames dans notre vie de famille pour qu'elle n'ait pas le toupet de me donner des leçons de détachement. D'un accord tacite, nous rangeons nos armes et ma mère reporte son attention sur le projet W. Évidemment nous n'avons pas rediscuté du scénario et des incertitudes qu'il comporte, elle a tranché pour nous.

« Ce sera mon dernier combat, vas-tu me l'interdire ? » me lance-t-elle lorsque j'ébauche un reproche sur la manière dont elle transforme nos retrouvailles familiales en sessions de travail intensif.

« Non, mais j'aurais bien aimé souffler quelques jours.

— Souffler quelques jours », répète-t-elle en levant les yeux au ciel.

Elle me fait un dégagement sur le mythe contemporain des vacances. La sacralisation du désœuvrement et du « temps pour soi ». Du temps pour quoi ? La créativité rend heureux, les amis rendent heureux, fabriquer, construire, inventer, rire oui, mais cette idée qu'il faut se reposer ! Même les adolescents comptent leurs jours chômés, comme Harpagon ses écus. Un concept consternant, le repos ! Ne dort-on pas toutes les nuits ? Elle ose même un « on se reposera quand on sera mort ». Je l'arrête, ulcéré :

« Tu vas trop loin. »

Les mains crispées sur la table, je dois avoir une tête qui dit le fond de ma pensée parce qu'elle vient m'embrasser et me demander pardon. Je la retiens.

« Tu ne me dis rien, maman… As-tu mal ?

— Nous étions d'accord pour ne pas en parler », murmure-t-elle, tendue, en me passant une main sur la nuque. « C'est mieux ainsi, crois-moi. »

Nous allons nous asseoir sur la banquette maçonnée, face à l'horizon. Je la serre contre moi, sans mot dire, puis elle me chasse gentiment. Ma mère a horreur des accès de faiblesse. Des siens plus que tout autre. Elle ne veut pas de témoin. Je lui propose une promenade. Elle préfère monter dans sa chambre.

Je me dirige vers la mer. Le soleil éblouissant me contraint à avancer avec respect, les yeux baissés. Les flots brillent comme des éclats de miroir. Un souffle tiède me caresse et l'eau est si chaude des mois d'été que j'y entre comme dans un bain. Aucune résistance. Juste un léger ressac. Je m'enfonce tête la première. Une brasse volontaire, scandée. Je me libère, je fuis. Je me concentre sur ces sons aquatiques qui effacent le tumulte de mes pensées. Je glisse, la poitrine plus légère, la main sûre des appuis que m'offre l'immensité liquide. À chaque expiration, je chasse la noirceur qui m'habite. À chaque inspiration, je la traque en moi-même. Les idées ne sont plus des idées. Elles deviennent des arabesques qui se dessinent sans se refermer. Aucun effort. Mon cœur se détend, se déploie. Parfois je m'arrête. Sur le dos, je me laisse porter, savourant mon improbable légèreté, le soulèvement souple et puissant de l'onde, avant de repartir. Je tourne sur moi-même, plonge, ressurgis. Je suis loin à présent. Je fais une nouvelle pause. J'aperçois, minuscule point de couleur face à la roche et à ce ciel qui n'a pas de fin, mon père sur son canoë. J'observe son mouvement immobile, il est hors de portée de voix. La fatigue s'insinue en moi et les courants froids du large me repoussent vers le rivage. Le retour est moins plaisant, la progression plus difficile. Enfin j'y suis. Je me redresse. Le sol instable me rappelle à la gravité. Je fais quelques pas maladroits et m'allonge, m'imprégnant, à travers l'ample serviette de plage, de la chaleur brûlante des galets. Je m'endors un moment.

Lorsque je rentre, ma mère travaille à l'ombre de la pergola. Son ordinateur sur les genoux, elle m'entreprend sur un sujet inattendu :

« Je n'allais jamais sur les forums avant, mais c'est génial !

— De quels forums parles-tu ?

— Tous ! Les forums amoureux, sexuels, légaux, médicaux, psychologiques. Ce sont des mines. Tu poses une question et les gens te racontent leur vie. De la manière de réparer un radiateur à la façon dont ils ont été victimes d'abus, leurs disputes avec leur conjoint, leurs recettes de cuisine, leurs relations extraconjugales ou les difficultés qu'ils rencontrent avec leurs enfants. Incroyable. »

Je suis moins enthousiaste. Chaque fois que je vais sur un forum, c'est pour une question de santé, et en général les réponses me terrifient. J'essaie de comprendre :

« Mais que voudrais-tu savoir ?

— Maintenant ? Oh des choses sans importance, mais quand je pense au temps que je passais avant à chercher des témoins, des livres, des récits pour nourrir mes scénarios ! Franchement c'est fabuleux. On entend leurs voix, on récolte leurs mots. Ils ont des expressions épatantes aussi. L'orthographe est à frémir, mais la matière humaine, je n'en reviens pas. »

Je laisse ma voyeuse naviguer dans ce monde parallèle et, sur ma tablette, je me plonge dans la presse que je n'ai pas pris la peine de lire sérieusement depuis que Talya capte toute mon attention. L'état du monde est aussi affligeant qu'il y a deux semaines et les actualités quasiment identiques. Nous passons une matinée tranquille. J'ai exigé que nous attendions Aurélie pour faire le plan des scènes. C'est la seule excuse valable aux yeux de ma mère dont l'impatience est tangible. Mon père, lui, se rend au village. Il ne veut pas manquer le marché. C'est un rituel qu'il aime.

À Paris, il a ses habitudes avenue d'Iéna. Il connaît les producteurs, leur histoire et leurs terroirs : la Bergerie du Mesnil pour son fromage de brebis, le stand de Philippe Perette, son chèvre frais ou sa burrata, les poissons de Diget ou le poulet rôti de Goillot. Quant aux primeurs, c'est chez Joël et personne d'autre. La tête de mon père le jour où Joël lui a appris qu'il voulait prendre sa retraite ! L'annonce lui a gâché la semaine. Même en voyage, mon père prend le temps de ces excursions gustatives. Il connaît aussi bien le marché de poisson de Tokyo où, à sept heures du matin, il a goûté en sashimi toutes sortes de bestioles marines dont il découvrait l'existence, que la Boqueria de Barcelone, lieu de virée avec son ami l'artiste Jaume Plensa. Ils ont pris l'habitude, quand mon père vient lui rendre visite, d'y faire le plein de jambons ibériques, d'olives pimentées, de chorizos et de fromages à tempérament qu'il rapporte, sous vide, dans une grande valise à roulettes. Cette exploration grecque ne fait pas exception. Il y va, l'air guilleret, comme à un rendez-vous galant, et nous n'entendrons plus parler de lui pendant au moins trois heures, le temps qu'il discute avec chaque marchand dans un mélange d'anglais, de français et d'italien appuyé de grands gestes de mains et de dégustations en tout genre suivies d'onomatopées extatiques. Mon père en revient chargé de cagettes, sa mine réjouie à moitié masquée par une variété de plumeaux végétaux. Il a vu les choses en grand, d'autant qu'il a convié Justine et Paul à dîner. Lui est antiquaire, elle peintre. Ils possèdent une maison dans la région et viendront avec un couple de décorateurs qui séjourne chez eux. Je l'aide à décharger ses courses. J'aime sa façon méticuleuse, satisfaite, et presque amoureuse de ranger les denrées des repas à venir. Il me montre avec une joie de collectionneur des légumes beiges et ronds que je ne connaissais pas et qui s'avèrent être des aubergines. Il en a trouvé deux autres variétés inhabituelles : l'une recourbée sur elle-même comme un anneau, l'autre ovoïde tirant sur un rouge rayé de jaune. Il rapporte également des bocaux de poivrons farcis, des tomates de Nauplie, deux pots de miel, l'un ambré, transparent, l'autre épais, presque blanc, des fruits séchés, une pastèque tigrée, les premières poires kontoules de la saison et une dizaine de bouteilles de vin de la Mésogée. Il a même acheté un chalumeau pour caraméliser des crèmes brûlées « à la pistache ! précise-t-il, pour la couleur… Un très joli vert, tu verras »…

Il prépare avec application une première partie du dîner, coupe en quelques secondes ce qui fera notre déjeuner : deux gros bouquets de persil plat, des dés de tomates et d'oignons rouges et une salade de concombres, pendant que ma mère glisse au four un gratin de polenta. Je mets la table. Nous dégustons ce repas tous les trois à la villa Nicoletta. Mes parents me taquinent de nouveau sur mes relations passées ou à venir avec Aurélie, avant que nous partions tous les trois chercher notre invitée.

La silhouette longiligne d'Aurélie avance sur la passerelle. Elle est en jean, T-shirt en V et Converse, loin de son allure habituelle, sophistiquée. Mon père me contemple d'un air attendri. Il manifeste, depuis mon plus jeune âge, une curiosité pour mes activités amoureuses qui m'exaspère. Particulièrement lorsqu'il essaie d'en discuter d'un ton complice ou qu'il m'invente des conquêtes de toutes pièces. Je le fusille du regard. Ma mère reste concentrée sur sa future coéquipière.

En se rapprochant de nous, Aurélie a l'air un peu intimidée, ce qui ne lui ressemble pas. Elle a relevé ses cheveux et je découvre, avec ce chignon qui retombe en boucles gracieuses sur sa nuque, une délicatesse dans ses traits que je n'avais pas remarquée. Elle me scrute du regard pour voir si je lui en veux. Je l'accueille assez froidement. Mon père rayonne. Ma mère aussi. La distraction que constitue Aurélie les enchante. Renouvellement des présentations. Embrassades. Je lui prends son sac, un grand cabas aux couleurs pop marqué à ses initiales : AV.

« Tu n'as pas d'autre bagage ? »

Elle secoue la tête en signe de dénégation.

Nous voilà embarqués dans la Peugeot, nos grandes carcasses repliées à l'arrière, Aurélie et moi. Reprenant la conversation où elle l'avait laissée la veille au téléphone, ma mère a déjà commencé à parler boutique. Aurélie embraie, ravie de partager son obsession. Mon père, au volant, couve ma mère d'un regard affectueux. Il a toujours aimé la vie de bande et le mélange des générations, le joyeux bordel, les repas en grandes tablées, la vie sans horaires et les virées de dernière minute.

L'âge n'est pas un critère pour mon père. Il peut être ami avec quelqu'un de trente ans de moins que lui et s'intéressera autant à la conversation d'un adolescent, voire d'un enfant, qu'à celle d'un personnage en vue. Même ampleur de gamme pour les femmes, âge ou classe sociale peu lui importe, il ne répond qu'aux affinités. Mon père voudrait vivre en permanence sur un tournage avec son petit monde qui s'affaire et fabrique des choses avec lui. Chez LEO Productions comme en vacances, nous vivions en grappes, ne serait-ce que pour mieux nous échapper ensuite tous les trois. S'entourer en gardant la possibilité de la solitude reste la configuration idéale pour mon père. Il n'a pas tort… Une bande, c'est mieux qu'une famille : de l'affection à responsabilité limitée.

À l'entrée de la maison, une petite Grecque en fin de cinquantaine, le visage jovial et la silhouette rebondie, balaie le pas de la porte. Elle s'appelle Sélène et vient aider quelques heures par semaine. Mes parents me la présentent. Elle parle très correctement l'anglais. Pendant que j'échange quelques mots avec elle,

Aurélie passe la main dans l'un des imposants pots de basilic qui ornent l'entrée. Les yeux mi-clos, elle porte ses doigts à son visage pour en respirer le parfum. Mon père la regarde. Une fille qui se fie à son nez, voilà qui ne peut que le séduire. Il l'emmène quelques pas plus loin pour lui montrer, derrière la maison, un carré d'herbes aromatiques : coriandre, persil plat, ciboulette, sauge, menthe, thym et romarin. Elle croque quelques feuilles, sourire aux lèvres. Il en coupe une poignée et se dirige vers la cuisine où ma mère presse déjà une montagne de citrons verts pour préparer un daïquiri.

Je fais découvrir la maison à Aurélie. Elle admire la vue, enthousiaste, tandis que je vais déposer son sac dans l'annexe. Sa chambre, située juste en dessous de la mienne, donne également sur la mer. Nous partagerons la salle de bains, une pièce de faïence verte, toute en longueur, avec une fenêtre ouverte sur le jardin et les oliviers. Après avoir enlevé ses chaussures – elle aime décidément être pieds nus –, Aurélie s'assoit sur le lit et reconnaît :

« Je suis désolée de m'être incrustée de cette façon, mais ta mère a vraiment insisté. C'est un rêve pour moi, de travailler avec elle, avec vous… »

Face à mon silence, elle insiste :

« Je me suis dit que l'occasion ne se représenterait pas deux fois… »

J'apprécie qu'elle s'excuse et je la rassure. J'avais envie de vacances, c'est vrai, mais moi aussi, je suis heureux qu'elle soit là et très convaincu par son projet. Je lui demande si elle a besoin de quelque chose.

« Je vais dormir une heure », m'annonce-t-elle en s'étirant avec lassitude.

Je remonte d'un étage, ferme la porte à clé et j'appelle Natalya. Son image rieuse apparaît sur mon écran. Elle est en nuisette rose pâle et me dit qu'elle doit choisir sa tenue pour un dîner de gala au MET. Jay n'est pas là. Nous avons la voie libre. Elle branche son téléphone sur le système de caméra, met de la musique et me montre les options que lui a préparées sa styliste. Talya hésite, me demande conseil, ouvre ses tiroirs, ondule pour sortir d'un caraco, se penche pour en saisir un autre. Dans son impressionnant dressing, elle crée un spectacle juste pour moi. Elle se montre, se cache, s'habille, se déshabille. Elle sait jouer de mon désir pour m'avoir à sa merci. Je lui demande de réessayer la robe émeraude, puis la grise argentée. Je lui ordonne de rester en lingerie pour se percher sur différents souliers à strass, à plumes, à zébrures. Elle les met, un pied sur la banquette centrale, me laissant deviner, sous la soie légèrement bombée d'un tanga, cet abri charmant dans lequel j'aimerais me plonger. Elle accepte même d'y glisser un doigt et se caresse ainsi, devant moi, face à la caméra. Le doigt, bientôt, ne me suffit pas. Je voudrais qu'elle prenne un accessoire, qu'elle me montre comment il entre en elle. Talya hésite, se fait attendre, puis cède. Il y a quelque chose d'étourdissant à la voir se plier à mes requêtes. Nous nous caressons mutuellement de nos mots et de nos images, malgré les milliers de kilomètres de distance, prisonniers consentants de nos ébats solitaires. Je n'aurais jamais pensé que le plaisir, privé du contact de l'autre, puisse être aussi intense. Qu'il renverse mon monde avec une telle force.

Lorsque Talya raccroche, la culpabilité m'envahit. En étant sous le même toit que mon père, comment faire abstraction de lui ? J'ai plus que jamais l'impression de le trahir, et sa présence est une ombre portée sur ma confiance. Je n'ai jamais cédé au jeu des comparaisons. Natalya et moi ne parlons pas de lui, mais prétendre ne pas l'avoir à l'esprit serait un mensonge. Je me rhabille. La salle de bains est occupée. Aurélie prend une douche. Je remonte et réponds à mes mails.

Quand je descends enfin, les invités sont arrivés. La table a été dressée en bas, près de l'eau. Ma mère, en pantalon blanc et haut doré, sirote un cocktail avec l'antiquaire et sa femme, tandis que mon père, Aurélie, et les deux décorateurs, répondant au nom de Jacques et de Pierre, se sont lancés, sur cette mer d'huile, dans un concours de ricochets. Un point par rebond. Aurélie et mon père, en tête, rivalisent de vantardise. Elle porte une robe rouge, très simple. Un collier argenté souligne la ligne élégante de son cou. L'un des décorateurs me cède sa place pour que je fasse remonter leur score. J'ai vraiment envie de gagner et j'éprouve une grande satisfaction quand nous y parvenons.

Le dîner est particulièrement joyeux. Le daïquiri nous rend loquaces et mon père a préparé un festin. Justine, l'artiste, joue assez artificiellement d'un fume-cigarette en lui faisant un charme éhonté. Mon père, goguenard, la laisse s'enferrer, sans doute parce qu'il la trouve jolie, avec ses yeux gris, sa pâleur et son air de Marie Laforêt. Il supporte et même savoure les errements de sa conversation : malgré son amour pour les femmes spirituelles et caustiques, il a toujours trouvé le défaut d'intelligence attirant. Comme si le corps prenait toute la place pour mieux jouir et se donner. L'antiquaire, pour sa part, semble envoûté par ma mère. Je surprends un échange de regards entre mes parents. Un sentiment presque féroce dans leurs yeux. J'ai l'impression d'observer deux fauves à la chasse. Je me demande jusqu'où ils sont capables d'aller.

Jacques, bel homme à la carrure élégante et aux cheveux gris bouclés, est peut-être la personne la plus drôle qu'il m'ait été donné de rencontrer. Il est en couple depuis vingt ans avec un galeriste d'art contemporain, et non un décorateur comme je le pensais. Pierre, son amant, mince, de petite taille, candide et poétique, ne recèle pas un atome de méchanceté. Il semble s'amuser de tout. Jacques rivalise d'humour avec Aurélie, ravie de trouver un partenaire à sa taille. Leurs échanges hauts en couleur sont salués par une hilarité générale. Aurélie a une manière énergique de renvoyer la balle avec ses imparables traits d'esprit.

Le soleil s'apprête à nous servir son grand spectacle. Rasant les flots, il peint déjà nos visages et nos corps de teintes rougeoyantes. Je le regarde s'enfoncer lentement entre les deux îles qui encadrent l'horizon. Un chenal de lumière tranche les flots assombris jusqu'à la rive. La chaleur et les premiers sons de la nuit créent une intimité nouvelle. Les nuages se disputent de longs filaments de rose vif et de violet et le ciel prend le pas sur la terre. Alors que nous terminons le dessert, la fameuse crème brûlée à la pistache, Jacques nous propose une virée au Moni Club, *la* boîte de nuit de la région. Nous sommes samedi. Il y aura « la faune locale », annonce-t-il avec gourmandise, en nous servant une série de portraits et d'anecdotes qui attise notre curiosité. Nous voilà partis !

Ma mère prend à nouveau le volant, pendant que l'antiquaire embarque les trois autres convives. Nous les suivons sur les routes tortueuses de la côte. Dans l'habitacle, nous continuons à rire et à discuter. Aurélie est déchaînée. Elle tient la poignée au-dessus de la porte pour ne pas verser dans les tournants. Je suis troublé par la blancheur de son aisselle, moins bronzée que l'extérieur de son bras, fin et musclé.

Nous ralentissons. Une file de voitures se dirige vers le Moni Club. C'est une discothèque troglodyte qui se prolonge en plein air sur un promontoire rocheux. Le scintillement de la baie, la forteresse éclairée, ajoutent à la beauté du cadre. Une succession de paillotes aux charpentes de bois et toits végétaux abrite le mobilier maçonné. D'épais matelas de cuir et des rideaux blancs donnent au lieu, perdu dans un petit village du Péloponnèse, une note californienne. Il y a un monde fou. Quelques touristes de fin de saison, beaucoup de Grecs. Jacques a ses habitudes. Le patron, un Anglais svelte et beau gosse qui doit avoir mon âge, lui donne tout de suite une table. L'Anglais passe la main dans ses cheveux et pose sur Aurélie un regard appuyé qu'elle lui retourne avec un demi-sourire confiant. Nous nous installons sous une des paillotes donnant directement sur l'eau. Je serre des mains sans retenir les noms, ni vraiment chercher à le faire. J'ai Talya en tête. J'aimerais qu'elle soit là tout en étant conscient que ce désir est une aberration. Ma mère fait des messes basses avec mon père. Ils ont leur air gamin. Aurélie s'agite en rythme sur sa chaise, le visage tourné vers le cœur battant du Moni qui fait trembler le liquide translucide dans nos verres. Elle se tourne vers moi et m'adresse une demande muette à laquelle je cède. Nous rejoignons la piste. La musique pulse. La foule se plie à la volonté du DJ, divinité tatouée jusque sous le menton. Son crâne luit dans la semi-obscurité que les rayons lumineux viennent percer à intervalles réguliers. Il lève les bras au ciel, imité par ses adeptes. Il les appelle et, d'une clameur unique, ils lui répondent. Aurélie s'apprête à se mêler à eux quand un garçon brun aux cheveux frisés fend la foule. Aurélie lui saute au cou :

« Matthieu ! Que fais-tu ici ?

— Je suis en vacances avec des amis… »

Nous nous éloignons de quelques mètres :

« Oscar, je te présente Matthieu, nous étions à HEC ensemble. Oscar, un ami scénariste. »

Je ne savais pas qu'Aurélie avait fait une école de commerce… Le type, cordial, a une bonne tête et regarde son ancienne camarade avec des yeux éblouis. Elle a dû le faire rêver pendant toutes ses études. J'essaie de m'intégrer à leur conversation, mais elle dérive rapidement sur une série de noms que je ne connais pas. Mon téléphone a le bon goût de sonner. Talya… Je suis ravi de pouvoir lui répondre au milieu de la fête. D'autant plus ravi qu'elle s'apprête, après son dîner au MET, à faire sa valise et à s'envoler au Mexique avec Jay.

« Ça a l'air sympa chez toi ! » me lance-t-elle, amusée.

Talya ne semble pas jalouse. J'en suis vexé et lui réponds sur le même ton dégagé. Le décalage horaire m'est défavorable dans le rapport de force que constitue toute relation à ses débuts. Lorsque le soir tombe ici, elle est dans le flot de la journée, entourée, active, alors que je suis face à l'obscurité. Talya part le lendemain et essaiera de me faire signe avant de prendre l'avion. Elle mentionne l'endroit où Jay l'emmène. Un hôtel de toute beauté sur le Pacifique dont j'ai déjà entendu parler. Elle a l'air impatiente. Sa légèreté me semble de l'indifférence.

Lorsque je raccroche, la fureur me submerge. Contre elle et contre moi-même. Comment ai-je pu me fourrer dans une situation aussi ridicule ? M'enticher de la maîtresse de mon père alors que, pendant les deux années qu'a duré leur relation, je lui adressais à peine la parole ? Et voilà qu'à mon tour, je tombe dans le panneau ? Que je la laisse me meurtrir ? Avoir le mauvais goût de s'attacher à une fille aussi inconséquente, c'est le comble de la bêtise. Je ne me reconnais plus. Esther, au moins, a une personnalité, du charisme, du talent. Talya, franchement… Ce mystère que je croyais percevoir en elle n'était qu'un mirage. Je me suis inventé une histoire. J'ai été seul à la vivre. Dans un élan de colère, je supprime sa fiche de la liste de mes contacts. Piètre tentative pour m'affranchir d'elle puisque je connais ses numéros par cœur. Je passe devant la table de mes parents. Mon père tient son auditoire avec le récit désopilant du tournage de *30 ans et des poussières*, le pire qu'il ait jamais connu. Ma mère a beau avoir entendu l'histoire vingt fois, elle rit avec les autres. Je descends l'escalier en béton peint à la chaux. Chaussures à la main, je longe le rivage, les pieds dans l'eau. J'ai l'impression que rien ne tient. Ce que je croyais solide n'est qu'argile. Ma famille, mon métier, mes amours, mes amitiés. Quand suis-je devenu cet éternel insatisfait, campant sur ses positions, effrayé par la perspective de la perte ? Je sais ce que dirait ma mère : il faut se secouer, arrêter de se regarder le nombril, agir, mais le temps et les êtres semblent m'échapper. Je marche jusqu'à atteindre le bout de la baie, loin des lumières du village. J'entends un couple s'aimer par les fenêtres ouvertes d'une maison. Je rebrousse chemin.

Dans l'escalier qui mène à la terrasse du Moni, une jolie fille m'arrête. Elle est anglaise mais parle français avec cet accent à la Jane Birkin qui me plaisait déjà chez Esther et qui me donne le frisson. Elle m'annonce, en lissant sa longue chevelure miel, qu'elle veut me consoler.

« Parce que tu as l'air triste… »

Je m'arrête. Son regard au léger strabisme lui donne un charme particulier. Elle est très attirante dans son chemisier en coton noué sur un short qui révèle ses jambes fines et bronzées. Elle me sourit, l'air effronté, et m'informe qu'elle se nomme Arabelle. Je lui rends son sourire. Il n'en faut pas plus pour qu'elle m'enlace et me colle un baiser au coin des lèvres. Elle a clairement trop bu.

« Je te regarde depuis tout à l'heure, murmure-t-elle. Tu perds ton temps avec cette fille…

— Quelle fille ? dis-je, déridé, en tentant de calmer ses ardeurs.

— Celle avec qui tu parlais au téléphone, avant d'aller sur la plage contempler la mer, genre "je suis seul au monde", alors que je pourrais te tenir compagnie… »

Elle s'apprête à m'embrasser. Je l'empêche d'aller plus loin et lui demande où sont ses amis.

« Un peu partout ! répond-elle avec un geste vague.

— Allons les chercher…

— Toi, tu ne sais pas t'amuser… mais je peux t'apprendre ! » insiste-t-elle.

Je résiste. Arabelle décide qu'elle veut danser. Je la suis. Sur la piste du Moni, la soirée a pris un tour débridé. La jeune insolente aperçoit l'une de ses copines qui a l'air sérieux et franchement exaspéré. Elle raisonne la délurée en anglais :

« Let's go home now. »

La fille aux cheveux miel proteste énergiquement. Elle s'accroche à moi en disant qu'elle est la femme de ma vie et que je vais m'en rendre compte très vite. Je tente la négociation :

« On en parle calmement demain, quand tu te seras reposée.

— Pourquoi pas maintenant ? Il ne faut pas remettre au lendemain ce que l'on peut faire le jour même… » affirme-t-elle d'un ton sentencieux avant de me mettre la main au creux du pantalon.

Son amie, écarlate, s'excuse et passe un savon à Arabelle qui lève les yeux au ciel. L'escarmouche me permet de filer à l'anglaise, c'est le cas de le dire, en traversant la piste. À la faveur d'un fondu enchaîné, la foule, prise d'une hésitation rythmique, s'écarte soudain, me révélant Aurélie. Les yeux fiévreux, elle se tient au centre d'un cercle d'admirateurs. Le tempo repart, elle aussi. La musique semble l'envahir, prendre possession d'elle et s'infiltrer dans chaque fibre de sa personne. Une main relevant sa longue robe rouge pour plus de liberté, elle mène un sabbat déchaîné. Je la regarde, entourée de garçons et de filles inconnus. La manière dont elle s'offre au rythme et aux regards me frappe. Il y a quelque chose en elle de sauvage que je n'aurais pas soupçonné. Une main se pose sur mon épaule.

« Je me demandais où tu étais passé… », dit mon père en parlant fort pour couvrir les basses.

Il observe un moment les convulsions de la foule, Aurélie qui se détache des autres.

« C'est un phénomène », ajoute-t-il pensif.

Il m'annonce qu'ils vont rentrer. Ma mère a un coup de fatigue. J'évite son regard, lui le mien.

« Elle n'est pas très en forme en ce moment, confie-t-il. Tu veux rester ?

— Moi non… Je vais voir ce que veut faire l'endiablée. »

Aurélie essaie de m'entraîner dans son sillage. Sa peau nue brille dans la semi-obscurité. Je résiste et lui crie à l'oreille que mes parents veulent rentrer. Elle me demande quelques instants, va palabrer à la table où est assis Matthieu et revient :

« Je reste encore un peu… Matthieu pourra me déposer.

— Son hôtel est de notre côté ? »

Aurélie rétorque ironique :

« Non, à l'exact opposé. »

Elle m'embrasse. Sa peau humide me trouble. Elle vient nous saluer et retourne à ses fans. Les amis de mes parents restent aussi et nous proposent d'aller faire du bateau dans la semaine.

Nous quittons le Moni tous les trois. C'est étrange de retrouver le calme de la voiture. Sa ceinture bouclée, ma mère retire ses chaussures pour poser les pieds sur le tableau de bord. Elle incline son siège vers l'arrière et conclut, avant de fermer les yeux :

« C'est un sacré numéro, notre Aurélie. »

Le lendemain matin, pas le moindre message de Natalya. Elle compte visiblement nier mon existence le temps de son séjour mexicain. Allongé sur mon lit, je fais la liste de toutes les raisons que j'ai de la quitter et de ne jamais la revoir. Après avoir imaginé quelques phrases définitives, je secoue ma rancœur, passe un jean et un sweat. Mon père est levé depuis un moment. Il a préparé le café.

« Les filles sont dans les choux, annonce-t-il en m'embrassant. Nous allons pouvoir nous la couler douce.

— Maman dort ?

— Pire ! Elle ronfle. Depuis que je la connais, cela ne lui était jamais arrivé.

— Aurélie est rentrée vers six heures, elle ne va pas émerger tout de suite. »

La cafetière italienne en inox que mon père affectionne se met à siffler. Nous savourons tous les deux le liquide brûlant qui dissipe les derniers brouillards de la nuit. Le nez dans ma tasse, je confie :

« Je suis heureux de vous voir ensemble…

— J'aime ta mère. C'est fini les divorces.

— Tu es sûr ?

— Depuis le temps que nous essayons… Il faut se rendre à l'évidence : nous sommes pathétiques dès que nous sommes séparés. »

Mon cœur s'accélère. La vérité me brûle. J'ai en tête le visage de ma mère à l'hôpital, celui de mon père dans le chalet. Un diaporama d'images m'aveugle un instant. Vertige : dire ou ne pas dire… Qui trahir, qui protéger. Je me perds en conjectures, quand la voix impatiente de mon père me ramène à la réalité :

« Oscar ! »

Je lève vers lui des yeux vagues.

« Veux-tu des œufs au plat ? »

J'oscille, sur le point de tout avouer, là, sur-le-champ. Pendant que ma mère dort. Pendant qu'il est encore temps de la ramener à l'hôpital. Ont-ils vraiment tout essayé ? Avons-nous raison de renoncer aussi facilement ? Sans même un traitement ? Sans un combat autre que celui de la dignité ? Je me lève d'un bond :

« Laisse, je m'occupe des œufs. C'est toi qui fais tout depuis deux jours.

— Tu me mets du piment avec… », précise mon père en se tournant vers la mer, son livre à la main.

Je profite de ce laps de temps pour me reprendre. Tandis que l'huile frémit autour des œufs que je relève de sel et de paprika, je découpe une tomate et un piment vert. Je soigne mes gestes. Je ne peux préparer un légume sans avoir mentalement mon père à l'esprit, sans penser à ses mouvements nets et cadencés. Je me raisonne. Les mots de ma mère tournent dans mon esprit : « Si tu lui parles, je te tue avant de mourir. » Ne pas avouer, ne rien savoir, ne rien faire. C'est la seule chose qu'elle m'a demandée.

Quand je pose l'assiette devant lui, quelques minutes plus tard, mon père prend un air satisfait. Je le laisse savourer une première bouchée avant d'attaquer :

« Avec maman, vous ne vous disputez plus. Comment faites-vous ?

— Nous avons décidé de nous écrire. Dès que la conversation dégénère, nous arrêtons de parler et nous allons écrire nos reproches dans un mail. La subtilité : nous nous interdisons de l'envoyer avant le lendemain. Ça marche très bien. J'en ai écrit une dizaine et je n'en ai envoyé aucun. Pareil pour elle.

— Qui a eu cette idée ?

— Moi.

— Et quand vous devez prendre une décision rapidement et que vous n'êtes pas d'accord ?

— Eh bien figure-toi que trente ans plus tard, j'ai trouvé la solution… Elle est imparable !

— Dis-moi…

— Je cède. Sur tout. Tout le temps. »

J'éclate de rire. Il conclut, taquin :

« Dans ces conditions, ta mère est très facile à vivre. »

Des bruits de pas dans l'escalier. L'objet de nos pensées descend dans une tunique aux broderies colorées, serrée à la taille par une ceinture de coton jaune. Un sourire apaisé s'est posé sur son visage. J'ai toujours aimé les apparitions de ma mère. Ses imprimés, ses mises en scène, ses associations qui, sur le papier, en auraient effrayé plus d'un et qui se révèlent d'une étonnante harmonie. Enfant, ses placards me fascinaient. Je m'amusais à sortir ses bijoux de leurs boîtes et je les étalais consciencieusement sur son lit. Je préférais l'or à l'argent, les pierres de couleur à la transparence des strass que j'appelais des diamants. Nous aimions nous déguiser et j'ai passé des heures à emprunter leurs affaires pour devenir un jour pirate, un jour chevalier, Roi-Soleil, pompier ou policier grâce, notamment, aux menottes dégotées dans les tiroirs de mon père. Cela les avait fait beaucoup rire de me voir arriver avec dans le salon. À l'époque je n'avais pas compris pourquoi. J'ai encore une photo de moi à cinq ans, en maharadja, un turban noué dans un foulard de ma mère qu'elle avait orné d'une broche, une fausse moustache dessinée au crayon. La « tanière de ma mère », comme mon père surnommait les deux pièces où elle dormait et travaillait, recelait un monde de trésors et de récits. Ses photos, ses livres, ses objets venus de pays inconnus. J'ai toujours aimé son univers, ces moments de douceur où je ne l'avais qu'à moi. Depuis mes treize ans, je n'ose plus franchir le pas de sa porte, sauf pour y prendre un pull quand elle a froid, et toujours avec un sentiment de transgression mystérieuse. Je me souviens du jour où elle m'a dit : « Mon chéri, tu es trop grand désormais pour me regarder quand je me lave. » Elle me l'a expliqué très gentiment, mais j'ai eu l'impression d'être chassé du paradis. J'en ai gardé une curiosité irrépressible. Esther se moquait de moi parce que j'exigeais de rester parler avec elle, assis sur le coffre à linge sale, quand elle prenait sa douche. C'était un rituel. Elle faisait mine de protester, mais elle était flattée. J'aime les femmes qui n'ont pas peur de la lumière. J'explore souvent les lieux cachés qui n'appartiennent qu'à elles : leur sac, leurs placards, leur salle de bains, leurs tiroirs. J'apprécie qu'ils me soient ouverts sans réticence. Talya ne s'y est pas trompée. Elle a fait de son intimité un spectacle éblouissant, sur la scène d'un théâtre virtuel dont je suis le seul invité.

À onze heures, Aurélie n'a toujours pas fait surface. Pris d'un doute, j'entrouvre la porte de sa chambre : elle est bien là. Seules ses boucles dépassent du drap où elle est enroulée de dos. Elle est profondément assoupie. Mon père a l'air ravi de ne pas se mettre au travail tout de suite, à l'inverse de ma mère qui, nerveuse, me propose d'aller prendre un bain de mer. Arrivée au ponton, elle met des petites palmes et des gants en néoprène, palmés également. Je plonge le premier. Elle me rejoint quelques secondes plus tard. Excellente nageuse, elle traverse la crique, vaillante, mais à peine avons-nous passé le gros rocher qui dissimule la plage suivante qu'elle semble peiner. Elle s'arrête, se met sur le dos, les traits crispés, la respiration courte. J'ai un coup au cœur :

« Ça va maman ? »

Elle fait non de la tête, les yeux clos, un pli douloureux autour de la bouche.

« Tu veux t'accrocher à moi ? »

Nouvelle dénégation, elle se laisse flotter, la tête renversée. Heureusement il n'y a quasiment pas de vague. Sa poitrine se soulève par à-coups. Il lui faut un moment pour s'apaiser et dire dans un souffle :

« Je vais y aller doucement. »

Toujours sur le dos, les bras le long du corps, elle commence de lents battements de jambes. Elle me demande de la guider vers la plage. Nous y sommes en quelques minutes. Nous restons assis dans l'eau. Elle garde la tête basse, ses mains tremblent. Chaque goutte d'eau brille sur son corps. Il fait chaud, mais elle semble avoir froid. Elle a du mal à respirer. Elle reste calme, concentrée. Je veux la toucher, mais elle a besoin d'espace, sans doute pour ne pas aggraver la sensation d'étouffement. Elle finit par retirer ses palmes et se lève. Je la soutiens par le bras pour qu'elle ne glisse pas sur les galets. Elle m'emmène vers le coin gauche de la crique. Nous nous asseyons sur un gros rocher entre ombre et soleil. Elle s'allonge sur le ventre. Je l'imite. Elle pose sa tête sur son bras replié, le visage tourné vers moi. Nous nous regardons.

« Je viens tous les jours ici. Ton père croit que je nage, mais je dors. Ce granit m'apaise. Il est tellement poli qu'il me fait l'effet d'une peau. Une peau douce et chaude qui me donne son énergie.

— Tu es si courageuse maman… »

Ma mère ferme les yeux. Quelques secondes plus tard, une larme coule le long de son visage. Elle avoue, la voix étranglée :

« Je ne sais pas Scaro… Je ne sais pas si je vais y arriver. »

J'ai les larmes aux yeux aussi. Je lui caresse la tête, le dos. Je lui dis : « Ma maman, ma petite maman, ma

Moune… Tu ne veux pas que l'on retourne voir ton médecin ? Peut-être qu'il pourra t'aider ?

— Personne ne peut m'aider, Scaro… et je lui parle toutes les semaines.

— Te soulager au moins… Tu n'es pas obligée d'être seule, de te battre seule…

— Merci chéri… »

Elle sait bien que ce ne sont que des mots. C'est intolérable de n'avoir rien d'autre à lui donner que des mots.

« Tu es sûre qu'il ne faut rien dire à papa ?

— Sûre.

— Je crois qu'il se doute de quelque chose, tu sais… »

Elle cache son visage et me dit :

« Il y a un monde entre le doute et la certitude. »

Les yeux d'Aurélie brillent dans une semi-obscurité. La nuit nous incite aux confidences.

« J'ai perdu un amant, il y a plusieurs années. D'un cancer. Je l'ai connu cinq ans avant son décès. La manière dont nous nous sommes rencontrés était assez étrange. Il s'appelait Antoine. Il était médecin. Il avait écrit un essai sur la dépression qui avait fait grand bruit. Je l'avais rencontré au Salon du livre de l'île de Ré. Il y passait des vacances, mais avait accepté de venir signer quelques heures son dernier ouvrage. J'étais là pour participer, avec un scénariste et deux auteurs, à une conférence sur l'adaptation littéraire au cinéma… Nous avons déjeuné ensemble, nous nous sommes plu, nous avons quitté le salon pour la plage. Il a loué un optimiste et m'a emmenée faire un tour sur cette coquille de noix. C'était une très belle journée. Chaude, ensoleillée. Il était charmant. J'en ai carrément oublié la conférence, et lui la file de gens venus le rencontrer. Les organisateurs étaient furieux. Nous avions un peu honte, mais nous étions si heureux que nous n'arrivions pas à nous sentir coupables. Je me souviens de ce que j'ai dit ce soir-là… Nous poursuivions au dîner la conversation commencée au déjeuner. Je lui ai demandé, puisqu'il était médecin, de me décrire la mort. Le processus clinique, les symptômes annonciateurs du dernier souffle. Je n'avais jamais vu quelqu'un mourir, vois-tu, et je devais écrire, pour un scénario, la fin d'un jeune homme. J'ai ri d'ailleurs, en lui demandant cela. Je lui ai dit que mon personnage, Timothée, lui ressemblait. Les yeux surtout. Antoine a ri lui aussi. Il m'a demandé, pour me répondre au mieux, de quel mal souffrait Timothée. "Une tumeur au cerveau", ai-je répondu. J'ai vu ses traits se figer. Sur le moment, je n'ai pas compris pourquoi. Ce n'est que trois jours plus tard qu'Antoine m'a avoué être en rémission. Il avait lui-même un cancer du cerveau très agressif. Il aurait dû rendre les armes en quelques semaines, mais à force de recherches, d'analyses et de combat, il avait réussi à maîtriser le mal, du moins à repousser l'échéance… »

Un silence se pose entre Aurélie et moi. Elle étend ses jambes jusqu'à ce que les vagues frôlent ses pieds. Nous sommes assis sur le ponton. Seule la lumière de la lune et son reflet dans l'eau nous éclaire. Mes parents sont couchés. Aurélie s'étire vers l'arrière, la tête levée vers ce ciel qui semble à portée de main. Elle reste un moment sans bouger, les yeux grands ouverts, perdus dans les mystères de la Voie lactée.

« Combien de temps a-t-il réussi à gagner ?

— Plusieurs années. C'était un miracle. Puis la maladie est revenue… Nous étions déjà séparés.

— Parce qu'il était malade ?

— Non, parce qu'il avait un rapport compliqué à l'argent, et un rapport encore plus compliqué à la nourriture. Je pense qu'il attribuait sa maladie à l'alimentation… mais au quotidien c'était invivable. Et puis il allait bien. Très bien même, quand je suis partie. »

Nous nous taisons, à nouveau. Moi occupé par ma douleur, Aurélie par la sienne. Nous restons un moment, perdus dans nos arrière-mondes, puis elle se redresse et plante ses yeux dans les miens. Aurélie a cette manière de vous accrocher le regard pour lire jusqu'au fond de vous, et à ce moment-là je me laisse faire. Elle murmure, comme si parler tout bas pouvait amortir la dureté des faits, les émousser :

« Depuis Antoine, je reconnais ce masque qui se pose sur les traits des malades. Cela me saute aux yeux. Je l'ai vu, plusieurs fois. Ta mère fait attention à se maquiller, elle a une volonté de fer, mais cette tension du visage… cette tension, la cire qui semble se poser sur la peau, je les connais. »

Je ne parviens pas à prononcer un mot. L'interdit est insurmontable. La peine aussi. Aurélie passe un bras autour de mes épaules :

« Je suis désolée Oscar…

— Elle est condamnée. Et mon père ne sait rien. »

Elle me prend la main. Je sens une digue céder en moi. Est-ce sa sollicitude ? La manière dont ses boucles d'oreilles luisent dans l'écrin de ses cheveux, celle dont elle se mord la lèvre pour mieux m'écouter ? Je me penche vers elle. Je l'embrasse. Elle me rend mon baiser. Sa bouche est souple, généreuse, extraordinairement douce. Elle suspend son geste.

Nous sommes les premiers étonnés de ce que nous venons de faire. Nous avons travaillé ensemble par le passé et je ne crois pas que cette idée nous ait même traversé l'esprit. Je l'embrasse à nouveau, pour être sûr. Ai-je rêvé ? Me fera-t-elle le même effet ? Un frisson me parcourt le dos et la nuque. L'attirance se confirme. Je la goûte, j'essaie encore et, chaque fois, j'ai envie d'aller plus loin. Nos souffles mélangés m'enivrent. Tout chez elle est courbe, sinueux. Son corps dégage une force mystérieuse. Nous nous arrêtons un instant, nez contre nez. Je caresse l'incroyable masse de sa chevelure. Elle libère sous mes doigts un discret parfum d'agrumes. Aurélie frotte son visage contre le mien. La respirer me fait frémir. Nous sommes fébriles tout en étant surpris. Je l'allonge sur le ponton, le soleil sombre de ses cheveux autour d'elle, son regard dans le mien, sans timidité. Je la caresse. J'explore la tendresse de sa gorge, de ses épaules, de son cou qui s'allonge quand elle s'offre. Elle m'attrape et m'étreint. Je prends dans ma main l'un de ses pieds mouillé, le pose sur mon épaule. Je remonte ma paume d'une lente caresse le long de sa jambe repliée. Je ne veux pas lui faire mal sur ce sol dur, je m'allonge à mon tour et l'assois sur moi. Ses mains plaquent les miennes et m'arrêtent.

« On s'emballe là…

— Je ne trouve pas…

— Si, tu sais bien…

— C'est bien, parfois, de s'emballer… »

Elle résiste, rieuse.

« No zob in job. »

Je m'insurge :

« J'ai jamais entendu une fille sortir des expressions pareilles ! C'est à croire que tu as fait la légion. »

Je me redresse en l'enlaçant. Elle m'embrasse, mais c'est un baiser de clôture. Rapide, maîtrisé, de ces baisers qui disent : sois raisonnable.

« Forcément, en ayant travaillé toute la journée sur cette ordure de W, je suis coincé. Je ne peux même pas insister.

— Non, tu ne peux pas ! C'est fini, on oublie.

— Pour toujours ?

— Pour maintenant en tout cas.

— Tu as quelqu'un ?

— Autant que toi... » rétorque-t-elle.

Je me défends d'un sourire :

« C'est compliqué...

— Ce n'est pas plus simple de mon côté », ajoute-t-elle.

Je soupire et, douché, me rallonge les bras en croix dans un geste théâtral. J'ai le cœur serré, ce qui m'étonne. Ce n'est pas la première fois qu'une femme me dit non... Aurélie se coule contre moi. Elle semble plus petite dans cette position. Nous restons tous les deux étendus sur les planches du ponton, la tête dans les étoiles. Nous n'avons plus envie de parler. Je garde une main sur elle. Sa poitrine se soulève doucement au rythme de sa respiration. Le va-et-vient de l'eau, la chaleur parfumée de cette nuit d'été et le concert obsédant des êtres invisibles, nous bercent vers l'oubli. Lorsque je me réveille, la lune a disparu. Aurélie aussi.

« Mon Dieu que vous êtes en colère ! Toutes, vous voudriez nous arracher les yeux. Nous vous avons tellement aimées pourtant. Je ne comprends pas cette violence, cette rage. J'ai l'impression d'avoir connu une parenthèse bénie, mais à vous écouter, je suis passé à côté de mon époque et ce sentiment de liberté, ces amitiés indéfectibles, ces amours affranchies ne valaient que pour quelques-uns. Ai-je vécu dans un repli du temps ? Ai-je joui pendant que vous souffriez ? Chérie, n'avons-nous pas fait sauter les carcans qui nous étouffaient ? Les complexes, les préjugés imbéciles, les peurs et les interdits qui brisaient les ailes de tant d'entre nous ? N'avons-nous pas aéré ces vieilles maisons qui sentaient l'aigreur, la contrainte et les désirs inassouvis ? N'avons-nous pas nettoyé la pensée de sa morale envieuse et rance ? Le paradis c'était ici et maintenant, pas un ailleurs ni un après gagnés au prix d'une vie de labeur et de pénitence. N'y croyais-tu pas aussi ? Les femmes étaient-elles plus heureuses avec nos pères qu'avec nous ? Toi, t'ai-je jamais forcée à quoi que ce soit que tu n'aurais pas voulu ? »

Ma mère, assise près de moi, secoue la tête en signe de dénégation. Mon père, le front barré d'une épaisse contrariété, les mains levées vers un ciel auquel il ne croit pas, fait les cent pas devant nous. Papiers, livres, magazines, ordinateurs, tasses et assiettes à moitié vides jonchent la table de la terrasse. Nous sommes fatigués. Il poursuit :

« Et puis rire, créer, rêver, paresser. Que sont devenus les humains ? Des esclaves, enchaînés à leur téléphone, exploités au nom de je ne sais quel dieu de l'efficacité qui laisse en marge de son temple des millions d'êtres inutiles et brisés. Le portable, ce n'est pas mieux que la chaîne de montage : il ne s'éteint jamais. Le temps n'existe plus, contracté en une chose minuscule. Une peau de chagrin. Sans parler de la solitude… Vous avez remarqué que plus personne ne se regarde dans les yeux ? Vous pouvez traverser la ville sans croiser un regard, sans plonger dans une âme, sans sourire à une femme. Quant à la complimenter, alors là ! C'est à vos risques et périls. La brigade des mœurs surgit à la minute. Au cachot ! Il lui a dit qu'elle était belle… Au bagne ! Il lui a proposé de prendre un verre… Vous me direz, ça va régler le problème de la surpopulation mondiale. Tout le monde n'aura pas de quoi se payer des éprouvettes. On fera des enfants virtuels en choisissant le matériel génétique sur catalogue. C'est sûr, ce sera moins salissant, pour les sentiments comme pour les draps. Et plus écologique. Les rares attardés que le sexe intéresse encore se palucheront avec des robots en latex ou se feront désactiver le circuit du plaisir pour cesser d'être tenaillés par cette aspiration honteuse et révoltante à la tendresse, à la jouissance et à l'intimité…

— Attends Édouard, tu vas trop vite ! Le grand blues de l'hétérosexuel blanc, c'est excellent », lance Aurélie, très sérieuse, qui griffonne à toute vitesse.

Nous éclatons de rire. Mon père reste interdit une fraction de seconde…

« Et en plus elle est insolente ! s'exclame-t-il, débarrassé d'un coup de sa mauvaise humeur. Elle a toutes les qualités ! »

Il vient se rasseoir et prend une troisième part de dessert. Il y a deux choses qui réconcilient toujours mon père avec la vie : les femmes intelligentes et les bonnes tartes aux fraises.

Natalya s'est manifestée le troisième jour. Il était tard le soir pour elle, tôt le matin pour moi. J'avais senti passer douloureusement chacune de ses soixante-douze heures de silence et j'étais très remonté. Natalya m'a envoyé un portrait d'elle un cocktail à la main, assorti d'un « Tu me manques ». J'ai reçu ce message comme une insulte. C'était forcément Jay qui avait pris la photo – ni sa styliste, ni son cameraman ne l'accompagnaient pendant ces vacances – et son regard légèrement troublé sur cette image, comme le sourire enjôleur qui étirait ses lèvres entrouvertes, ne s'adressaient pas à moi mais à lui. J'étais d'autant plus exaspéré qu'elle avait continué à poster toutes sortes d'idioties sur les réseaux sociaux. C'était une succession de clichés : elle en sombrero, elle tenant dans sa main un bébé tortue, elle émergeant d'un massif de bougainvilliers, elle en bateau, elle à cheval sur la plage, sans parler des vidéos de yoga au coucher du soleil ou des « instants déco » qui abreuvaient ses followers de salons blancs ornés de coussins soyeux, d'objets mexicains traditionnels et de tenues estivales. Je n'ai pas répondu à son message. J'étais furieux qu'elle se dévoile pour sa « communauté » au lieu de le faire pour moi, qu'elle soit entre les bras d'un autre au lieu d'être dans les miens. Pire, je m'en voulais. Je me méprisais de l'avoir laissée m'atteindre.

Lorsque j'ai reçu le texto de Talya, nous étions, Aurélie et moi, en train d'écrire un dialogue entre W et son assistante Peggy. Leur échange nous donnait du fil à retordre.

« Mauvaise nouvelle ? m'a demandé Aurélie, remarquant mon air sombre.

— Rien… Oublie… ai-je balayé d'un geste de main, avant d'ajouter : Nous sommes à côté de la plaque, là…

— Oui, ça sonne faux », admit Aurélie en s'étirant d'un air las.

J'ai coupé mon portable. Il fallait que je me rassemble. Je me suis levé pour me dégourdir les jambes et prendre dans le réfrigérateur la carafe de jus de citron à la menthe préparé par ma mère. J'en ai servi deux grands verres que nous avons siroté en silence, le regard perdu, repliés en nous-mêmes. Mon verre terminé, je me suis secoué. Il fallait repartir de la base. J'ai interrogé Aurélie :

« Qui est Peggy pour toi ? Elle m'échappe, cette femme…

— Peggy… »

Elle a marqué une pause en faisant rouler son stylo entre ses doigts de pianiste puis s'est lancée :

« Je suis sûre d'une chose : Peggy ne peut pas être trop jeune.

— Non, sinon W l'aurait attaquée…

— Je vois une femme d'une cinquantaine d'années… une silhouette assez carrée, pas très grande…

— Moi aussi. Je dirais une ancienne brune aux cheveux déjà gris. Pas de maquillage. Une personne efficace, droite dans ses bottes, une organisatrice hors pair qui verrouille son emploi du temps au millimètre près. Fiable, professionnelle, généreuse de ses heures et de son travail. C'est elle qui ouvre et classe le courrier de son patron.

— Exact ! confirme Aurélie. C'est de cette façon qu'elle découvre le pot aux roses : en recevant la lettre d'avocat qui accuse W de viol. Peggy connaît la plaignante… Il s'agit d'Alice, une jeune stagiaire, qui, quelques mois plus tôt, a disparu des bureaux du jour au lendemain. »

La fébrilité nous prend, comme à chaque fois que nous tenons le fil d'une histoire, d'un dialogue, d'un personnage. C'est un sentiment euphorisant. Un élan. Il n'est plus question de fabrication, de coller les mots les uns aux autres avec un mortier qu'il faudra laisser sécher pour en éprouver, plus tard, la solidité. La fabrication réfléchie fait place à la naissance de quelque chose, de quelqu'un, et cet être se déploie à toute vitesse. Nous sommes témoins plus que créateurs. Nous remontons à deux le panier de pêche dont nous sentons soudain le poids : il est plein. Je poursuis :

« On peut développer leur relation : quelques flashbacks, très courts, montrent que Peggy aimait beaucoup cette jeune fille. Elle l'emmenait déjeuner, la conseillait sur la manière de faire son chemin. La Vimax a ses codes, ses fortes têtes, elle la guidait.

— La lettre d'avocat lui fait l'effet d'une bombe. Le voile se déchire, révélant tout ce que Peggy n'a pas voulu voir. »

Nous reprenons la scène à zéro. Aurélie a mal aux yeux à force de fixer son écran. Elle me laisse taper. Peggy est dans son bureau, la lettre d'avocat ouverte devant elle. W n'est pas encore arrivé. Elle prend une bouteille d'eau d'une main nerveuse. Dans un kaléidoscope de souvenirs, l'assistante recolle les morceaux du malaise qu'elle éprouve depuis des mois sans pouvoir le définir. Elle se souvient de l'autre fille qui, avant Alice, est déjà sortie en larmes du bureau de W.

Peggy n'avait pas compris… Elle avait imaginé autre chose. Le patron peut être dur, elle le sait. Il pousse des gueulantes pas possibles. Il est impressionnant dans ces moments-là. Sous son front dégarni, creusé de lignes contraires, son œil droit, qui fait la moitié du gauche, confère à sa tête de molosse une asymétrie inquiétante. Sa peau épaisse et grêlée ajoute au désagrément que l'on ressent à le regarder. Sans parler des battoirs qu'il a au bout des bras. Peggy connaît sa dégaine, son air d'avoir emprunté ses costards alors qu'il les fait tailler sur mesure chez un Italien qui habille Clooney et DiCaprio. Elle sait au fond qu'il serait plus à l'aise avec un blouson de cuir et une chaîne de moto. Peggy n'ignore ni sa dureté ni sa grossièreté, mais elle a aussi été témoin de sa générosité, de ses accès de gentillesse. Peut-il être à ce point multiple ? À ce point manipulateur ? Ce qu'il a fait à Alice, les descriptions – immondes – qu'elle vient de lire, jamais Peggy ne l'avait envisagé.

Bien sûr, W trompe sa femme. Il a des petites amies qui viennent régulièrement lui rendre visite. Actrices, aspirantes actrices, actrices reconnues… Elle en a des preuves, mais ils le font tous à Hollywood. Ce type d'homme attire les femmes. C'est la chanson… Et W est très persuasif. Il n'imagine pas que l'on puisse lui dire « non ». Certes, elle ne l'aurait pas décrit comme un mari idéal, mais cette violence, cette ignominie, non c'est impossible… Peggy se rappelle à présent la mine dégoûtée de la femme de ménage essuyant des traces blanchâtres et collantes sur le bureau du patron. Peggy pensait qu'il renversait ses milk-shakes.

Peggy comprend soudain et un haut-le-cœur la prend en l'imaginant sur Alice, la jolie, fraîche, candide, adorable Alice. Elle ne peut pas y croire… Le bureau est insonorisé. Question de confidentialité. W y négocie des contrats à 100 millions de dollars. Cela explique-t-il qu'elle n'ait pas entendu Alice crier ? Se débattre ? À défaut de l'entendre, elle l'aurait forcément vue sortir. Elle aurait lu sur son visage que quelque chose de grave venait de se passer. Peggy reprend son agenda. C'était pendant sa semaine de congé en Floride. Elle comprend tout.

À 10 h 15, le voilà qui arrive, l'air chafouin et fatigué. Dans son bureau il râle : où est son café latte ? Personne ne fout donc rien dans cette baraque ? Peggy pénètre dans la pièce. Elle tremble d'indignation et non de peur. Elle dépose, glaciale, une lettre qu'elle vient de rédiger en quelques minutes : sa démission immédiate. Elle ne travaillera pas une heure de plus pour W. Elle ne veut plus jamais le voir.

« Pourquoi ? Mais pourquoi ? » braille-t-il avec un visage de gosse ahuri.

Il proteste. Il tempête, mais elle n'achète plus cette mine-là, ni ses airs bonhommes. Elle sait maintenant qu'il est pourri jusqu'à l'os. W continue à demander des explications. Il parle de préavis. Il questionne son professionnalisme. Alors elle pose un deuxième document devant lui. Le courrier de l'avocat d'Alice. Alice, qu'elle vient d'essayer d'appeler, et qui n'a pas répondu. Alice qu'elle mettra des semaines à retrouver anéantie. W a vu ses failles et il en a profité, détruisant pour de bon les maigres fondations sur lesquelles la petite essayait de se reconstruire. Un soleil s'est éteint. Peggy ne sait pas encore tout cela, mais elle veut déjà lui dire ce qu'elle pense de lui, ce qu'elle sait de lui. Il tente d'abord de l'effrayer, de faire acte d'autorité. Elle lui oppose le rempart inattaquable de ses certitudes morales et de sa volonté. Il en est surpris. Très surpris. Il n'a pas l'habitude que Peggy lui résiste. Elle a toujours été si serviable. Immédiatement il change de forme. Il lui dit qu'il a besoin d'aide, qu'il a fait une erreur. Il était amoureux, elle le rendait fou. Peggy sait qu'il ment. Il n'est qu'un prédateur. Un prédateur qu'elle tient en joue. Alors il lui propose de l'argent. Beaucoup d'argent. Une première somme, qu'il double, qu'il triple, qu'il quadruple. Tellement d'argent qu'elle en a la tête qui tourne. Elle pourrait s'arrêter de travailler, là, tout de suite. Payer séance tenante l'emprunt de sa maison, les études de sa fille. Garder son père à domicile avec des infirmières plutôt que de l'envoyer dans cet établissement pour vieux, le moins sordide qu'elle a pu trouver, mais qui reste sordide quand même. Tout cet argent que W l'implore d'accepter, son corps massif ployé devant elle… Il est presque à genoux. Il la dégoûte. Tout cet argent qu'il essaie de lui mettre entre les mains. Il ne cesse de répéter les sommes. Il prend un papier, il lui dit qu'il s'engage par écrit. La pièce semble valser comme la détermination de Peggy. Alors Peggy s'enfuit. Elle ne se laissera pas acheter. Elle n'acceptera pas de fermer les yeux. Elle a déjà mis ses quelques affaires à l'accueil. Douze ans de vie professionnelle dans une boîte en carton. Peggy court. Littéralement. Sourde aux imprécations du monstre. Sourde à ses tentations.

Je cesse un instant de taper. Aurélie, à côté de moi, a le visage baigné de larmes. Je ne comprends pas ce qui s'est passé. Je la prends dans mes bras. Elle pleure sans pouvoir me répondre, sans pouvoir s'arrêter. Mes parents nous trouvent ainsi enlacés. Mon père a une lueur de triomphe dans le regard qui s'éteint aussitôt en voyant le visage de mon amie. Ma mère s'agenouille devant elle. Aurélie ne parvient pas à parler. Ma mère la prend par la main et l'emmène dans la pièce voisine.

Ni mon père ni moi n'avons su ce qu'elles s'étaient dit. Ma mère est sortie un moment. Elle a pris deux verres ainsi qu'une bouteille de whisky et elle est retournée dans la chambre où l'attendait Aurélie. Longtemps après, nous les avons entendues rire, et rire encore. Nous nous sommes aventurés à ouvrir la porte mais elles nous ont chassés. Vers quatorze heures, elles ont daigné se montrer, clairement ivres et les yeux rougis. Le déjeuner était prêt depuis longtemps.

Nous avons passé presque trois semaines ensemble. Trois semaines de discussions intenses, de joie et de coups de gueule, de virées en bateau, de silences absorbés, d'écriture dans un état second. Le premier jet d'Aurélie était bon, mais nous l'avons métamorphosé. Nous faisions le plan des scènes tous ensemble, avant de travailler en binômes : ma mère et moi, Aurélie et ma mère, Aurélie et mon père, mon père et moi, et ainsi de suite… Une fois les scènes terminées, nous les lisions aux deux autres. Il arrivait que pas grand-chose ne résiste aux observations de l'équipe adverse, mais le plus souvent il s'agissait d'ajustements. Nous affûtions les dialogues, cherchant la repartie. Chaque trouvaille était saluée d'une acclamation et nous tenions à jour un tableau qui comptabilisait le nombre de saillies gagnantes. Les écarts étant serrés, nous ne reculions devant aucune surenchère, souvent pris de fous rires, auxquels pouvaient succéder des moments d'exaspération. Nous prenions également conscience, au fil de nos conversations, du fossé philosophique qui nous séparait. Mes parents avaient parfois le sentiment d'être au tribunal. Nous ne pouvions pas asséner à longueur de temps que leur génération n'était qu'un ramassis d'égoïstes inconséquents et jouisseurs ayant mené le monde à sa perte. Aurélie et moi leur reprochions une vision tout aussi négative de la nôtre : timorée, bourgeoise, manquant de curiosité et matérialiste.

Nous formions tous les quatre un drôle d'attelage qui trouvait son point de gravité à la croisée de nos convictions contraires. Les affinités n'étaient pourtant pas absentes. En fonction des protagonistes et de la scène, les associations se construisaient naturellement et nous trouvions harmonie et inspiration à chaque nouvelle combinaison de notre quatuor. Le soir, à l'exception de trois dîners sans grand intérêt auxquels nous avions été conviés, nous préférions rester entre nous. Soit nous allions dans l'un des restaurants du port, savourer la moiteur des nuits de septembre et les poissons tout juste sortis de l'eau, soit nous préparions quelque chose de simple à la villa. Après le repas, c'était relâche, nous regardions un film sur la façade blanche de la maison grâce au projecteur de mon père. Je branchais mes enceintes portables, et nous nous empilions entre les coussins de la grande banquette extérieure, les pieds sur la table de pierre, le temps d'une séance de cinéma improvisée. Le film terminé, les parents se couchaient. J'observais avec un plaisir secret la complicité qui les unissait et leur air satisfait à l'idée de n'être que tous les deux. J'avais réussi à me convaincre que ce temps avec eux était une parenthèse magique, un moment suspendu pendant lequel rien ne pouvait nous arriver.

Aurélie et moi passions le reste de la soirée à reprendre notre projet en écoutant sa playlist où se succédaient du rap hardcore, les tubes de Johnny ou des chansons d'amour sud-américaines à fendre l'âme et, selon moi, un peu les oreilles. Si nous nous sentions trop paresseux, nous restions dehors, à la lumière des bougies. Nous discutions de tout et de rien en nous racontant nos vies et nos histoires d'amour passées sans jamais aborder la situation présente. Nos baisers et notre étreinte inaboutie avaient posé un interdit tacite sur ce sujet, même si ces trois semaines ensemble nous avaient considérablement rapprochés. Nos séances de travail surtout créaient une intimité entre nous qu'il aurait fallu des années à construire dans un simple contexte amical, et l'écriture nous révélait l'un à l'autre chaque jour davantage. J'avais l'impression de la connaître depuis toujours même s'il restait en elle des zones d'ombre que je ne parvenais pas à percer. Je n'avais toujours pas compris la raison de sa profonde tristesse quelques jours plus tôt. Ma mère, fidèle à cette solidarité féminine assez exaspérante qu'elle avait pris l'habitude de développer avec mes amies, refusait de me raconter la conversation qu'elles avaient eue. Je m'interrogeais également sur l'identité de la personne qu'elle appelait plusieurs fois par jour. Était-ce le type qui l'avait déposée au pied de chez moi ? Un autre ? Nous nous tournions autour, attirés mais hésitants, sans véritablement tenter le diable, d'autant que Natalya, de retour à New York, avait retrouvé son emprise sensuelle sur moi.

Il a bien fallu rompre le charme… Aurélie devait rencontrer, avec Mercedes Valgarma, la productrice mexicaine qui la finançait, deux réalisatrices et un réalisateur potentiels pour notre projet. Nous l'avions baptisé *Le Doute* parce que c'était le cœur du sujet : faire passer le soupçon d'un camp à l'autre, renverser la charge de la preuve. Aurélie souhaitait associer celle ou celui qui tournerait le film suffisamment tôt pour éviter des corrections trop conséquentes du scénario sur lequel elle planchait depuis deux ans déjà. Nous avons longuement discuté des candidats. Nous ne cessions d'ajouter et de rayer des noms de notre liste. Après avoir visionné leurs films lors de nos séances cinéma du soir, nous commentions leurs forces et leurs faiblesses. Subtilité, vision, ténacité, courage, rythme, il fallait à notre sens réunir beaucoup de qualités pour que la croisade ne vire pas au fiasco. Aurélie avait demandé à mon père de le faire, il avait décliné. D'abord parce qu'il était toujours empêtré dans l'imbroglio de *Goliath*, mais surtout parce qu'il ne pensait pas être la bonne personne.

« Tu ne peux pas, pour ce projet, choisir un réalisateur masculin de mon âge. Trouve une fille, ou un jeune type. Quelqu'un qui débute et qui a des choses à dire sur cette question. D'ailleurs, le fond de ma pensée et, fais-moi confiance, je ne t'enverrais pas au casse-pipe si je n'étais pas persuadé que tu peux le faire, c'est que tu dois le réaliser toi-même, ce film. Personne ne "verra" ce projet aussi bien que toi. Personne ne le défendra comme tu le fais déjà. Il faut que tu prennes ton courage à deux mains et que tu te lances. » Aurélie arguait de son manque d'expérience, de formation, d'à peu près tout. Mon père perdait patience :

« Les filles, il va falloir vous mettre en accord avec vos arrière-pensées. Vous n'arrêtez pas de vous plaindre que les hommes ne vous laissent rien faire, et quand ils vous encouragent, vous vous tordez les mains en disant que vous n'êtes pas capables. Vas-y, je te dis. Arrête de te poser des questions existentielles alors que c'est ton film et ton histoire… »

Un blanc a accueilli cette dernière déclaration. Mon père mettait le doigt sur la question que je me posais depuis ma première discussion avec Aurélie, lorsqu'elle était venue me rendre visite cours Albert Ier. Il a précisé :

« C'est ton histoire parce que tu l'as écrite. C'est ton histoire parce que tu l'as probablement vécue – et je ne te demande pas de confessions là-dessus, tu as le droit de garder ça pour toi. En revanche, faire tourner ce foutu film par quelqu'un d'autre, ce n'est pas possible. Ne te dégonfle pas, Aurélie. »

J'étais surpris par l'insistance de mon père. Pas une seule fois, il ne m'avait conseillé de réaliser l'un de mes scénarios. Peut-être parce que je n'avais jamais porté d'histoire aussi personnelle ou parce qu'il pressentait chez Aurélie des capacités que je ne décelais pas encore. Depuis le début, elle l'intriguait. Il avait été le premier à me dire qu'elle avait quelque chose en plus, mais je ne voyais pas encore ce qu'il avait découvert en elle. Aurélie non plus d'ailleurs, qui continuait à se dérober. Elle ne manquait pas d'arguments : il fallait quelqu'un de confirmé. Le sujet était suffisamment complexe pour ne pas rajouter l'inexpérience d'un premier tournage.

« Un premier tournage ! s'emportait mon père. Mais tu as été sur des dizaines de tournages. Tu vois bien comment ça se passe... Ne me dis pas que tu n'en as pas envie. Je ne te croirais pas. Moi aussi j'ai appris sur le tas, et je n'avais pas la moitié de l'expérience que tu as aujourd'hui... La seule chose qui t'empêche de réaliser *Le Doute*, c'est que tu as peur. Réfléchis. »

Sur cette déclaration, il a mis ses lunettes de soleil et il est parti faire sa séance de canoë. Aurélie semblait ébranlée. Ma mère l'a prise par les épaules. Je m'attendais à ce qu'elle lui dise quelques mots réconfortants, mais elle a enfoncé le clou :

« Il a raison, tu sais... »

Mon amie a pris un air ombrageux que nous ne lui connaissions pas et le sujet a été soigneusement évité le reste de la journée.

Nous avons emmené Aurélie prendre son ferry le lendemain matin. Dans la voiture, nous étions silencieux et songeurs. Mon père et ma mère l'ont embrassée comme une fille. Nous regrettions de voir se clore ce chapitre, tout en ressentant une certaine fierté, aussi, de ce que nous avions déjà écrit et du coup qu'Aurélie s'apprêtait à porter. Ce serait une bombe qui remettrait tout à plat. Peut-être le début d'autre chose.

Lorsque je lui ai tendu son sac de toile, Aurélie m'a murmuré à l'oreille : « Tiens bon… On se voit à ton retour. » Par la magie de ces quelques mots, j'ai eu le sentiment qu'elle emportait une partie de ma peur et de ma peine. J'aurais pu rentrer avec elle, mais je craignais de briser la protection posée sur nous, dans ce coin du Péloponnèse où le déroulement du pire semblait suspendu. Nous avions décidé de rester une semaine de plus. Ensuite mes parents repartiraient pour le sud de la France avant de remonter vers Cavaillon rendre visite à mon oncle Christian. De mon côté, je retrouverais Natalya à Paris. La semaine de la mode se préparait et, en tant qu'influenceuse désormais suivie par treize millions de personnes, elle était invitée à un nombre impressionnant d'événements et de défilés.

Je m'obstinais à désirer le plus joli fruit qui soit : Natalya. Avec sa blondeur, sa douceur de pétale, ses bras dessinés à l'encre, son goût de miel et la fraîcheur de ses baisers. Mystérieusement lisse, toujours partagée entre moi et un autre, entre ici et cet ailleurs que je n'arrivais pas à délimiter. Je ne visualisais l'endroit où Talya habitait qu'à travers l'espace incomplet de son studio au sein du plus grand appartement qu'elle partageait avec Jay, dont je ne connaissais rien. Je ne cessais de l'imaginer dans une vie qu'elle ne menait probablement pas. Avec ce type sur lequel j'essayais de me faire un avis à travers les articles que la presse lui consacrait.

J'ai revu Natalya au premier jour de l'automne, comme elle me l'avait annoncé. Dès qu'elle m'a appelé de Roissy et que son nom s'est affiché sur mon téléphone, j'ai senti un pic d'adrénaline se répandre dans mon corps. J'avais du mal à croire que j'allais bientôt la prendre dans mes bras et briser l'écran qui, depuis des semaines à présent, nous unissait tout en nous séparant. Nous avons convenu de dîner ensemble. Je lui ai proposé d'inviter Damien en espérant qu'elle refuserait. Ce qu'elle a fait.

« Restons plutôt tous les deux. »

Nous devions nous retrouver directement au restaurant, un japonais rue du Mont Thabor, QG des victimes de la mode. Talya avait, dès cette première journée, de nombreux rendez-vous et essayages. Elle ne pouvait me voir avant. J'en ai profité pour aller me faire couper les cheveux, acheter deux trois bricoles dont un collier fantaisie pour Talya que j'avais repéré chez une jeune créatrice dont on commençait à parler. Je n'avais pas la tête à travailler. Je me suis baladé deux heures le long de la Seine. J'ai déjeuné sur l'île Saint-Louis, rêvassé un moment sur un banc du marché aux fleurs, repris ma promenade avant de rentrer me faire beau en fin d'après-midi.

Je suis arrivé en avance. J'ai préféré l'attendre dehors. J'étais nerveux. Par ce temps encore clément, une foule clairsemée occupait la rue et les terrasses. Il y avait pas mal de jolies filles ainsi que des mannequins qui ne l'étaient pas vraiment, mais que je reconnaissais à leur grand châssis amaigri et à la mine un peu grise que confèrent le manque de sommeil et un régime alimentaire restrictif. Je guettais Talya. Elle était en retard. J'étais en train de sortir mon téléphone de ma poche pour l'appeler quand elle est apparue. Je n'ai pas été le seul à la remarquer. La foule a semblé s'écarter. J'avais oublié à quel point elle était belle. Elle portait un fin manteau en tweed beige clair dont les pans flottaient autour d'elle, révélant une minijupe de cuir en damier noir et blanc et un pull en cachemire à col rond. Talya irradiait. Elle m'a souri. J'étais ébloui. Nous sommes passés d'un pied sur l'autre en nous retrouvant face à face. Nous ne savions pas comment nous toucher. Ce fut un chaste effleurement des lèvres et une étreinte plus appuyée. J'ai reconnu son parfum. Elle aussi m'a reniflé le cou, en quête de souvenirs olfactifs qui certifieraient de mon identité.

Après ces semaines de transes digitales, nous étions gênés et maladroits. Même Talya, qui avait si bien mené la danse lors de notre unique nuit d'amour, semblait chercher ses mots. Nous nous sommes installés à une table un peu à l'écart. Nous étions séparés des autres par un panneau ajouré en bois naturel. Divers amuse-bouches présentés, comme des présents précieux, dans des coffrets de porcelaine, sont venus entourer nos assiettes. Talya n'avait pas eu le temps de déjeuner, elle a attaqué ces portions minuscules avec appétit. Elle m'a raconté son programme à venir. Il était chargé. Nous avons commandé du saké. Elle a pris un lieu jaune laqué avec des légumes sautés, moi un filet de bœuf épicé. Nous nous sommes peu à peu détendus, mais il a fallu attendre la fin du repas, alors qu'elle dégustait une glace au thé vert, pour évoquer notre nuit à trois. Talya m'a avoué qu'elle y pensait depuis plusieurs années, mais n'avait jamais sauté le pas. Ce soir-là, les choses s'étaient déroulées naturellement. Elle avait aimé notre timidité. La manière dont nous l'avions suivie. Notre douceur. Elle n'avait pas envie de recommencer pour autant. Elle avait assouvi un fantasme tout en se vengeant de mon père. Se donner à deux hommes, dont son fils, l'avait libérée.

« Ce soir aussi, c'est pour emmerder mon père ? ai-je demandé.

— Non, ce soir, c'est pour toi », a-t-elle murmuré, et elle s'est penchée en travers de la table pour m'embrasser.

En sortant du restaurant, Natalya m'a pris par la main et ne l'a plus lâchée. J'avais le sentiment que nous marchions sur l'eau. Je l'ai raccompagnée au Meurice, à huit cents mètres de là. Le portier l'a accueillie d'un cérémonieux « Bonsoir mademoiselle Vassilievna ». Nous sommes montés directement dans la suite qu'elle occupait. La vue sur les jardins des Tuileries avec, en arrière-plan, le Louvre, le dôme des Invalides, les flèches de Sainte-Clotilde, la Concorde et l'Arc de triomphe, était d'un romantisme de carte postale. Invitée par une maison de haute couture, Natalya devait tourner le lendemain un court film pour les réseaux sociaux. Il n'y avait pas « d'histoire » à proprement parler. Juste Natalya sur le pont des Arts en manteau de cuir émeraude et talons aiguilles portant leur dernier sac qui serait en boutique quelques jours plus tard. Elle se rendrait ensuite au défilé de la marque, suivie par des caméras, dans la cour Carrée du Louvre. Sa liberté était encadrée par un document contractualisé qu'elle m'a montré. J'ai été stupéfait lorsque Natalya m'a confié ce qu'elle facturait pour ce genre de prestations. J'ai picoré quelques framboises dans la corbeille de fruits qui occupait la table basse, pendant que Natalya postait son éditorial du soir. Elle l'avait validé avec son équipe avant le dîner et l'envoi a été réglé en quelques minutes. Natalya a fait monter une tisane. J'en ai pris pour lui faire plaisir, même si je n'ai jamais compris l'intérêt de ces bols d'eau chaude parfumés à l'herbe. Je lui ai offert le collier. Elle était ravie et m'a demandé de le lui fermer en baissant la tête d'un geste gracieux. Nous nous sommes câlinés un long moment. Je lui ai fait l'amour sous la douche, en lui lavant le corps et les cheveux, puis dans l'immense lit où elle semblait perdue. Ses mouvements ondoyants, sa peau veloutée, la moiteur soyeuse de son sexe me grisaient. Nous étions émus. Cela faisait longtemps que je n'avais pas été touché. Je la trouvais douce. Je m'étonnais qu'elle puisse à ce point me troubler, moi qui l'avais longtemps côtoyée sans la voir et qui n'avais été attiré, jusqu'ici, que par des furies sans limites. Pourquoi Natalya alors ? J'étais en quête de réflexion, je passais mes journées à peser les mots, à les manier comme des substances aux propriétés prodigieuses et toxiques. Elle brillait dans ce monde de l'apparence qu'est l'industrie du vêtement, ne vivant que pour et par l'image, aspirant à la légèreté. Elle a tenté de m'expliquer la magie des créations et des défilés, l'éternel recommencement d'un art éphémère. Elle me décrivait les designers comme les chamanes d'une inépuisable réinvention. Elle m'a confié l'émotion enfantine qu'elle avait à toucher les étoffes, les bijoux, les chapeaux, à découvrir les trésors de ces maisons, à s'habiller comme on se déguise. Natalya expérimentait, sans le dire, la possibilité d'autres vies. Comme moi à travers le scénario. Nous fuyons tous le réel à notre manière. Nous inventons des histoires qui durent une heure, un jour ou des années pour donner un sens à ce chaos cruel et magnifique. Nous nous voulons multiples pour ne pas voir que chaque vie est une étincelle dans la nuit infinie du cosmos.

Mon portable vibre en pleine nuit. Je sursaute. Je ne l'éteins plus depuis des semaines. Je reste en alerte, si jamais ma mère a besoin de moi. C'est Natalya. Nous ne nous sommes pas vus depuis trois semaines. Elle s'excuse de me réveiller. Elle a besoin de parler. Confuse, elle passe d'un sujet à l'autre, sans parvenir à se lancer. Je lui dis des choses tendres. Elle peut me faire confiance. J'ai envie de l'écouter. Talya finit par mentionner sa mère puis s'arrête. Elle ne m'a jamais parlé de sa mère auparavant. Je sais simplement qu'elle est française et une ancienne sportive de haut niveau. Un flot soudain la submerge. Elle me raconte l'histoire de Catherine, sa famille modeste de la banlieue parisienne, ses médailles de jeune nageuse, ses convictions communistes. Elle m'envoie, pendant que nous discutons, des photos de l'époque par WhatsApp. Je découvre une belle femme, avec des épaules d'homme, mais une finesse de traits et d'attaches que je reconnais. Talya parle, parle. Je lui demande si elle a bu. Elle m'avoue que oui. Je m'inquiète, je voudrais savoir où elle est, elle enchaîne sur ses parents, comme si elle n'avait pas entendu ma question. Ils se sont rencontrés aux championnats du monde de natation de Madrid. C'était en 1986. Catherine faisait partie de l'équipe de France. Lui dirigeait le département des sports à la mairie de Saint-Pétersbourg. Il accompagnait à ce titre les athlètes de l'équipe soviétique. La Perestroïka commençait. Les interdits se relâchaient. Ils se sont aimés. C'est à ce moment-là que Catherine est devenue Katarina.

« Elle a changé de prénom, le jour où elle a accepté la demande en mariage de mon père », confie Talya.

Elle marque une nouvelle pause :

« Tu dois te demander pourquoi je te raconte tout ça… »

Talya est sur le point de refermer son cœur. Je la retiens :

« J'espère que tu me présenteras ta mère…

— Maman est malade, Oscar.

— C'est grave ? ai-je murmuré en pensant à la mienne.

— Oui. Elle a perdu la plupart de ses repères. Elle confond les gens, les dates… Maman est jeune pourtant. C'est peut-être une conséquence des stéroïdes qu'elle a pris quand elle faisait de la compétition. À l'époque tous les entraîneurs en donnaient.

— Je suis désolé Talya… Où es-tu ?

— À Moscou. Après la mort de mon père, elle n'a pas voulu rentrer en France. Elle avait peur pour nous. Elle voyait des assassins partout et elle avait sans doute raison. Cette paranoïa aiguë n'a pas dû aider. Peut-être même qu'elle a déclenché sa folie. Elle est restée en Russie parce qu'un ami de mon père s'est montré très protecteur envers elle. Il a assuré sa sécurité, la mienne aussi d'ailleurs, mais maman s'est peu à peu isolée… »

Talya s'arrête. J'entends son souffle :

« Pour la première fois aujourd'hui, elle ne m'a pas reconnue. »

Je réconforte Talya comme je peux. Elle baisse la garde et me laisse enfin voir ses blessures. Je découvre un aspect de sa personnalité que je ne soupçonnais pas. Une forme de noirceur qui me frappe. En raccrochant, j'ai le sentiment que Talya m'a offert quelque chose de précieux. Je suis touché aussi que nous ayons cette angoisse en commun : la fragilité de notre mère. Notre conversation me donne l'impression d'une proximité et d'une intimité nouvelles. Je m'endors amoureux.

Dès le lendemain, Talya revient en terrain connu. Nous reprenons nos échanges sensuels, immédiatement donnés, immédiatement saisis. De sa chambre d'hôtel à Moscou, elle relance nos jeux avec la fièvre de ceux qui cherchent l'oubli. Le dévoilement du corps permet à ma maîtresse de mieux se cacher.

Nous nous revoyons, quinze jours plus tard, à Paris. Talya a retrouvé son insouciance, son air de traverser le monde le nez au vent. Alors que nous sommes tous les deux dans un taxi en route vers l'ouverture d'une boutique place Vendôme, je lui demande des nouvelles de sa maman. C'est l'un des rares moments où elle n'est pas entourée d'une nuée de gens. Elle évacue le sujet d'un « aussi bien que possible » presque sec. Son téléphone a le bon goût de sonner à ce moment-là. S'ensuit une conversation surjouée où les « darling » succèdent aux « sweetheart ». « J'arrive, j'arrive chérie. Dix minutes maximum… » Elle descend sous une pluie de flashs.

Je sors de la berline trois cents mètres plus loin et j'attends un quart d'heure en marchant dans les rues alentour. Nous ne voulons pas être photographiés ensemble. À cause de mon père, de ma mère, de Jay… Il faut les « protéger ». Le temps convenu écoulé, je m'aventure à l'intérieur du 26, place Vendôme où le cocktail bat son plein. Le cameraman de Natalya filme les invités. Il m'évite ostensiblement. Je sais qu'il est jaloux. Je croise Séverine, une éphémère petite amie que je n'ai pas vue depuis des années. Elle travaille maintenant pour un groupe hôtelier international et m'explique, dès la troisième minute de notre conversation, qu'elle vient d'être promue « directrice de la communication Europe et Moyen-Orient ». Le CV évacué, elle arrive tout aussi rapidement à m'informer qu'elle « a quelqu'un, mais qu'elle s'ennuie ». Je n'ai pas de souvenirs transcendants de notre amourette que je ne saurais plus situer dans le temps. Avant Esther ? Pendant l'une de nos brouilles ? Quelques images floues flottent à la surface de ma mémoire. Appliquant à sa vie personnelle la conscience professionnelle qui la caractérise, Séverine semble avoir conservé une frise chronologique précise de nos rapprochements et de tout ce que j'ai pu lui dire à une époque où je racontais à peu près n'importe quoi. Elle a clairement mis en haut de sa « to do list » le fait de se caser dans l'année. Elle a précisément en tête ce que j'ai fait depuis cinq ans. Rien de fortuit. Séverine n'est pas une cinéphile. Pendant notre brève liaison, j'ai été contraint de consommer quantité de comédies romantiques écrites avec les pieds et tournées avec des moufles qui ont largement participé à ma décision de ne pas poursuivre. Je n'ai d'ailleurs pas envie de continuer cette conversation non plus. Elle parle trop, trop vite.

Joseph, un ami producteur, vient heureusement mettre un terme à cet entretien d'embauche conjugal non désiré. Comme je m'étonne de le voir dans cette soirée très éloignée de ses habituels terrains de jeu, il m'explique que son épouse est chasseuse de têtes.

« Elle a recruté la moitié des gens qui travaillent ici », ajoute-t-il taquin.

Sa femme, jolie brune au brushing soigné, surgit d'ailleurs quelques secondes plus tard et interrompt notre conversation d'un : « Je vous l'emprunte… » qui n'implique pas que Joseph me soit rendu par la suite.

J'avance dans les salons fraîchement restaurés de cet ancien hôtel particulier. Sur un canapé de velours rose, j'aperçois Talya qui boit un jus de fruits avec un groupe de filles et de garçons, qu'elle doit croiser au gré du calendrier annuel de la mode, aux quatre coins de la planète. Elle me fait une place à côté d'elle et je sens leurs regards qui me scannent des pieds à la tête. Dans ce milieu où les chaussures ont une importance primordiale, il faut toujours évaluer votre interlocuteur en commençant par le bas. J'ai l'impression que les codes-barres, comme les prix associés à chaque chose que je porte, s'affichent dans leur esprit. Je passe le test auprès des deux garçons dont je remarque qu'ils portent du fond de teint. Le premier me sourit et se penche vers moi en m'expliquant qu'il a toujours eu un faible pour les hétéros bruts de décoffrage, l'autre saisit les deux carafes posées sur la table :

« Intox ou détox ? » Devant mon air perplexe, il précise : « Avec ou sans alcool ?

— Avec, s'il te plaît. »

Talya éclate de rire et boit une gorgée de mon cocktail avant de me le donner. Les deux autres filles, déjà replongées dans leurs smartphones, entretiennent la flamme de leurs communautés, respectivement asiatique et brésilienne comme je l'apprendrai par la suite. Les garçons se remémorent les grands événements de ces derniers mois : défilé croisière à Tokyo, défilé arts et métiers à Shanghai, ouverture d'une boutique Gucci à Los Angeles, d'une Dior à New York, d'une Vuitton à São Paulo. C'est complètement hors sol et je ne comprends rien à leurs commentaires horrifiés ou extatiques – il n'y a pas d'entre-deux – sur tel ou tel lieu et telle ou telle collection. Je suis frappé, en revanche, par leur effervescence. Il n'y a, dans leurs échanges, aucune place pour la gravité, pour la tristesse, pour le deuil. J'y vois une forme d'élégance de vie. Ce qui m'attache à Talya réside peut-être là : dans son art d'éloigner du quotidien tout ce qui n'est pas beau, tout ce qui ne fait pas rêver. Cette éditorialisation permanente de la réalité semble artificielle, mais elle est aussi follement attirante. Je reprends un verre, puis un autre, laissant derrière moi, pour une nuit, les fardeaux que je traîne, décidé à suivre le mouvement de cet être enthousiaste et gracieux.

Mes parents ont fini par rentrer de Grèce. Mon père a repris la bataille juridique de *Goliath*. Il semble avoir retrouvé toute sa pugnacité. Il lance les hostilités via une tribune dans *Le Monde*. Il y fustige une société où l'information ne vaut plus rien, où les décisions se prennent sur les réseaux sociaux, où l'exigence de transparence devient un totalitarisme et où la confiance n'est plus qu'un vain mot. A-t-on le droit, sur la base d'une erreur journalistique minime et d'un emballement erroné sur Twitter, d'exiger de lui une mise à nu médicale pour qu'il puisse tourner son film ? Est-il normal de sabrer le travail de dizaines de personnes pendant des mois sans aucune raison concrète ? Assurances, banques, tous en prennent pour leur grade. Le ministre de la Culture lui apporte son soutien, le Centre national du cinéma aussi et, via une pétition en ligne, toute la bande de ses vieux copains : actrices et acteurs, artistes, philosophes, écrivains des deux sexes, intellectuels ou journalistes. Ses associés qui, plusieurs mois après la brouille, n'ont toujours pas trouvé moyen de le remplacer, font amende honorable et

Edward Norton assure qu'il tournera ce film « même si cela implique qu'il se fasse cloner ». Les banques continuent à poser problème. Les assurances sont particulièrement hostiles, mais mon père reprend espoir grâce à l'aide d'un milliardaire suisse, grand militant de la cause écologique et ennemi des géants agro-industriels, qui envisage d'assurer le film à titre privé. Ces ajustements impliquent de réduire considérablement le budget, ce qui n'effraie pas Édouard Vian :

« Quand je pense aux sommes dont je disposais pour tourner *Roulez jeunesse*, cela reste Byzance. Il faut juste que le casting soit coopératif… »

Ma mère, de son côté, a déjà eu plusieurs rendez-vous pour sa série *Mythologies*. J'admire sa détermination à prétendre que rien, strictement rien, n'a ou ne va changer. Les affaires reprennent pour moi également sur un sujet aussi militant que *Goliath* et *Le Soupçon*. Il s'agit d'un biopic consacré à Edward Snowden, le lanceur d'alerte réfugié en Russie. Ancien employé de la CIA et de la NSA, il a dénoncé en 2013 le système d'écoutes de masse perpétré par les États-Unis. Âgé de sept ans de plus que moi, il a une histoire d'envergure mondiale. Malgré les foudres qu'un tel film risque d'engendrer, je croise les doigts pour être retenu dans l'équipe des scénaristes. Nous décidons de fêter ces beaux projets avec Aurélie à la maison cube.

« Si ces trois films voient le jour, nous aurons réussi le tour de force de nous fâcher avec la moitié des puissances de cette planète ! » remarque mon père, goguenard.

Nous décidons, à l'issue de ces retrouvailles, de terminer rapidement l'écriture du scénario d'Aurélie qui touche à sa fin. Rendez-vous est pris dès le lendemain pour peaufiner les derniers dialogues. Mon père fait de temps à autre irruption dans notre séance de réflexion, mais il est absorbé par *Goliath*. Avec l'optimisme qui le caractérise, il constitue déjà une nouvelle équipe, persuadé qu'il pourra reprendre la main. Aurélie, de son côté, semble déçue par ses discussions avec les différents réalisateurs retenus. Elle les trouve timorés ou caricaturaux, victimaires ou pas assez empathiques… Aucun profil, à ce jour, ne lui convient et Mercedes, sa productrice, s'impatiente. Soucieuse, Aurélie s'en ouvre à moi et à ma mère, espérant sans doute qu'une idée géniale naisse de nos échanges. Mon père, à quelques mètres de nous, est plongé dans une pile d'articles sur la contamination des champs d'agriculteurs indépendants par les semences OGM de Monsanto. Il finit par gronder, sans lever le nez de ses papiers :

« Aurélie… Tu cherches depuis des semaines alors qu'il suffit de regarder dans une glace pour la trouver, ta réalisatrice ! Tu dois faire ton film. La seule chose qui va arriver, à force de rencontrer tous ces tocards, c'est que W va être mis au courant et que tu auras perdu ta fenêtre de tir. Écris-nous au moins le storyboard ! Tu gagneras du temps… »

Aurélie reste un instant silencieuse, puis répond à peu près sur le même ton :

« Il est fait…

— Montre-le-moi alors ! Qu'attends-tu ! » lance joyeusement mon père qui tourne enfin son visage vers nous.

Aurélie sort une liasse de son sac avec un air de cancre convoquée au tableau pour un exercice de maths…

« Je ne vais pas te manger, s'esclaffe mon père.

— Je n'en suis pas si sûre », rétorque-t-elle.

Les voilà assis tous les deux sur le canapé. Mon père, renversé dans les coussins un stylo en main et les lunettes sur le bout du nez, commence la lecture pendant qu'Aurélie regarde par la fenêtre en attendant le verdict. Il ne tarde pas à tomber. Mon père pose les feuilles sur la table basse, traçant une accolade devant divers paragraphes…

« Sois plus directe. Oublie cette intro. Commence fort. La fille aveuglée de dos, c'est bien. Elle tente de descendre les escaliers dans l'obscurité, trébuche, se rattrape comme elle peut à la rampe. En revanche ne sature pas. Le gros plan sur sa poitrine, c'est trop attendu. On entend déjà sa respiration. Tu peux jouer sur le cadrage de la cage d'escalier pour susciter la panique, être en caméra subjective. Dans cet escalier de secours uniquement illuminé d'un point de lumière rouge, son handicap la rend aveugle, il faut qu'on le comprenne. Nous voyons, elle ne voit pas. Ne la fais pas se toucher les yeux, trop évident aussi. Et les aveugles ne se touchent pas les yeux. Les plans des mains sur le mur, les plans des pieds qui hésitent et cherchent chaque marche c'est mieux. J'aime l'idée que l'on ne voit pas son visage, juste des parties de son corps. Elle est déjà en morceaux.

Elle vient d'imploser, mais nous ne savons pas encore pourquoi. »

Ils discutent à bâtons rompus. Je vois Aurélie s'enflammer, l'enthousiasme l'emporter. Elle a envie de prendre le contrôle. Mon père continue. Il gribouille dans la marge.

« Coupe ces deux plans, à mon avis. Pose d'abord W. Il faut le découvrir dans un contexte favorable, ne pas le dévoiler tout de suite. L'idée du travelling sur l'interminable table de la salle de réunion, c'est bien. Bon angle d'attaque, qu'il soit drôle. Ce sont les gens autour qui lui donnent son pouvoir. La manière dont ils le regardent, la manière dont ils l'écoutent, dont ils rient à ses blagues, dont *nous* rions à ses blagues. W a toutes les cartes en main. Être auprès de lui, c'est flirter avec les possibles, mener une vie passionnante. Les photos dans le bureau, ça marche toujours. W attire les gens du cinéma, mais aussi les politiques, les hommes d'affaires… Après tu injecteras le poison. Tu penses à qui pour l'acteur ? Rupert ? Tu es sûre ? C'est inattendu… Il n'a pas tourné depuis un bail… Mais à la réflexion, ce n'est pas mal… Il a été abîmé, il a l'ampleur qu'il faut. Oui, ce serait bien… Il faudra jouer avec sa gueule. Qu'elle envahisse l'image. Sa présence doit nous déranger, faire irruption dans notre espace vital. Super ce gros plan. Là on se le prend dans la figure comme toutes ces femmes. J'aime beaucoup la succession des expressions plein cadre et sans parole. Charmant, odieux, abusif, ordurier, et à nouveau charmeur. Ses changements d'humeur, c'est très déstabilisant… L'adrénaline qu'il génère autour de lui, il faut la sentir nous gagner. »

Ma mère me pousse du coude. Elle voit Aurélie prendre confiance, elle voit mon père la mener sur ce chemin. Elle est aux anges. Je suis content aussi, de la façon dont il la conseille, sa gentillesse et sa lucidité. Ils vont vite, très vite. Ils se comprennent.

Talya et moi partons au Maroc. Marrakech. En cette fin d'automne, la ville a gardé sa lumière et perdu ses touristes. Ma chambre communique avec sa suite. Son équipe, qui loge ailleurs, ignore que je suis là. Elle prend toutes sortes de précautions. Personne ne doit savoir que je l'accompagne. Cela m'agace. Même sa bonne humeur m'irrite. Je voudrais qu'elle m'affiche. J'en ai assez de l'ombre.

La journée, Talya tourne des vidéos à quinze minutes de notre hôtel, en vue de l'ouverture prochaine d'un palace. Propriété du roi du Maroc, cette forteresse érigée au cœur de la ville ocre semble avoir toujours existé. Passé l'entrée monumentale de l'hôtel, haute d'une dizaine de mètres, la simplicité des façades enduites de chaux colorée ne laisse pas deviner le faste des intérieurs. Soieries et brocarts, velours frappés et tapis de cuir, bois de cèdre incrusté de nacre, bronzes ciselés et mobilier d'ébène marqueté d'os s'insèrent dans un décor de plâtre sculpté. Les meilleurs artisans du pays ont conjugué leur savoir-faire pour faire naître ce palais.

Je vais sur place bien sûr. Moins pour découvrir les lieux que pour surveiller Talya. Ses cachotteries m'obsèdent. Je sens entre nous un flottement, des imprécisions qui me font douter d'à peu près tout ce qu'elle raconte. Elle n'arrête pas de parler sans jamais cesser de se taire, me noyant de broutilles pour mieux dissimuler l'essentiel. Les restaurants étant déjà ouverts, je m'installe ostensiblement au bord de la piscine. Pendant près de trois heures, j'écris sur mon ordinateur en espérant la croiser. L'hôtel a mis à sa disposition un riad, mais il y en a vingt-trois sur le domaine et j'ignore où le sien se situe. Elle a posté sur les réseaux sociaux une dizaine d'images de pâtisseries au miel qu'elle ne mange certainement pas, des fontaines, des fleurs et des faïences sans que ces photos me permettent de déterminer où elle est précisément. J'essaie de me renseigner à la réception. Le directeur de l'hôtel, appelé en urgence, me confirme aimablement qu'il ne peut répondre à mes questions. La politique du Royal Mansour interdit de donner des renseignements sur sa clientèle. Le soir venu, je ne mentionne pas cet épisode. Talya non plus. Elle m'offre le même visage qu'à l'accoutumée. J'ignore si le directeur de l'hôtel l'a informée de ma visite.

Mon intranquillité devient telle que je la suis un matin. Comme dans les mauvais films, je monte dans un taxi qui prend sa voiture en filature. Elle va bien au Royal Mansour. C'est tout ce que j'apprends de cette tentative, car je dois faire demi-tour : impossible de passer la sécurité de l'hôtel sans qu'elle me repère. Une fois dans ma chambre, j'ai honte de moi. Je deviens comme mon père avec ma mère, d'une possessivité maladive. Je ne sais pas si je suis insensé ou clairvoyant. Si je dois écouter mon instinct ou s'il s'est déréglé. Il faut coûte que coûte garder le contrôle, attendre qu'elle arrive, qu'elle soit à moi, que sa peau contre la mienne me ramène à la raison. Les heures se ressemblent. Je fais du sport, j'écris, je discute au téléphone avec Aurélie, mon père et surtout ma mère. Ensuite je nage, je me promène et enfin elle est là.

Je retrouve Talya le soir, dans le silence feutré d'une Mamounia désertée. Nous y dînons, nous y petit-déjeunons, nous y faisons l'amour. Du soleil déclinant jusqu'au lever d'un autre jour, le temps nous appartient. Je cherche à la posséder avec d'autant plus d'acharnement que, le lendemain, Talya m'échappera à nouveau. Elle partage ma fièvre, ma frénésie, comme si ce moment de vérité, cet oubli nécessaire de tout ce qui n'est pas nous, la préservait. Je la bois, je la mords, je me perds dans les soies de sa peau, cherchant à décoder le secret sans cesse renouvelé de son corps. Dans l'écrin de ses parures, de son dévoilement répété mais jamais identique, sa splendeur reste pour moi d'une nouveauté inaltérable. Talya. Ses mousselines, ses satins, ses velours tout imprégnés de sa beauté, de son parfum que je cherche sur ses vêtements lorsqu'elle n'est pas là. Talya, le miroir de son dos, la perfection de son cul comme les deux lobes d'un cœur que j'essaie de prendre. L'impossible union des âmes par les corps. La jouissance même ne m'accorde pas de repos et lorsqu'elle dort, je la scrute, cherchant dans chaque mot qu'elle m'a dit les clés de l'énigme. Alors je la réveille pour la ramener à moi. Je n'ai pour la garder que l'arme du plaisir. Embuée de sommeil, tendre, elle ne se refuse pas. Je l'emmène parfois à l'extérieur pour offrir sa nudité à la nuit. Je veux jouer d'elle autant qu'elle se joue de moi.

La veille de notre départ, alors que Natalya s'apprête à retourner à New York et à Jay, les nuages s'accumulent. Je suis agressif. Elle est triste. L'imminence de la séparation nous mine. Elle a laissé quartier libre à son équipe pour le week-end, mais nous gâchons le temps qu'il nous reste, incapables de savourer ces dernières heures. J'essaie d'apaiser ma frustration en faisant du sport. Elle m'accompagne. Sur le tapis roulant de la salle de gym, elle court une heure entière à un rythme soutenu. Comme moi, elle a clairement quelque chose à évacuer. Talya enchaîne sur une séance de musculation tout aussi ambitieuse. Au bout de cinquante minutes, en sueur, elle disparaît au sauna. J'ai l'impression qu'elle me fuit, ce qui me met d'encore plus méchante humeur. Le dîner n'est pas moins électrique. En arrivant dans notre chambre, Talya faiblit. À une nouvelle remarque aigre-douce que je lui décoche, ses yeux s'emplissent de larmes.

« Tu crois que ça m'amuse ? Que j'aime être entre vous deux ? s'indigne-t-elle.

— Oui, je crois que ça t'amuse. Sinon tu le quitterais. Tu n'as pas besoin de lui. Ni de son argent, ni de son nom, encore moins de son carnet d'adresses. Pourquoi restes-tu avec lui ? Tu te cherches toujours un papa ?

— Ne m'attaque pas sur ce terrain.

— Alors explique-moi ce que tu lui trouves ! Ce qu'il te donne et qui te manque avec moi. J'ai beau regarder depuis des semaines, je ne vois qu'un avocat douteux et un macho d'un autre temps qui grenouille avec ce que l'Amérique produit de plus consternant !

— Il y a des choses que je ne peux pas te dire, Oscar.

— Il n'y a que des choses que tu ne peux pas me dire, Natalya. Au début cela m'amusait, maintenant j'en ai assez…

— Je ne peux pas faire plus. En tout cas pour le moment.

— Pourquoi ?

— Je n'ai pas le droit de t'en parler…

— Qui te l'interdit ? Jay ? Ta volonté ? Dieu tout-puissant ?

— Dieu tout-puissant », répète-t-elle.

Je la laisse là et je sors. La nuit est tombée. Je vais faire un tour dans les ruelles étroites de la Medina que l'éclairage parcimonieux rend encore plus étouffante. Cette ville me met mal à l'aise. Son côté minéral, l'absence de lumière dans les maisons, l'aridité du climat. De jour, seule la majesté de l'Atlas atténue l'impression d'être prisonnier du désert. De nuit, j'ai le sentiment qu'à tout moment le sable pourrait venir à bout de nous. J'avance au hasard des pavés souillés, dans des odeurs d'épices et de fruits pourris.

Je finis par déboucher sur la place Jemaa el-Fna où l'étau se desserre. Un autre lui succède, celui des pièges à touristes : charmeurs de serpents, vendeurs d'à peu près tout, jongleurs, musiciens et bonimenteurs à l'ancienne. Je m'enfuis à nouveau, m'enfonçant dans les zones que le Marrakech des brochures dissimule. À quelques mètres de là, les sols en terre battue, les égouts à ciel ouvert, les enfants beaux comme de jeunes dieux qui traînent en s'amusant d'un ballon dégonflé. Sur le qui-vive, je marche près de deux heures, heurté par la brutalité des contrastes que recèle cette ville. Lorsque je rentre à l'hôtel, Natalya dort déjà. Elle a les traits tirés. Je regrette mes colères. Je m'offre même le privilège odieux de me sentir coupable, à l'abri dans mon palace, avec cette femme magnifique qui m'a attendu. Que veut dire ce tumulte, mes trépignements, alors que ma mère, sans une plainte, attend le couperet ? Je m'allonge. Talya se tourne face à moi. La main dans mes cheveux, elle me regarde longtemps, les yeux brillants, avant de se lover contre moi.

Le lendemain je pars tôt. Les regrets du soir se sont évanouis. Je ne pardonne pas à Talya ses choix ou plutôt ses non-choix. Je ferme la porte sur son air d'enfant perdue, ses poings serrés, les bras raidis le long du corps. Je ne veux pas entendre ce qu'elle me crie en silence.

En route vers l'aéroport, je reçois une alerte m'annonçant que mon vol est retardé de trois heures. C'est long, mais trop court pour faire demi-tour. De toute façon, je ne veux pas revoir Natalya. Je l'ai quittée sur un ultimatum, je ne vais pas revenir prendre un dernier café avec elle comme si de rien n'était.

Les interminables procédures de sécurité effectuées, je m'assois dans l'un des deux restaurants de la zone passagers avec la presse que j'ai pu trouver et un jus d'orange douceâtre. Je regarde distraitement, sur les écrans d'information, un film promotionnel décrivant les travaux de grande ampleur qui se terminent au sein de l'aéroport de Marrakech Menara.

Je commande un café. Alors que le serveur pose une tasse fumante devant moi, j'ai un coup au cœur : Talya vient d'apparaître à une cinquantaine de mètres, un grand sac à l'épaule. Elle se détache nettement de la foule. Je n'en crois pas mes yeux. Tout mon corps se raidit. Elle avance dans ma direction, mais ne m'a pas vu. Elle était censée prendre l'avion en fin de journée avec son équipe. Ni son cameraman, ni sa styliste ne l'accompagnent. En revanche, un type en uniforme la guide à travers l'aéroport. Elle n'a plus rien de la fille désespérée que j'ai laissée deux heures plus tôt. Elle progresse d'un pas rapide. La trahison tant redoutée est en train de s'accomplir. Elle m'a menti et son mensonge se déploie en temps réel sous mes yeux. Elle fait signe à l'homme de s'arrêter avant de s'éloigner de quelques pas, en tenant le fil de son oreillette. Talya a l'air préoccupé. Je suis à quelques mètres d'elle. Je fais attention à ne pas la regarder trop intensément. En revanche, j'écoute. Elle parle russe. Je distingue clairement les mots sans en comprendre le sens, ce qui accentue le sentiment d'étrangeté de cette scène. J'attends l'autre homme, celui qu'elle rejoint, celui à qui elle s'adresse dans cette langue qui m'est inaccessible. Jay ? En russe ? Probablement pas. Qui alors ?

Je lâche une liasse de dirhams sur la table et prends mes affaires. Natalya se remet en route. Elle semble durcie, volontaire. Je la suis à bonne distance pour ne pas l'alerter. Flanquée de son guide, elle se dirige vers un salon privé et s'y engouffre. Deux agents de sécurité s'écartent devant Talya et l'officiel marocain, soudain redressé face à moins puissant que lui. Il s'agit sans doute d'un lieu réservé aux diplomates. Je m'appuie contre un pylône pour surveiller. Longtemps. Les mots que je vais lui dire s'affrontent dans mon esprit. L'heure tourne. Mon avion ne tardera pas à embarquer. Aucune allée et venue. La porte vitrée, couverte de dessins en vitrophanie, reste obstinément fermée. Quelques instants plus tard, mon vol est appelé. Je suis loin de la porte d'embarquement. Il ne me reste pas beaucoup de temps. Je me demande s'il y a une autre sortie. Talya s'est peut-être déjà enfuie vers je ne sais quelle destination et avec je ne sais qui. J'essaie de l'appeler, espérant entendre son téléphone sonner à travers les cloisons en préfabriqué. Rien. Pas un bruit. Je tombe sur son répondeur. Je patiente vingt minutes de plus. En vain. Cette fois-ci mon nom résonne ainsi que mon numéro de vol dans tout l'aéroport. Va-t-elle l'entendre ? Je suis sur le point de tourner les talons quand la porte vitrée s'ouvre enfin, la laissant paraître, entourée de deux hommes cette fois : l'officiel que j'ai déjà vu avec un gradé portant un képi et un uniforme beige à épaulettes dorées. Il doit avoir dans les quarante-cinq ans. Natalya l'écoute, concentrée.

Je choisis ce moment pour l'aborder. Elle ne peut dissimuler un sursaut. Son visage se fige en une expression neutre, totalement inexpressive, que je ne lui ai jamais vue, puis elle me sourit, l'air candide, et m'embrasse sous les yeux ahuris de ses accompagnateurs.

« J'étais triste que tu sois fâché, chuchote-t-elle. Que fais-tu ici ?

— Mon avion est retardé. Et toi ?

— Maman ne va pas bien. Je vais la voir à Moscou. »

Ses yeux s'emplissent de larmes. Elle retrouve son air de moineau. Je ne sais que penser.

« Que se passe-t-il ?

— Elle a fait un malaise. Elle est hospitalisée… »

Je suis désarmé. Les tirades que je prépare depuis deux heures s'évanouissent. Elle semble bouleversée. Je ne trouve pas d'autres mots que :

« Viens là. »

Une main posée sur l'arrière de sa tête, je la serre contre moi. Elle s'abandonne un bref instant. Mon nom est appelé pour la deuxième fois au haut-parleur.

« Tu vas rater ton avion ! s'exclame Talya avec un sursaut.

— Tant pis… Je viens avec toi. Je ne vais pas te laisser toute seule dans un moment pareil. À quelle heure décolles-tu ? »

Je dégaine mon portable pour prendre mon billet. Le gradé et Talya échangent un regard.

« C'est compliqué, Oscar. Il n'y a aucun vol direct. D'ici il faut passer par Amsterdam. Dans l'urgence, j'ai appelé l'ambassade qui m'a trouvé une place dans un jet affrété par une délégation diplomatique. Il vaut mieux que tu rentres à Paris et que tu me rejoignes de là-bas. »

Je suis décontenancé, j'insiste. N'y a-t-il pas de place dans l'avion diplomatique ? Impossible, répond Talya. Déjà avec un passeport russe, elle a dû faire intervenir des connaissances haut placées à Moscou. Il n'y aura pas de second passe-droit. Surtout pour un Français. Le gradé confirme. Il prend les choses en main. Il passe trois coups de téléphone pour faire patienter mon avion, pendant que nous courons, avec son assistant, à travers tout l'aéroport. Vingt minutes plus tard je suis à ma place. Je ne sais plus si j'ai fait ou dit ce qu'il fallait. Un sentiment domine : je n'aurais pas dû la laisser.

Troisième série d'abdominaux dans le salon de l'appartement cours Albert Ier. J'ai déjà couru quarante-cinq minutes. Cette discipline me fait tenir. J'en ai particulièrement besoin aujourd'hui. Talya refuse que je la rejoigne à Moscou. Elle ne veut pas que je voie sa mère dans cet état. C'est trop douloureux. Elle a besoin d'être seule, de se consacrer aux rendez-vous médicaux. Je ne peux pas l'aider, à part en lui envoyant des mots gentils. Elle ne m'explique pas clairement ce qui se passe. Elle fuit. En plusieurs mois, nous n'avons rien construit, ni confiance, ni véritable intimité. J'en suis blessé. Je me demande si elle faisait plus confiance à mon père ou si Jay est déjà là-bas. Est-ce sur lui qu'elle se repose ? Quelque chose ne va pas dans son histoire. Je sais d'expérience quand un scénario est boiteux ou quand des répliques sonnent faux, quelles que soient les qualités de la comédienne qui me les sert. Talya me ment et ce trouble me rend fou.

J'attaque les pompes par série de cinquante que j'interromps pour appeler le bureau de Jay à New York. Son assistante m'affirme qu'il est en réunion à l'extérieur. Cela veut dire tout et n'importe quoi. J'insiste. Puis-je le joindre plus tard dans la journée ? Elle botte en touche et consigne soigneusement mes coordonnées imaginaires. Je reprends le fil de mes exercices. Le téléphone sonne. Mon père. Comme à son habitude, il entre dans le vif du sujet. Pas de « Bonjour, comment ça va ? » ni de « C'est moi, je ne te dérange pas ? » Mon père est pragmatique : son nom s'affiche donc je sais que c'est lui.

« Il faut que tu préviennes Aurélie. Ça commence à remuer.

— Qu'est-ce qui remue ?

— W… Je viens d'avoir Jay qui cherche à se renseigner. Il a entendu dire que je produisais une fiction sur W. Il voulait en savoir plus et me dire, si je confirmais, que ce n'est vraiment pas une bonne idée. Je vais me tirer une balle dans le pied, etc. »

À la simple évocation de ce nom, je vois rouge.

« Jay ? Pourquoi Jay ? Où était-il ? À New York ? Ne me dis pas qu'il a aussi W comme client ?

— Doucement les questions ! Tu ne me laisses même pas le temps de répondre ! Un, je ne sais pas d'où il m'appelait et honnêtement je ne vois pas ce que ça change. Ensuite, oui, Jay a W comme client.

— Il collectionne les pourris ?

— Depuis le début, tu n'es pas objectif sur ce type, Oscar. Je me demande bien pourquoi… »

Une coulée de glace descend en moi. Est-il au courant pour Talya et moi ? Suis-je censé rebondir sur cette allusion ? Mon père abrège mes souffrances d'une sortie plus ambiguë encore :

« On ne va pas s'engueuler pour ça… Je m'en moque de Jay, comme du reste. En revanche, appelle Aurélie. Il faut qu'elle arrête de parler de ce projet à tout le monde. Ce ne sont pas ses pauvres accords de confidentialité qui arrêteront la machine… Préviens-la. Elle doit faire très attention à partir de maintenant. Je pense avoir noyé le poisson, mais ils vont continuer à fouiner.

— Qui ils ?

— W et sa bande… Ce ne sont pas des rigolos, tu sais.

— Je sais.

— Appelle-la. Elle m'a parlé de Benjamin Sendral pour réaliser. Qu'elle lui signe son contrat et qu'elle avance », martèle-t-il en me raccrochant au nez sans autre forme de procès.

Premier film, journal intime.
Aurélie Vaillant

Cet objet a quelque chose de désuet. L'exercice est démodé. J'imagine, à cette simple expression, des jeunes filles en fleurs et en mousseline qui portent trop d'ombrelles, de rubans et de sentiments à des hommes étranglés par des cravates aux nœuds aussi alambiqués que leurs pensées. Pas moi en somme. Je sais pourtant que le journal a des propriétés magiques. J'en ai tenu un entre dix-neuf et vingt et un ans. Les deux années qui ont suivi… Le journal éclaircit mes pensées et me décharge de leur tourment. Le simple fait de les extraire et de les déposer sur le papier est une libération. J'utilise un portemine 2B. Le trait reste net, bien noir. Il s'efface aisément d'un coup de gomme, mais résiste à l'eau. Depuis que j'ai fait tomber l'un de ces livrets dans mon bain, j'ai renoncé à l'encre. J'ai aussi des crayons et des Bic de couleur. Ils me servent aux dessins, aux portraits, aux schémas.

Quand j'ai posé ce qui m'amuse ou me préoccupe entre les pages de ce coffre-fort, je referme la couver-

ture rigide et je l'entoure plusieurs fois d'un lien de cuir qui me permet de ne pas perdre ce que j'y intercale. À la fin, mon carnet prend une allure bombée, sympathique. Dès que je le range dans mon sac, je retrouve une disponibilité d'esprit insoupçonnée.

J'ai commencé à écrire celui-ci en Grèce. J'étais si heureuse d'être avec Oscar et ses parents que j'ai eu envie de raconter ce moment de notre vie et la manière dont mon scénario s'est transformé à leur contact. Aujourd'hui, cette parenthèse enchantée s'est refermée. Et ce soir, Laure et moi avons fini Le Doute. *Nous étions émues. Je ressens beaucoup de gratitude. Sa délicatesse sous des dehors intraitables, sa lucidité, son courage m'impressionnent. Elle me fait rire aussi ! Je n'aurais jamais pensé tant l'aimer. Je venais de taper sur mon ordinateur la dernière phrase de la dernière scène. Laure m'a regardée, avec cet air de concentration qu'elle a souvent, et elle m'a dit en posant sa main sur mon poignet :*

« Cette fois-ci, on le tient. Bravo ma belle ! »

Nous avons fêté ça en ouvrant une bouteille de vodka que nous avons descendue. C'est la deuxième fois depuis notre rencontre que nous buvons ensemble bien plus que de raison. Mes barrières tombent en sa présence. Je sais qu'elle comprend ce que je lui confie. En quelques semaines, nous avons noué une relation plus forte que toutes les amitiés que j'ai pu partager jusque-là. Même si j'ai tendance à chercher des mères de substitution, sans doute parce que la mienne n'a pas su m'aider dans les moments difficiles, ce qui nous unit Laure et moi ne peut se résumer à la répétition d'un schéma psychologique. Elle me donne tout ce qu'elle peut donner. Avec une générosité absolue. Elle n'attend rien en retour, peut-être parce que, sans l'avoir jamais mentionné, nous gardons à l'esprit que nous serons bientôt séparées.

Je pense souvent à la disparition de Laure. À l'idée qu'un jour je ne pourrai plus l'appeler ni lui parler. Je vois les ravages que cette peur fait chez Oscar et je me demande comment il tient. Je suis touchée par la manière dont il est là pour elle, sans se laisser faire non plus. La mère et le fils ensemble, c'est un poème. Elle le torture amoureusement, mais il finit toujours par la faire plier d'une blague, comme Édouard. C'est le meilleur, et peut-être le seul moyen de la désarmer. En plus d'une belle nature, ils ont, tous les trois, une discipline de la gaieté. « Ris de la vie avant que la vie ne rie de toi », m'a un jour dit Édouard. Ce proverbe leur va comme un gant.

Laure et moi avons longuement parlé : les hommes, les femmes, l'amour, la mort : sans craindre les grands sujets. Elle ne m'a rien confié, mais n'a rien dissimulé non plus. Elle m'a dit qu'elle refusait de subir sa vieillesse et sa fin. Elle veut décider des choses avant que les circonstances ne le fassent à sa place. Laure considère les étapes clés de l'existence comme des nouveaux chapitres qu'il faut écrire avec soin. Même dans les coups durs, lorsque le corps et les êtres aimés vous trahissent, même lorsque le destin ou le hasard vous crucifient. J'ai hésité à lui parler de sa maladie et j'y ai renoncé. Pourquoi l'évoquer alors que je lui permets, en l'ignorant, d'être avec moi celle qu'elle a toujours été ? Je me suis tue. J'ai cru sentir qu'elle m'en savait gré.

Nous nous sommes quittées sur le perron de la maison cube. Le minuteur électrique s'éteignait toutes les trois minutes. J'appuyais compulsivement sur l'interrupteur pour allumer et ne pas écourter ce moment. Nous voulions nous dire tout ce qui nous submergeait. Je l'ai remerciée pour ce qu'elle m'a appris et donné. Elle m'a caressé la joue très tendrement. Elle m'a affirmé que j'allais faire des merveilles, que j'étais une grande. Je devais prendre soin de mon talent, ne pas le gâcher par peur ou par paresse. Elle savait que j'irais loin. Que je ferais des œuvres fortes et belles. Aussi longtemps qu'elle le pourrait, elle serait heureuse de me regarder tracer mon chemin et embarquer les autres derrière moi. J'en ai eu les larmes aux yeux. Elle aussi. Ce qui nous a fait rire.

Je ne sais plus comment j'ai réussi à partir, à trouver un taxi, à donner mon adresse. Je ne me souviens de rien. Ni du visage du chauffeur, ni ce que j'ai vu sur le trajet, le regard perdu loin au-delà de la vitre. Les mots de Laure m'emplissaient trop pour être chassés de mon esprit et de mon cœur.

En arrivant chez moi, j'ai tout de suite eu envie d'écrire ce qui s'était passé entre nous. Il est très tard ou il est très tôt, je ne sais plus très bien. Juste à côté de moi, formant une pile nette, la centaine de pages du Doute. *Le storyboard est achevé également. Édouard m'a beaucoup aidée. Je note ces instants de grâce. Ils me donnent de la force. Je sens la puissance que Laure m'a transmise. Je vais en avoir besoin. Le plus dur reste à venir.*

Oscar m'a appelée, il y a deux jours. Il venait d'avoir son père. Il m'a prévenue que W se doutait de quelque chose et qu'il commençait à enquêter. Un certain Jay, un avocat en propriété intellectuelle qui travaille apparemment pour la Vimax, a cherché à en savoir plus. Oscar ne peut pas le voir en peinture, celui-là… J'ai téléphoné à Édouard, qui a confirmé. Il m'a à nouveau secouée :

« Je regrette que tu ne tournes pas toi-même ce film, mais puisque tu fais un refus d'obstacle, il faut que tu choisisses un réalisateur, que tu t'y tiennes et que tu avances à marche forcée. Si tu penses que Benjamin Sendral fera du bon boulot, décide-toi. Crois-moi, un projet peut tomber pour moins que ça. »

Mercedes m'a tenu le même discours. Elle aussi a reçu un coup de fil désagréable. W ne vise pas dans le vide. Sans oublier Xavier, qui a refait surface, l'air de rien. Un sms d'abord : « On peut se parler ? » Un peu de bavardage ensuite, soi-disant pour avoir de mes nouvelles, savoir où j'en étais. Puis le fond de l'affaire :

« C'est vrai que tu écris sur W ? »

J'ai eu un pic d'adrénaline. Trois personnes en moins de 48 heures. Les noms de ceux qui ont pu me trahir défilent dans mon esprit :

« Écrire quoi ? ai-je répondu d'un ton dégagé.

— Un documentaire ou un biopic… C'est la rumeur qui circule. Et comme tu m'as quitté à cause de lui, cela ne m'a pas paru incongru.

— Je ne t'ai pas quitté à cause de W…

— C'est ce que tu m'as dit en tout cas.

— C'était le déclencheur. On ne peut pas qualifier nos derniers mois de lune de miel…

— C'est vrai que tu es la maîtresse d'Édouard Vian ? » a-t-il ajouté.

J'ai éclaté de rire.

« Des amis t'ont vue avec lui en Grèce… »

Mon amusement s'évanouit d'un coup :

« Tu me fais surveiller ? ai-je grondé.

— C'est vrai ?

— Non, c'est absolument faux. J'étais bien en Grèce avec Édouard mais aussi avec Laure, sa femme, qu'il aime éperdument.

— Cela fait trente ans qu'il l'aime éperdument et qu'il collectionne les maîtresses.

— Plus maintenant.

— Alors tu te tapes le fils ? Il paraît que Laventi faisait aussi partie de l'expédition.

— Nous ne nous sommes pas vus depuis quatre mois et tu m'appelles pour me faire une scène…

— J'ai le droit de savoir.

— Je vais être très claire, Xavier. Tu n'as aucun droit sur moi. Nous ne sommes plus ensemble et je n'ai pas à te rendre des comptes. Ni sexuels, ni professionnels. » J'ai raccroché, tremblante de colère et vraiment préoccupée.

Je me demande ce que j'ai pu lui trouver. Chez lui tout n'est que façade. Il n'a ni principes, ni honnêteté intellectuelle. Il croyait m'aimer, mais je le pense incapable d'éprouver ce sentiment. Je savais que je ne resterais pas avec lui, j'ai cédé faute de mieux. Je pensais que le problème venait de moi, de mon incapacité à faire confiance. J'aurais dû écouter mon instinct…

Je prends le temps de me calmer, de réfléchir une dernière fois avant d'écrire à l'agent de Benjamin Sendral, ainsi qu'à lui directement. Je lui annonce que je serais honorée qu'il réalise le film. Nous pouvons signer le contrat dès maintenant et, comme nous l'avions évoqué, viser un début de tournage dans quinze semaines. Benjamin me rappelle immédiatement. Il se montre très chaleureux. Il tient au projet. Je discute avec entrain, mais les mots d'Édouard et de Laure continuent à tourner dans ma tête. Lorsque Benjamin raccroche, je ne ressens pas le soulagement que j'escomptais.

Je reprends Le Doute. *Il restera toujours des améliorations à apporter, mais il tient la route. Il est juste et sincère. Je suis contente du titre qu'Oscar a trouvé pour raconter l'histoire de ces femmes : bénéfice du doute, maléfice du doute… Il faudra naviguer dans ces eaux troubles.*

À la fin de l'hiver, il y a eu ce déjeuner à la maison cube qui aurait dû m'alerter. J'étais distrait. Natalya m'obsédait. Elle était repartie le matin même. C'était la cinquième fois que nous nous retrouvions depuis l'automne. Chaque rencontre, chaque étreinte, nous attachait plus solidement l'un à l'autre, même si les éclats et les disputes suivaient de près nos retrouvailles. C'était ma faute. Notre liaison ressemblait à s'y méprendre à celle que j'avais eue avec Esther : passion physique, fureur sentimentale. J'avais beau être conscient de ces similitudes suspectes, qui rappelaient non seulement mes histoires passées, mais mon enfance, je ne pouvais me détacher de Talya. Elle que j'avais longtemps ignorée, avait fait irruption dans ma vie, renversant tout ce que je croyais établi. Elle venait de passer la semaine à Paris. Étincelante, chamarrée, elle courait les défilés, postant sur les réseaux sociaux ses rencontres, ses modèles favoris, ses conseils de maquillage et ses jus de fruits, pressés, comme elle, qui griffait deux fois par jour mon univers de son sillage étoilé.

Ma reine des abeilles ne se déplaçait pas sans sa ruche. Ses assistants s'agitaient autour d'elle, obéissant à une mystérieuse chorégraphie. La styliste en chef, pendue au téléphone, vendait le corps de ma maîtresse comme autant d'espaces publicitaires : les cheveux aux coiffeurs ; le visage aux cosmétiques ; le cou, le décolleté, les bras, les doigts aux joailliers ; le corps à l'industrie de la mode ; les pieds à celle des souliers. Chaque parcelle avait un prix, dûment négocié, avant d'être sublimée par des spécialistes que Talya coordonnait de son innocence qui ne l'était pas.

Dans cette effervescence, j'ai vu des scènes déconcertantes… Les hurlements d'un assistant styliste parce qu'un sac, censé être livré par coursier, n'était pas arrivé. Le chien d'un coiffeur star qui fait un arrêt cardiaque après avoir mangé une boîte de chocolats abandonnée sur la table basse. J'ai dû emmener, à toute vitesse en scooter, le Lhassa Apso agonisant et son propriétaire désespéré chez le vétérinaire le plus proche. Nous fêtons son rétablissement chez le coiffeur en question qui, pour me remercier, m'offre une invitation à vie dans son salon de l'avenue Franklin Roosevelt. La veille, une jeune femme, chargée des influenceuses pour une grande maison de couture, attend avec anxiété l'arrivée de Talya sur un tapis rouge. En la voyant enfin apparaître, la jeune femme tombe à genoux et fond en larmes : la robe qu'elle a eu tant de mal à obtenir n'a pas été retenue par ma maîtresse. Même tension chez les quatre gardes du corps chargés d'assurer la sécurité des diamants en collier, broche, bagues et bracelets que porte Talya à un gala. Ils la suivent pas à pas, partout où elle va. Lorsqu'elle se rend aux toilettes et que, un quart d'heure plus tard, elle n'en est toujours pas ressortie, ils paniquent et font irruption dans ces lieux exigus. Talya finit par sortir, dénudée et toujours parée de ses bijoux : la fermeture Éclair de sa robe métallique est coincée. Elle essaie, sans y parvenir, de se rhabiller.

J'étudie, en entomologiste, cette drôle de colonie avec ses hiérarchies, ses règles tacites et ses exécutions sommaires. J'accompagne Talya ou je l'attends, tour à tour spectateur ébloui et critique, amoureux transi et exaspéré. Il faut faire preuve de patience, rester en embuscade. Quand vient la nuit, les marchands font place nette et son corps mis aux enchères retrouve sa liberté. Talya laisse tomber une à une ses mues pour se couler entre mes bras. J'embrasse consciencieusement chaque centimètre de sa peau. Je libère ses cheveux de leurs épingles et de leurs torsions compliquées. Je frôle son visage, ses sourcils, ses paupières, l'arête fine de son nez, le contour de ses lèvres pour la nettoyer du souvenir d'autres mains. Je l'allonge sur le ventre, offerte, je griffe du bout des ongles ses épaules, son dos, ses reins, ce triangle si sensible à la naissance des fesses. Je la fais frissonner puis je la prends contre moi. Mes yeux accrochent son regard, je me fonds en elle et je tente à nouveau de lui parler à voix basse pour pénétrer la forteresse de son cœur et de son esprit.

Son départ de Marrakech continue à me travailler. Pourquoi les militaires l'ont-ils accompagnée ? Qui était son contact en Russie pour qu'elle parvienne à prendre un vol diplomatique ? Elle répond de façon détachée, avec ce regard neutre qui me trouble. C'est le directeur de l'hôtel qui a tout organisé. Elle était si inquiète, perdue, qu'elle s'est laissé porter sans se poser de questions. Après tout, ce palace appartient au roi. Ils ont voulu l'aider et elle a accepté. Quand j'insiste pour savoir pourquoi elle ne m'a pas appelé, elle souligne que j'étais censé être en vol. Elle ignorait que mon avion avait du retard… Elle a réponse à tout.

J'ai Talya dans la peau. Elle vient à peine de décoller que je brûle déjà de la rejoindre à New York. L'idée de la savoir, dans quelques heures, avec son vieil avocat me met hors de moi. Mon attachement est d'autant plus brutal qu'il est inattendu et secret : je le dissimule à mon père, à ma mère et à mes amis. Natalya m'a fait perdre le contrôle. C'est plus fort que moi, sans doute parce qu'à l'interdit, s'ajoute un besoin désespéré d'oublier. La jalousie que je ressens en imaginant Natalya dans les bras de Jay m'aide à ne pas redouter, à chaque sonnerie, le coup de téléphone fatal. Il viendra de Véronique qui accompagne ma mère de son amitié indéfectible, du SAMU, de mon père ou d'un médecin. Il m'annoncera que ma mère est tombée, que ma mère est à l'hôpital, que ma mère n'est plus. Essayer de retenir Natalya, la serrer dans mes bras et, petit à petit, la convaincre, voilà une bataille que je peux gagner. Retenir ma mère, la serrer dans mes bras, l'appeler dix fois par jour, lui parler, la voir, la voir encore, revenir sur mes pas, me dire que je l'embrasse peut-être – sans doute – pour la dernière fois, ne la sauvera pas.

Malgré le froid, je me rends à pied chez mes parents. Il faut environ une heure et demie pour aller de l'Alma à la butte Bergeyre. Je suis habillé comme pour les sports d'hiver. Il neige ce jour-là. Une pellicule blanche recouvre le jardin de la maison cube. Montmartre et la tour Eiffel, décapitée, disparaissent dans la masse dense des nuages. J'ai les clés. Je sonne et j'entre. Mon père m'accueille d'une clameur joyeuse. Manches relevées, les mains dans l'évier, il coupe des betteraves. Ma mère lit, allongée dans le canapé. Je la trouve très pâle. Elle voit mon regard et me lance, ironique :

« Alors ? Je passe la révision des 100 000 ? »

Un feu crépite dans la cheminée. On se croirait à la campagne. Ma mère se plaint du froid alors qu'il fait, dans leur maison, une chaleur tropicale. Mon père lui met sur les épaules le pull bleu qu'il porte et la serre contre lui en lui frottant énergiquement le dos.

« Toi, ma beauté, tu as besoin que je t'emmène au soleil », ajoute-t-il.

Maman sourit en hochant la tête. Il lui sert un verre de vin. Elle semble reprendre des couleurs. À table, nous discutons de tout et de rien. Je lance le sujet sur les élections américaines parce que je ne pense qu'à Natalya et à Jay. Donald Trump prend son envol. Enchaînant les polémiques, il clame que les Mexicains sont tous des délinquants et des violeurs et qu'il construira, une fois élu, un mur infranchissable depuis l'embouchure du Rio Grande jusqu'à l'océan Atlantique. Il suffit de prononcer son nom pour que ma mère se hérisse comme une panthère. Mon père, lui, admire le parcours et l'absence totale de limites du candidat. Oui, il est dingue, mais nous ferions une erreur de le sous-estimer. Ce type est fichu de nous surprendre. Trump a le talent de la phrase choc et il sait scénariser mieux que personne ses interventions. Il dit exactement ce que les gens veulent entendre, tous ceux qui ne vivent pas, comme nous, en ville, avec des transports en commun, du travail, des magasins à n'en plus savoir que faire, des revenus pour voyager, l'accès facile à la culture et au divertissement.

« Arrête ! On dirait Marine Le Pen, me suis-je agacé.

— Pourquoi penses-tu qu'un tiers de la population vote pour elle ? »

Il les connaît, lui, les habitants de la France périphérique. Si un Trump surgissait dans l'Hexagone, il remporterait le même succès.

Ma mère s'indigne. Jamais les Français ne se laisseraient embobiner par cette démagogie à la truelle ! Pas au pays des Lumières !

Mon père l'arrête :

« Les gens n'en peuvent plus. Pour eux cela fait un bail que les lumières sont éteintes. C'est intolérable de travailler jusqu'à l'épuisement sans pouvoir s'en sortir. La montée des extrêmes, la polarisation du débat, l'écologie et les pesticides, tout ce qui fait frétiller la Bastille et le Quartier latin, le reste de la France s'en moque. »

J'argumente furieusement. Ma mère renchérit.

Mon père nous traite de bobos. Nous ne connaissons rien à la nature dont nous nous réclamons. Lui a grandi à la campagne et il a vu ce monde changer. Viviane, sa mère, a résisté, refusant la course productiviste dans laquelle tous leurs voisins se lançaient. Par conviction certes, parce qu'elle aimait sa terre comme on aime un enfant, mais aussi pour des raisons financières. Une veuve seule, avec son fils à élever et deux employés, n'avait pas les moyens d'acheter une ramasseuse automotrice, des corolles de réception, des rampes d'irrigation, des kilomètres de serres pour prolonger les saisons et lutter contre la concurrence de l'Espagne et de la Tunisie, encore moins les phytosanitaires hors de prix que les commerciaux des coopératives essayaient à toute force de lui vendre. Viviane avait très tôt découragé mon père de reprendre l'exploitation familiale. Elle disait qu'ils étaient trop petits, qu'ils n'arriveraient pas à tenir. Partout les surfaces se concentraient. Partout les cultures se simplifiaient. Le monde agricole tel que Viviane l'avait connu était en train de disparaître. Bientôt, plus personne ne pourrait vivre de ce métier…

Mon père nous rappelle le calvaire de Christian, son cousin germain, à qui il a fait don, il y a des années, des neuf hectares hérités de Viviane pour agrandir son exploitation de pommes. Christian est à nouveau en faillite. Mon père le remet à flot pour la troisième fois. Il garde pour son complice une affection sincère. Au fil des étés d'insouciance passés chez ma grand-mère, j'ai moi aussi forgé de grands souvenirs avec Christian et je partage le désarroi de mon père. Il poursuit :

« Christian est fier, mon aide lui coûte, mais il ne voit pas l'issue. Passer en bio ? À son âge ? Il faut avoir de quoi tenir : cinq ans de transition avec des récoltes divisées par trois et les prix qui ne montent pas encore. Et puis c'est remettre en cause sa vie entière, reconnaître des décennies de fausse route. Alors bien sûr qu'il préfère en vouloir – légitimement – à la grande distribution, à l'Europe, aux pouvoirs publics qui les laissent crever en détournant les yeux et à la mondialisation. Sans parler des consommateurs qui les traitent d'empoisonneurs, alors qu'ils sont prêts à dépenser 150 euros pour une paire de baskets, mais ne veulent pas payer leur kilo de pommes plus de trois euros. Travailler quatorze heures par jour sans prendre de repos ni gagner sa vie ? Évidemment que Christian vote Front national ! Pour cette France-là, le quotidien n'est qu'une succession de coups durs et de fins de mois impossibles. Elle suffoque, rongée par la corrosion de l'injustice et de la frustration. Je ne partage pas leurs idées, mais les comprends, comme je comprends les classes populaires américaines. Le mépris des citadins que vous êtes me révolte. Il est temps de sortir le nez de vos bouquins. »

Sa tirade nous a calmés. Mon père s'inquiète. Christian est fragile, surtout depuis son divorce. Joli cœur, il a eu des liaisons avec la moitié des femmes mariées de la région avant d'épouser sur le tard une jeune esthéticienne qui n'a pas longtemps supporté la rudesse du quotidien agricole. Elle aimait la ville, ses boutiques, ses surprises, ses rencontres, les terrasses de café et les vacances au club, pas s'abîmer la santé pour des fruits dont personne ne veut. Depuis qu'elle l'a quitté, Christian n'est plus le même.

La sonnerie du four annonce que le poisson est prêt. Mon père tend la soupière à ma mère pour qu'elle la pose sur le bar derrière nous. Elle s'immobilise quelques secondes, et ses doigts s'ouvrent malgré elle. La porcelaine se fracasse sur le sol, projetant son contenu à un mètre. Ma mère chancelle. Je la rattrape in extremis et je l'assois. Maculés de rouge, nous avons l'impression de jouer dans un film d'horreur. Mon père se précipite à ses genoux. Il met la main sur son front :

« Tu es brûlante. Je vais te chercher un cachet. »

Je panique. Ma mère me saisit le bras et m'arrête d'un regard. Je suis sur le point de trahir son secret. Elle m'en empêche. J'entends mon père qui ouvre les placards de la salle de bains. Les larmes aux yeux, je murmure :

« Maman, s'il te plaît…

— Je ne peux pas me soigner, chéri, tu le sais.

— Je ne veux pas que tu souffres, pas une minute, je t'en supplie.

— Pour la douleur, j'ai ce qu'il faut. »

Mon père nous rejoint. Il lui tend un comprimé et un verre d'eau.

« Tu ne veux pas que j'appelle SOS Médecins ? Tu n'as vraiment pas l'air bien chérie.

— Non, non.

— Cela me rassurerait que tu voies un médecin, insiste mon père.

— Ne t'inquiète pas. Je vais m'allonger un peu. »

Ils vont dans leur chambre. Je les entends chuchoter sans comprendre ce qu'ils se disent. Je ramasse les morceaux de porcelaine et nettoie les dégâts. Je suis une boule de nerfs. Et mon père qui lui apporte du Doliprane ! Son aveuglement me révolte. Mes vêtements tachés me donnent des airs de boucher. Je vais prendre une douche dans la chambre d'amis. Je me concentre sur l'eau qui ruisselle sur mon visage et sur mon dos. J'essaie de me calmer. Je rassemble mes forces pour ne pas hurler à mon père ce qu'il ne voit pas ou, pire, ce qu'il refuse de voir, tout à son bonheur égoïste. Je voudrais tellement savoir le temps qu'il nous reste.

Le spasme. Notre quête inlassable, dérisoire et vitale. Ce moment animal et béni de l'oubli. Le cerveau qui s'éteint, le corps qui jouit. Le spasme, celui qui secoue le monde et que nous contemplons, impuissants, détruire en quelques secondes ce que nous avons mis des années – des siècles – à bâtir. Le spasme. Celui qui suspend le battement du cœur, nous prive d'air, annonce que la fin est proche. Naître de ce mouvement bref de suspension de tout. Mourir pareillement. Nous ne sommes qu'une contraction incontrôlée de douleur et de plaisir. Un même visage crispé, au début et à la fin.

Gloria Filip, une journaliste du *Hollywood Reporter*, a contacté Aurélie. Son magazine prépare une enquête sur « les nouveaux talents du cinéma français » et, dans ce cadre, elle souhaite rencontrer rapidement mon amie. Elle la sollicite au passage pour identifier d'autres talents dans la jeune génération de scénaristes, comédiens et réalisateurs. Aurélie l'aide, ravie d'apparaître dans cet article et de donner, au passage, un coup de pouce à sa bande.

Elles se retrouvent le surlendemain au bar du Plaza Athénée. Gloria Filip est une belle femme, sophistiquée, loin du look baba qu'Aurélie avait imaginé pour une journaliste californienne. Chaleureuse, sympathique, elle parle bien français, même si la conversation se poursuit rapidement en anglais.

« J'ai vu que votre série *Championnes* s'est vendue dans une vingtaine de pays et j'ai eu envie de faire un portrait de vous », explique-t-elle.

Après avoir évoqué la carrière d'Aurélie, ses débuts compliqués, son expérience américaine auprès de Tom Fontana, l'une des légendes de la méthode scénaristique américaine, Gloria revient au parcours sans faute de *Championnes*.

« J'ai l'impression que les projets féministes vous tiennent à cœur… Avez-vous d'autres idées de série sur ce type de problématiques ? C'est un sujet que *THR* suit de près…

— *THR* ? répète Aurélie, décontenancée.

— *The Hollywood Reporter*. »

Aurélie sourit et acquiesce :

« Oui, je suis en train d'écrire un scénario dans cette veine.

— Fiction ? Faits réels ?

— Inspiré de faits réels…

— Passionnant ! Vous me faites le pitch ?

— C'est encore trop tôt, mais je vous en parlerai avec plaisir quand ce sera plus abouti… »

La journaliste a l'air déçu. Elle insiste assez lourdement puis, face à la résistance de mon amie, Gloria fait mine de laisser filer. Aurélie, plus tendue, prétexte un rendez-vous afin d'abréger l'entretien. La journaliste lui propose de l'accompagner à pied pour terminer la conversation. Elle évoque deux autres questions, sur un tout autre terrain. Aurélie, rassurée de la voir changer de sujet, accepte. Elles continuent à discuter un petit quart d'heure et se séparent en bons termes. La journaliste s'étant engagée à lui envoyer ses citations pour relecture, Aurélie ne se méfie pas.

C'est une semaine plus tard que ses premiers doutes naissent, quand Gloria revient à la charge par mail. Elle veut inclure Aurélie dans un hors-série consacré aux femmes qui font bouger l'industrie du cinéma, mais elle a besoin d'en savoir plus sur son projet « féministe ». Entre-temps, Gloria a écrit à toute la liste de noms communiquée par Aurélie. Plusieurs de ses contacts l'ont alertée. La journaliste leur a posé des questions plutôt embarrassantes, voire intrusives, notamment sur la vie sentimentale et familiale d'Aurélie. J'ai aussi reçu un mail de cette Gloria Filip auquel je n'ai pas répondu. Aurélie finit par téléphoner à la rédaction de *The Hollywood Reporter*, ce qu'elle aurait sans doute dû faire dès le départ. Ils n'emploient personne de ce nom, même en piges. Mon amie leur envoie une photo de la carte de visite de Gloria, sur laquelle sa fonction de journaliste d'investigation pour *THR* apparaît noir sur blanc. Le rédacteur en chef la rappelle pour lui dire que cette carte est fausse et la personne qui l'utilise forcément malintentionnée. Aurélie tente de joindre l'usurpatrice, par mail et par téléphone, lequel sonne dans le vide. Gloria n'existe pas.

Edward Norton ne sera pas libre avant six mois et le processus d'assurance privée du film *Goliath* prendra encore plusieurs semaines. Mon père a été contraint de ravaler son impatience. Ma mère faiblit à vue d'œil. Elle est maigre, pâle, je n'ose imaginer l'effort que chaque geste exige d'elle. Pour la première fois, mon père semble sérieusement inquiet. Il lui demande avec insistance de faire un bilan de santé. Elle a même dû rapporter son dossier médical chez le médecin qui la suit après avoir surpris mon père en train de fouiller dans ses papiers :

« Il a prétendu chercher une agrafeuse… C'était gros comme une maison, plaisante-t-elle en me racontant l'incident.

— Tu devrais lui parler…

— Non Oscar. Je veux une belle fin. Du moins une fin qui ne soit ni humiliante ni sinistre. Ne t'en mêle pas, s'il te plaît.

— Mais que veux-tu faire ? Quand ? Tu ne me dis plus rien maman…

— Nous n'en sommes pas encore là, chéri. Je ne vais pas bien, mais j'ai encore un peu de temps. »

Ma mère va loin dans le mensonge. Elle réussit à persuader son médecin de lui fournir de faux examens. Sous ses dehors d'austérité scientifique, l'oncologue qui l'accompagne est épris de romanesque, et malgré tout ce qu'il a vu et subi en plus de trente ans de carrière, il se laisse attendrir par cette belle histoire d'amour. La magie de ma mère opère une fois de plus. Son courage physique, sa détermination dans la dissimulation fascinent le professeur Grégory. Avec sa complicité, elle obtient des radios d'une propreté parfaite et un bilan sanguin de jeune fille qu'elle range dans le tiroir de son bureau. Ces documents sont suffisamment cachés pour que la ruse ne soit pas trop évidente, et suffisamment accessibles pour rassurer mon père. Quand la fatigue qui l'écrase commence à avoir raison de sa volonté, ma mère fait semblant d'aller travailler à sa série mythologique alors qu'elle vient dormir chez moi. Elle a confié à un ami la direction de l'équipe et n'assiste plus aux réunions. Pour quelqu'un qui ne lâche jamais rien, c'est alarmant. Elle doit être à bout de forces. Lorsqu'elle arrive à la maison, elle m'embrasse et se dirige droit vers la chambre qui a autrefois abrité les amours de mon père et de Talya. Elle s'endort en quelques minutes. J'en suis bouleversé et je me lève tous les quarts d'heure pour vérifier que sa poitrine continue à se soulever. Lorsqu'elle se réveille, je lui ai préparé une assiette de fruits frais, des jus de légumes fortifiants, des galettes de céréales sans gluten, et des compléments alimentaires censés l'aider à lutter contre le mal. Elle se force à boire quelques gorgées, éparpille des choses dans son assiette en s'exclamant que c'est délicieux et que cela lui fait le plus grand bien, mais je me rends compte que c'est surtout à moi qu'elle essaie de faire du bien. Ces quelques heures de récupération lui permettent de prolonger l'illusion. À la maison cube, ma mère semble telle qu'autrefois, lumineuse, drôle et prise de toutes sortes d'inspirations farfelues. Chez moi, elle est malade, affaiblie, douloureuse. Elle accepte, pour la première fois de sa vie, de ne pas se contraindre. J'ai remarqué que, petit à petit, elle voit ses amis. L'un après l'autre, à raison d'un verre tous les deux ou trois jours, ce qui lui demande moins d'efforts qu'un repas. Sans mot dire, elle fait ses adieux. Un soir, alors que je m'apprête à quitter la maison cube où nous venons de dîner, mon père m'attrape par l'épaule :

« Tu déjeunes avec moi demain », m'annonce-t-il.

Je tente d'éviter le tête-à-tête, prétexte un engagement… Il ne me laisse pas le choix.

« Ne me baratine pas. Il faut que je te voie. »

La pression sur Aurélie s'accentue rapidement. Il y a d'abord les coups de fil nocturnes. Répétés, toutes les deux heures, directement chez elle. Lorsqu'elle décroche, elle se fait injurier et menacer en anglais. Les voix changent, le discours reste le même : incohérent, très agressif, sans aucune justification. Aurélie n'est pas du genre à se laisser impressionner, mais elle n'arrive pas à se rendormir. Elle prend l'habitude de filtrer ses appels sur son portable et de bloquer systématiquement les numéros inconnus qui lui envoient des textos orduriers. Il y a d'autres signes très désagréables. L'équipe, tout juste embauchée, commence à se déliter. Le chef-opérateur doit soudain subir une intervention chirurgicale, puis c'est au tour de la costumière de se retirer « pour raison personnelle »… Et le casting n'a même pas commencé ! Benjamin Sendral, le réalisateur, n'en revient pas, mais se montre combatif, malgré les tracasseries qui se multiplient. Chaque jour, un nouvel obstacle : les studios ne sont plus disponibles, la location de matériel non plus. C'est à croire qu'une armée d'ombres passe son temps à leur mettre des bâtons dans les roues. Beaucoup se seraient découragés quand ces intimidations répétées ne font que renforcer la détermination d'Aurélie, de Benjamin et de Mercedes.

Comme lorsque j'étais adolescent et qu'il voulait faire une mise au point, mon père m'a convoqué. Table habituelle. Configuration habituelle. Je suis si nerveux que je prends un Xanax avant de venir, en espérant que la chimie m'aidera à ne pas faiblir. Je ne dois pas trahir ma mère, tout en ne supportant plus de mentir à mon père. Je vais marcher sur une corde raide. Il entre directement dans le vif :

« Ta mère est malade. Dis-moi à quoi je dois m'attendre.

— Si elle était malade, elle t'en aurait parlé.

— Non, justement, ta mère me mène en bateau. Elle ne me fait pas confiance. Tu ne me fais pas confiance, non plus. Parce que je suis persuadé que tu sais exactement de quoi il retourne. C'est blessant. Vous pensez que je vais me carapater ? Vous laisser tomber ? Pour qui me prenez-vous ? »

Je bredouille. Je me contredis, empêtré. Ma résistance le met hors de lui. Il hurle :

« Ne me prends pas pour un con, Oscar ! J'ai toujours été là quand il fallait. »

Toute la salle nous regarde. Il me passe à la question avec méthode, le visage dur et fermé, comme s'il n'était plus mon père et que je n'étais plus son fils mais un ennemi qu'il doit faire céder coûte que coûte. Il voit bien que nous trafiquons quelque chose, ma mère et moi. Qu'a-t-elle ? Pourquoi refuse-t-elle de lui parler ? Qu'espérons-nous ? Qu'il va rester les bras croisés à la regarder s'étioler sans rien faire ? Qui voit-elle ? Dans quel hôpital ? Bien sûr qu'elle voit quelqu'un ! Bien sûr qu'elle est suivie ! J'essaie de le dérouter, de le renvoyer vers elle. Sans succès. J'ai l'impression d'être un marin en pleine tempête. Il me fait la grande scène du deux, usant de toutes ses armes : le harcèlement, le chantage affectif, la menace, l'attendrissement, la rage, et le désespoir. Je finis par sortir de mes gonds moi aussi. Nous nous retrouvons debout de chaque côté de la table à nous invectiver. Le patron vient nous demander de nous calmer. Nous sommes ses amis et ses plus chers clients. Il comprend qu'il se passe quelque chose de grave, mais franchement ce n'est pas possible. Il nous propose son bureau, dans l'immeuble juste à côté, si nous avons besoin de nous parler. Mon père est trop énervé pour s'excuser. Je le fais à sa place. Il règle l'addition et nous sortons.

J'ai tenu bon. Même s'il est clair que mon père, à aucun moment, n'a été aussi aveugle que je l'avais imaginé. Il fait la gueule, les mains dans les poches, puis il me regarde et je vois qu'il regrette. Il me serre fort dans ses bras en me disant :

« Je ne t'en veux pas. Les enfants sont du côté de la mère. Je n'aurais pas dû te demander de lui désobéir, même pour son bien. »

Je chiale comme un gosse dans ses bras. Il s'excuse en me répétant qu'il ne m'en veut pas. Qu'il est fier de moi. Même si je suis un petit con plus têtu qu'une bourrique basque.

« Pourquoi basque ?

— Pourquoi pas », répond-il, taquin.

Je grimace un sourire. Il m'a trop malmené pour que j'efface l'ardoise aussi rapidement.

« Pardonne-moi Oscar. Je sais que c'est dur pour toi aussi. Tu ne devrais pas porter ça tout seul », ajoute-t-il.

Je ne rebondis pas. C'est son dernier piège. Je ne tombe pas dedans. Il me serre à nouveau contre lui. Même si j'ai presque une tête de plus que lui, mon père reste le patron et ça ne changera pas. Je le regarde s'éloigner. Sa silhouette massive pas encore courbée par la vie. Lui aussi tient bon.

Mes parents sont descendus en voiture. Mon père avait prévu un périple touristique avec quelques étapes gastronomiques et des belles choses à voir, histoire de couper la route en douceur. Ils ont toujours préféré la liberté de la conduite à la rapidité de l'avion ou au confort du train.

J'en ai profité pour retrouver Talya à Paris. Elle s'est installée à la maison, sans équipe, sans événement, sans rien qui me la prenne, à l'exception de trois rendez-vous à l'ambassade américaine pour un projet caritatif assez nébuleux. Sinon c'était juste nous deux, le temps d'une brève normalité. Talya sans maquillage. Talya pieds et jambes nus dans un de mes T-shirts. Talya chaude de sommeil le matin. Talya courant le long de la Seine et moi forçant un peu pour qu'elle ne me distance pas de ses grandes foulées d'une régularité parfaite. Talya exubérante à la tombée de la nuit. Talya paresseuse, alanguie. Talya toute simple et plus attirante encore. Nous avons fait des grasses matinées, nous avons cuisiné ensemble, nous avons été voir une exposition au musée des Arts décoratifs, nous avons fait l'amour. Nous avons partagé des silences heureux et évité les sujets qui fâchent. Pour la première fois, elle m'a dit qu'elle m'aimait. À mi-voix, recueillie. Loin de l'emphase qu'elle affectionnait en public et qui m'exaspérait. Je ne pensais pas que ces trois mots usés puissent me faire tant de bien. Je ne pensais pas qu'elle saurait leur donner cette beauté et ce poids.

Je voulais qu'elle se sépare de Jay, qu'elle s'installe à Paris. Je voulais régler la situation avec mes parents. Leur dire que j'aimais Talya, que c'était arrivé sans préméditation, qu'elle n'était pas comme nous l'avions imaginée. Il fallait qu'ils comprennent, parce que nous allions vivre ensemble et parce que chaque jour grandissait en moi le besoin que j'avais d'elle.

Je désirais toutes ces choses avec aveuglement et obstination. Talya semblait les désirer aussi. À la fin de la semaine, tandis que la perspective du départ pesait à nouveau sur nous, figeant nos sourires et troublant nos pensées, elle m'a assuré, pelotonnée contre moi, qu'elle parlerait à Jay dès son retour. Elle ne voulait plus mentir ni être déchirée. Nous avons évoqué Moscou, et sa mère. J'ai enfin appris ce qui était arrivé lorsque nous étions au Maroc… Katarina avait fait un AVC qui l'avait partiellement paralysée. Après un long séjour à l'hôpital, elle venait de regagner sa résidence médicalisée de Moscou. Talya m'a avoué la peine que chaque visite lui causait. La maladie avait dressé un mur entre elles. Sa mère, désormais, l'appelait « mademoiselle », comme les infirmières. L'occasionnel était devenu l'habitude.

« Elle ne sait plus qui je suis… a soupiré Talya, accablée. Elle était la seule à me connaître vraiment. »

Aurélie se bat avec acharnement. Lorsque le réalisateur se retire à son tour, il devient clair que *Le Doute* ne verra pas le jour s'il est tourné en France, avec des talents sur lesquels W peut agir par la coercition ou par la tentation. Vimax a proposé à Benjamin Sendral de réaliser un film avec un casting américain ébouriffant. Le contrat ne l'est pas moins. Il va non seulement gagner beaucoup d'argent, mais être propulsé dans la cour des grands. Un saint aurait accepté de se damner. Il n'en est pas un.

Aurélie est particulièrement inquiète de ce que Benjamin fera du scénario et des informations qu'elle lui a confiées. Il devient un ennemi. Pendant deux jours, elle broie du noir, cherchant désespérément la solution, puis, passé le sentiment de trahison, elle accepte enfin ce que mon père lui serine depuis le début : prendre la main. De toute façon, elle n'a plus le choix. Aurélie et Mercedes remettent le planning et le financement à plat. En renonçant à tourner en France, elles doivent se passer des aides publiques qu'elles ont obtenues. Elles font appel à leurs amis pour combler une partie de la perte de subventions et revoient chaque poste du budget à la baisse. J'investis également dans le projet. Mercedes a décidé de rapatrier la production au Mexique, son pays de naissance. Elle y a les contacts politiques nécessaires pour protéger le tournage, recruter une bonne partie de l'équipe localement et utiliser plusieurs lieux prêtés par ses proches. Avec la personne en charge des repérages, elle a identifié à Santa Fe, le quartier des affaires à l'ouest de Mexico, les gratte-ciel qui, le long du Paseo de la Reforma et de l'Avenida Constituyentes, reconstitueront les bureaux de la Vimax à New York. Les hôtels de luxe ne manquent pas non plus, dans lesquels notre W de fiction attirera ses proies, tandis qu'un resort sur le Pacifique, dans l'État de Colima – celui-là même où Talya est partie avec Jay en vacances –, permettra de reconstituer la résidence privée du tycoon. Nous transformons un bon tiers du scénario en urgence pour nous adapter aux nouvelles contingences. C'est désormais une actrice sud-américaine qui porte le projet et qui sera la première à s'attaquer à l'intouchable W. Soledad, la jeune femme en question, n'a, jusqu'ici, tourné que des publicités, mais elle aurait tout donné pour incarner l'héroïne de notre film, alors que la star que nous avions auparavant engagée, et qui a obtenu le César du meilleur espoir féminin deux ans plus tôt, nous a également lâchés. Le seul qui reste encore attaché au projet est Rupert, l'acteur britannique incarnant W. Ancienne gloire d'Hollywood, il a été écarté du « club », comme il dit, le jour où il a révélé son homosexualité. Interprète prodigieux, Rupert veut régler ses comptes avec W qui l'a sorti de plusieurs films dont il rêvait. *Le Doute* est sa revanche. Il se prépare avec une intensité effrayante, en lisant tout ce qu'il peut trouver sur W et en se gavant du matin au soir de tartines au beurre de cacahuètes, de pâtes et de chips pour conférer à sa silhouette d'élégant quinquagénaire la masse et la chair nécessaires à sa nouvelle incarnation. Aurélie se remet à niveau en espagnol. Elle a passé une année de césure à Buenos Aires après son bac et le parle donc correctement, mais elle s'inquiète de diriger des acteurs et une équipe dans une langue étrangère. Mon père la rassure :

« C'est leur boulot de te comprendre. »

Il n'empêche. Elle regarde tous les jours TVE Internacional pour s'y remettre et écoute, dans sa voiture, l'audiolivre de *Cien años de soledad* de Gabriel García Márquez. Aurélie et Mercedes travaillent quinze heures par jour. Tendues, méthodiques, elles ne se laissent dérouter par aucun coup bas. Elles accomplissent une sorte de miracle. Nous recommençons à y croire.

Je quitte le cinéma de la rue de l'Étoile dans le 17e arrondissement. Je viens de voir une comédie romantique qui sort dans un mois. L'ami qui tient le rôle-titre m'a proposé d'assister à une projection de presse. J'ai passé un agréable moment. Il fait doux. L'été s'installe. Je décide de rentrer chez moi à pied. Ma réflexion est interrompue par un appel. Je l'ignore une première fois, une deuxième, puis devant l'insistance de ce numéro non répertorié, je me demande si ce n'est pas ma mère qui a bloqué son téléphone et qui cherche à me parler. Je décroche :

« Bonjour monsieur, je suis Matthieu Louvrier du *Dauphiné libéré*, je suis désolé de vous déranger sur votre portable dans de telles circonstances, mais étant donné la notoriété de vos parents, le public attendra une réaction de votre part…

— Une réaction sur quoi ? » fais-je, tandis qu'un pressentiment venimeux coule en moi.

Il y a un blanc. Le journaliste déglutit. J'ai le sentiment d'entendre les battements de son cœur s'accélérer. Ma bouche s'assèche d'un coup.

« Vous ne savez pas ? s'enquiert-il enfin d'une voix tremblante.

— Savoir quoi ? Que s'est-il passé bordel ?

— Vos parents ont eu un accident. Je suis tellement désolé de vous l'apprendre…

— Où sont-ils ? Où ? »

Ces mots raclent ma gorge, je suis stupéfait par la douleur qu'ils me procurent en sortant de mon corps, et par celle que je ressens en entendant ceux de mon interlocuteur. Cette série d'entailles :

« Ils n'ont pas survécu. »

Je crie. Les passants s'arrêtent autour de moi avant de s'éloigner prudemment. J'injurie le journaliste. Je raccroche. Je m'effondre sur un banc. Je le rappelle et je l'injurie de nouveau. Il s'excuse en boucle. Je lui téléphone une troisième fois pour qu'il me dise exactement. Quand, comment, surtout où ? Il m'explique que mes parents ont eu un accident en Savoie, dans la région de Beaufort. Il n'en sait pas plus. Que foutaient-ils là-bas ? C'est incompréhensible, mais à ce stade-là, je n'ai pas plus de précisions. Le journaliste n'y est pas. C'est un contact à la gendarmerie qui l'a informé. Il me met en relation avec le maire de Beaufort qui cherche à me joindre. Sur mon téléphone, je reçois à présent des dizaines d'alertes qui, chaque fois, sont comme un coup en pleine face. Une anxiété abominable s'empare de moi. Il faut que je les voie, tout de suite. J'espère. Oui, j'espère, qu'il y a une place pour le revirement de situation. C'est forcément une erreur, une affreuse méprise. Nous en plaisanterons ensemble, c'est certain. Cette fin est impossible. Elle ne leur ressemble pas. De toute façon, je n'y crois pas. Je refuse d'y croire. Pas eux, pas nous. Mon père, ma mère et moi sommes tenus depuis si longtemps par un lien vital. Aucun d'entre nous n'est parvenu à le briser. Ce n'est pas concevable. J'ai déjà envisagé leur mort. Quand on travaille avec son imagination, il arrive qu'elle se retourne contre vous. À force d'inventer des histoires, j'ai déjà songé aux scénarios qu'adopterait le réel pour briser notre trio indéfectible. Depuis la maladie de ma mère et la chute de mon père en montagne, cette pensée a pris beaucoup de place dans ma vie. Jamais, pourtant, je n'ai pensé qu'ils partiraient ensemble. Je me suis vu consolant ma mère ou consolant mon père, pas marchant seul derrière leurs deux cercueils.

Des images atroces m'agressent. L'accident de voiture. La tôle froissée, les éclats de verre, le sang, les chairs, leurs visages détruits. J'ai envie de me frapper la tête contre les murs. Impossible. Impossible. Ni le maire de Beaufort, ni le journaliste n'ont vu leurs corps. Ils ne peuvent rien me dire des circonstances. Un mot me glace le sang : Roselend. Lorsque j'apprends que l'accident a eu lieu à Roselend, l'espoir vacille. Je me souviens parfaitement de cet endroit. Après la mort de Viviane, mon père, ma mère et moi avions été y marcher tous les trois. C'était notre manière de dire adieu à ma grand-mère. La région est de toute beauté. Le majestueux paysage de montagne aboutit sur les profondeurs bleues du lac bordé par l'épine dorsale d'un barrage de béton. Cette information me blesse plus que toutes les autres parce qu'elle donne un cadre cinématographique à leur disparition. C'est le détail vrai qui rend crédible ce dénouement.

C'est ma mère qui conduisait. Les gendarmes ont été très clairs sur ce point. Pour le reste, ils ont essayé de mettre les formes, d'enrober les faits, mais ils n'ont pas réussi à m'en protéger. Les éléments ne laissent pas de place au doute. Aucune trace de freinage, aucun indice permettant de croire qu'elle a perdu le contrôle du véhicule. Non, sa trajectoire était parfaite. Une trajectoire vers la mort. Ma mère a quitté la D925 sur une quasi-ligne droite à près de 210 kilomètres-heure. J'imagine l'envol, le temps qui semble suspendu une fraction de seconde, le regard terrifié de mon père qui comprend ce qu'elle est en train de faire, ses traits qui se déforment, sa main qui se jette sur le volant dans un geste aussi inutile que désespéré. Je vois le véhicule qui retombe en soleil dans les sapins. Le crash. Les cris. La tôle qui se replie sur eux. La voiture rebondit sur près de trois cents mètres de dénivelé avant de s'immobiliser sur la rive du Roselend. La collision a dû être d'une violence inouïe à en juger par ce qu'il reste de la voiture. Dans le coffre, il y avait les reliquats compressés de leurs valises et d'une grosse boîte à outils, peut-être un cadeau pour Christian me suis-je dit. J'ai insisté pour récupérer ce qui pouvait l'être. J'espérais y trouver un indice, un début d'explication.

Ces images me torturent. Je savais ma mère impérieuse, égoïste, mais aussi tendre, généreuse, foncièrement positive. Je ne la pensais pas capable de tuer, même mon père, même par amour... C'est ce qui me détruit. Ce sacrifice. Mon père a-t-il eu le temps de comprendre qu'elle l'emmenait une dernière fois, pour toujours, avec elle ? Il était incapable de se supprimer. C'était contre sa nature. Je connaissais son hypocondrie. Nous en avions souvent plaisanté. Je pensais à moi aussi. Ma mère savait la douleur que me causerait sa mort à elle, pourquoi m'a-t-elle aussi pris mon père ? Pourquoi m'a-t-elle abandonné sans rien dire, sans adieux, sans recommandations, sans ultime engueulade ? C'est ce qui me trouble le plus. Elle ne pouvait pas être dans son état normal à ce moment-là. Elle ne m'aurait jamais fait *ça*. Elle ne lui aurait jamais fait *ça* non plus. Les médicaments ont-ils altéré sont jugement ? À moins qu'elle n'ait été victime d'une faiblesse ou d'une paralysie musculaire comme lors de notre dernier déjeuner ? Il y a forcément une raison. Il *faut* trouver une explication à cette barbarie. Je n'ai jamais été si seul. Bien sûr les amis se manifestent. Les miens, les leurs. Mais je suis l'unique enfant de mes parents. Je suis leur tombeau. Je suis leur fin.

Dans le train vers Chambéry, j'oscille entre l'incrédulité et la révolte. Je refuse tout en bloc ou je pleure, la tête tournée vers la vitre. Un halo de buée s'élargit sur le verre, brouillant les paysages déformés. Lorsque je me lève, certains passagers me regardent, indécis. Peut-on voir le sceau de la mort sur mon front ? À Chambéry, nouveau train. La nuit tombe sur les montagnes. Ce qui s'est passé, ce qui va advenir, ce que je suis. Mon cerveau tente de manipuler ces nouveaux objets : leur absence, ma douleur. À travers les fenêtres, je regarde défiler les masses obscures des Préalpes. Mon téléphone n'arrête pas de sonner. Je ne réponds qu'à Aurélie. Elle est en pleurs au téléphone. Elle a appris la nouvelle à Londres où elle avait rendez-vous pour *Le Doute*. En recevant mon sms, elle s'est levée d'un bond, est sortie de la réunion sans s'expliquer et a foncé vers Saint Pancras. Elle vient d'arriver à Paris. Le temps de récupérer sa voiture et elle veut prendre la route tout de suite. L'idée qu'elle conduise me tétanise. J'ai peur pour elle. Si elle mourait aussi ? Je lui demande de ne pas partir de nuit. Elle proteste, ne veut pas me laisser seul. Mon anxiété est telle qu'Aurélie accepte d'attendre le matin. Elle m'envoie sans cesse des messages. Elle souffre comme moi. J'espère un signe de Natalya. J'ai essayé de la contacter il y a plusieurs heures déjà, mais rien. À Bourg-Saint-Maurice, le maire est venu me chercher. Il me serre la main. Sa dignité excessive, son langage emprunté conviennent, croit-il, aux circonstances et à la notoriété des victimes. Je ne dis pas un mot du trajet. Il fait mine de comprendre.

Ensuite l'épreuve des corps. Leurs corps tant aimés. Méconnaissables, abîmés, glacés, ils ne contiennent plus rien d'eux, plus rien de mes parents. À la lueur des bougies qui les entourent, leurs visages sont intacts, mais une spécialiste bien intentionnée a, durant la douzaine d'heures qu'il m'a fallu pour arriver, tenté de « les faire beaux », comme elle murmure avec gentillesse. Ces traits maquillés, cireux, me déchirent le cœur. Ma mère, si naturelle, sa peau rayonnante, ses cheveux toujours lâchés comme une auréole autour d'elle, ressemble à une poupée japonaise : chignon laqué, sourcils dessinés au crayon, rouge à lèvres fuchsia. Ma pauvre maman. Je demande à la démaquiller. Je le demande durement puis je m'excuse. La jeune femme, les yeux embués, m'apporte du lait Mixa et des cotons. Je la nettoie. Sa chair froide me fait sursauter et pleurer de plus belle. Je m'aperçois, terrifié, que je lui retire ses couleurs, ce simulacre de vie. Sous le fond de teint, elle est marbrée de rouge et de violet. Je m'effondre. La jeune femme me retire les cotons et le flacon en plastique des mains.

« Je suis désolée… Si désolée pour vous. »

Elle couvre ma mère d'un linge et je lui en sais gré. J'embrasse mon père sur le front. Je reste un long moment, agenouillé à ses côtés. Je lui parle comme au refuge, mais cette fois-ci, mes mots n'ont plus d'écho. Je touche sa main dont je ne reconnais plus le contact. Mon père avait toujours les mains très chaudes, très fermes. C'est ce que ma mère préférait chez lui, la chaleur et la force rassurante de ses mains. Ce n'est plus mon père. Je sors. Je reprends peu à peu mon souffle. Des inconnus essaient de m'aider. Un homme m'apporte un verre d'alcool. Des gens me frôlent le dos, les bras, les épaules. Le maire m'emmène à l'hôtel où il m'a conseillé de passer la nuit. Je bois tout ce que j'y trouve. Quand Aurélie arrive en fin de matinée, elle me découvre habillé sur le lit, ivre et incohérent. Nous pleurons ensemble. Nous sommes orphelins ensemble. Les papiers, toujours plus de papiers, les assurances, le transport à Paris, les messages, tous faits des mêmes formules, de la même impuissance, et qui pourtant me touchent. L'embarras, la compassion sur mon passage, celle qui sonne faux, celle qui sonne juste. Parfois, dans cette nuit, un geste me va droit au cœur : Christian qui débarque à Beaufort en début d'après-midi et me serre de toutes ses forces dans ses bras. Dès qu'il a appris la nouvelle, il a lui aussi sauté dans sa voiture pour me rejoindre. Il reprend sa place d'oncle protecteur, faisant à nouveau de moi le petit garçon que j'étais, il y a vingt ans, lors des étés chez ma grand-mère. Nous organisons les jours à venir et le transport des corps de mes parents. Christian remonte à

Paris avec moi et Aurélie. Je suis à l'arrière. Je ne supporte pas la route. Le défilement du goudron me coupe la respiration et me donne la nausée. Aurélie, prévoyante, a apporté du Xanax. J'ai éteint mon portable pour cesser d'attendre un signe de Natalya. En chien de fusil sur la banquette, la tête sur mon sac à dos, je dors. Je voudrais ne jamais me réveiller.

Ils sont morts depuis trois jours. Je ne suis qu'orage et ténèbres. L'absence de Natalya concentre ma colère. Je pensais qu'elle prendrait le premier avion, qu'elle serait près de moi en quelques heures, mais elle n'arrivera que pour la cérémonie. Elle m'envoie certes des dizaines de messages par jour, mais elle n'est pas là. Je suis furieux contre elle alors que je n'arrive pas à en vouloir à mes parents. Je ne parviens pas à formuler ma rage. À dire : ce que vous avez fait, ce que vous m'avez fait est révoltant, d'un égoïsme qui dépasse l'entendement. En décidant d'avoir un enfant, même si cet enfant a aujourd'hui trente ans, vous aviez renoncé au droit de vous tuer. Vous n'aviez plus ce droit. Vous ne *pouviez* pas me laisser. Ces mots qui remuent en moi, je n'arrive ni à les prononcer, ni à les écrire. Je ne peux mettre mes idées au clair parce que je ne sais pas ce qui s'est passé. Rien ne va droit. Lorsque je ne suis pas abattu, je cherche comme un fou les indices qui me permettront de résoudre les circonstances de l'accident, du suicide ou du crime. Oui, du crime. Tout me semble possible. Les ennemis de mon père, Monsanto qui ne veut pas que *Goliath* voie le jour, W qui se serait vengé, un mari jaloux, que sais-je… Mon imagination produit maladivement des histoires plus folles les unes que les autres sans parvenir à se fixer sur aucune. Et Natalya… Tout se mêle dans mon esprit. Quand elle pleure avec moi, je pense qu'elle regrette mon père. Quand elle ne pleure pas, j'ai l'impression que ma peine l'indiffère. Je suis pris de sentiments tranchants et contradictoires. Sa peau, sa tendresse, son parfum, ses caresses pourraient m'aider à respirer et elle me les refuse en restant hors de portée. Alors ses mots ne sont plus que des bourdonnements à mes oreilles, vidés de sens et d'amour, des rustines sur nos promesses. J'avais besoin de sa chaleur, de ses bras pour croire qu'un après est possible.

Au lendemain du sixième jour, je me suis retourné pour embrasser du regard un territoire immense et inconnu, celui de ma douleur. Et je me suis demandé, en contemplant cette étendue à perte de vue, si je retrouverais jamais mon chemin vers la vie.

Ma mère a tout prévu pour les funérailles. Le représentant d'Advitam, une société de pompes funèbres, me contacte dès l'annonce de leur décès par l'AFP. Il propose de me retrouver chez moi et j'accepte. Je suis trop hagard pour faire quoi que ce soit. Le jeune homme blond aux cheveux en bataille et au regard bleu embué d'une forme de romantisme sauvage ne ressemble pas du tout à l'idée que je me fais d'un croque-mort. Il a reçu de ma mère des instructions précises. Elle a tenu à mettre les choses au clair au cours d'une série de rendez-vous arrosés de champagne dans le loft du 17e arrondissement où elle avait son bureau. Lorsque M. Castellan évoque ces rendez-vous, j'ai un moment de colère en me demandant s'il s'est passé quelque chose entre eux. Ma mère l'a visiblement marqué, il est ému. Je lui lance un regard noir mais il trouve rapidement moyen de mentionner son épouse et son fils avant de sortir de sa sacoche le dossier étiqueté Madame Laure Branković. Une appréhension me saisit. Je redoute ce que je vais y trouver. Je détache le ruban qui le scelle. Il contient une liasse de feuilles entièrement couvertes de l'ample écriture de ma mère qui monte vers la droite, comme en permanente ascension vers son idéal.

Elle a choisi la tenue qu'elle souhaite porter dans son cercueil avant ce qu'elle appelle « la grande flambée », ce qui confirme qu'elle a choisi l'incinération. Elle souhaite être vêtue d'un tailleur pantalon blanc d'Azzedine Alaïa et a également choisi l'urne de cristal rouge. Maman a prévu une importante livraison de vin et d'alcool, réservé le traiteur et rédigé le faire-part, évidemment au second degré, même si j'ai du mal à le trouver drôle. Elle a aussi fait des listes – ma mère a toujours beaucoup aimé les listes. Il y en a de groupes de gospel parisiens pour mettre de l'ambiance, une des amis qui auront l'autorisation de dire un mot, et une de ceux qui n'auront, sous aucun prétexte, le droit de se manifester. Fort heureusement son dernier amant, le bellâtre philosophe, n'a pas voix au chapitre. J'en suis soulagé, il aurait ânonné des citations de penseurs allemands en se regardant souffrir. Le critère de sélection étant l'humour, comme elle le spécifie, les raseurs, même ceux qu'elle aimait, ont été éliminés. Le code vestimentaire est simple : « Joyeux », écrit-elle. Noir, gris, mauve, marron, violine et vert foncé sont interdits. Elle recommande en outre l'usage de mouchoir en tissu, pas en papier, parce que c'est plus écologique et parce que, annonce-t-elle, le quota lacrymal est limité à deux cuillers à soupe par personne, ce qui est parfaitement absorbable par les mouchoirs en tissu de 20 cm de côté qu'elle a fait fabriquer. Il y en a deux cartons de 150 unités entreposés chez Advitam et, comme j'ai pu le constater le jour où ils m'ont été livrés, ma mère les a fait broder de ces mots : « Une belle mort, c'est une question de savoir-vivre ». Elle a enfin choisi le lieu : le Théâtre Montparnasse, une manière de mourir sur scène, comme le chantait Dalida. Elle ne m'a laissé les mains libres que sur les discours. Je n'en suis pas étonné. Depuis des semaines, elle plaisantait sans plaisanter sur la manière dont elle voulait que l'on dispose de sa personne physique après sa mort. Elle avait d'abord évoqué l'idée de la Suisse et d'un protocole de mort assistée. Ses échanges avec différentes cliniques s'étaient révélés décevants. Elle trouvait le processus « administratif et contraignant », le rituel « sinistre » et les gens en charge d'y procéder dépourvus de fantaisie. La musique élégiaque et les adieux aux proches dans des draps aussi blancs que leur mine, ce n'était pas sa tasse de thé. Pour ma part, j'étais dans un déni trop farouche pour lui demander ce qui lui « plairait » pour son enterrement. Elle en parlait comme d'un anniversaire ou d'une fête de fin de tournage. C'était à croire que l'idée la réjouissait, alors que tout m'était odieux dans cette projection. Laure Branković, malgré sa maladie, a gardé jusqu'au bout son goût de la provocation. Elle y voyait une manière d'affirmer sa liberté. Dans les différents documents que me confient les pompes funèbres, je découvre enfin qu'elle tenait à ce que ses cendres reposent quelque part au lieu d'être dispersées à la source de la Seine ou en face de l'aiguille creuse, comme elle l'avait évoqué. Elle souhaitait également qu'une épitaphe soit gravée sur sa tombe, sans dates :

« Laure Branković
Veuillez patienter,
un opérateur va vous répondre »

Je dois reconnaître qu'elle a réussi à me faire rire. Il n'y avait qu'elle pour faire jaillir ces éclats de joie du fin fond de l'obscurité, pour se moquer des choses les plus graves… Elle et mon père. Il savait si bien briser l'ennui, peindre le gris de ses couleurs, de son humour, de sa férocité. Aujourd'hui toute lumière s'est tarie. J'ai l'impression de manquer d'air, le jour, la nuit. Tous deux prenaient tant de place depuis tant de temps. Et cette fin en queue de poisson qui ne me laisse pas de répit. Maman répétait pourtant :

« Les histoires, comme les portes, il faut savoir les fermer. »

M'y résoudre ? Comment ? Par quelle manipulation de moi-même, par quelle tricherie médicale ou métaphysique vais-je venir à bout de cet enfer ? Chaque détail me blesse et, avec ces instructions mortuaires s'ouvre un nouvel abysse : maman, qui a prévu ses funérailles dans les moindres détails, n'y mentionne pas mon père. Ni comme acteur de cette cérémonie censée rassembler leurs amis, ni pour en partager l'affiche. Cette incohérence m'obsède, d'autant qu'Advitam m'assure que ses dernières volontés ont été revues peu de temps avant sa mort. Elle avait déjà renoué avec mon père… A-t-elle vraiment souhaité ce qui est arrivé ? A-t-elle été victime d'un accès de folie ? D'une perte de connaissance ? Je repasse, dans une ronde macabre, les paramètres de l'engrenage pour tenter de comprendre. À défaut d'accepter.

Esther m'appelle. Nous nous parlons pour la première fois depuis deux ans. Je ne saurais dater le dernier bon moment avec elle. Je ne retiens désormais de mon grand amour que des souvenirs confus d'incompréhension et de disputes. Une myriade d'éclats, de scènes, des mots blessants, dits ou reçus, dont il ne reste qu'une impression désagréable traversée de flashs. Esther est bouleversée. Maman était son modèle. Esther me confirme qu'elles ont continué à s'écrire et à se voir, mais ma mère n'a pas fait état de sa maladie. Elle me demande si c'était un accident. Je lui réponds que, d'après la police, c'était volontaire, même si je ne m'y résous pas. Esther m'oppose un silence recueilli. Elle a encore, sur les avant-bras, de fines lignes blanches : les cicatrices de ses tentatives passées. Je sais qu'elle trouve belle cette manière radicale d'en finir. Pour Esther, ma mère a réussi quelque chose de net. Un acte poétique. Pour un peu, elle verrait cela comme une performance artistique. L'émotion l'étouffe. Cet éblouissement esthétique lui fait comprendre à quel point ma mère va lui manquer. Elle pleure. Comme souvent avec Esther, je me retrouve à la consoler au lieu de l'être. Elle aimerait en savoir plus. Mieux se représenter la scène, commencer à la transformer en tableau. Je ne veux pas entrer dans les détails. J'ai mal. C'est trop tôt.

Esther, déçue, retient ses questions. Elle me parle de son travail, de ses expositions. Elle vient de recevoir un prix important : le Future Generation Art Prize. Je l'ignorais. Il y a un blanc. Je la félicite avec excès. Je m'aperçois que cela fait des mois que je n'ai plus cherché à avoir de ses nouvelles, ni tapé son nom dans un moteur de recherche. Elle, au contraire, a suivi mes projets depuis notre séparation. Je suis heureux de l'entendre et surpris de mon indifférence. Sa voix n'a plus d'effet sur moi. Elle est devenue une présence lointaine, inoffensive. Esther me propose de venir à Paris. Elle veut m'aider. Je refuse. Je n'ai plus rien à lui donner.

Talya atterrit de New York le matin des funérailles. Par l'avion de 8 h 45. Je suis furieux. J'avais imaginé qu'elle serait auprès de moi en vingt-quatre heures. Elle a mis une semaine à arriver en m'abreuvant d'excuses plus minables les unes que les autres. Rien ne peut justifier qu'elle débarque au dernier moment comme elle le ferait pour un défilé ou une ouverture de boutique. Elle a même le culot de me demander si elle pourra utiliser l'une des loges du Théâtre Montparnasse pour prendre une douche et se changer. Je ne lui réponds pas.

« Pas de curé pas d'église », a stipulé ma mère dans le document d'Advitam consignant ses volontés. Je me suis inspiré de ce qu'elle avait imaginé pour faire une place à mon père. Leurs funérailles sont devenues une sorte de spectacle artisanal et un peu de traviole. Il a été préparé à la va-vite, mais tout le monde s'y est mis. Les amis de mes parents sont des artistes, des professionnels de la scène et de l'improvisation. Ils parviendront forcément à faire quelque chose de bien. À la première lecture des volontés de ma mère, j'étais contrarié à l'idée de transformer la célébration de leur mort en divertissement, mais cette impudeur, au final, leur ressemble. Ils n'étaient pas du genre à partir sur la pointe des pieds, autant faire les choses en grand. Je connais bien les propriétaires du théâtre, des proches de la famille depuis longtemps. En apprenant que maman voulait faire chez eux sa « fête d'adieu », comme elle la nomme dans son texte, ils nous ont prêté le lieu pour la journée. Je passe des heures à prévenir tous leurs amis. Je leur envoie la lettre de maman. Nous réfléchissons ensemble. Chacun propose ses idées, partage ses envies, mais aussi ses larmes et ses souvenirs. J'ai l'impression de me retrouver dans ces moments d'effervescence qu'ils aimaient tant, pendant la préparation d'un tournage ou d'une pièce, quand leur tribu se mettait en mouvement et que les idées fusaient dans un feu d'artifice de créativité et de joie.

Nous nous retrouvons tous à onze heures. Je traverse ces moments dans une sorte de brouillard coupé d'accès de frénésie. Je suis déboussolé. Pris par le flot des gens qui m'embrassent et m'étreignent, j'ai à peine le temps de parler à Talya. Elle est en noir. J'ai oublié de la prévenir du code vestimentaire imposé par ma mère. Au milieu de la foule bariolée – je suis pour ma part en bleu et blanc –, Talya a l'air d'une veuve égarée. Elle semble triste et mal à l'aise. Elle se tient à l'écart, souvent sur son portable, ce qui achève de me hérisser. J'essaie à deux reprises d'aller vers elle, mais elle reste froide et tendue. J'en déduis qu'elle ne veut toujours pas s'afficher avec moi, même dans ce moment-là, et je lui en veux d'être encore dans la comédie : le mari, la femme, l'amant, alors que je suis pour ma part broyé par la mécanique de la tragédie.

C'est Édouard Baer qui joue les maîtres de cérémonie pour ses « parents d'adoption ». Il est aussi bon qu'aux César et s'amuse du prénom qu'il partage avec mon père avant de se lancer dans un comparatif baroque de leurs deux parcours qui arrache à la salle de francs éclats de rire. Même s'il se moque pas mal de moi – avec tendresse –, je lui sais gré d'arriver à nous dérider. Alain lit une très belle lettre qu'il a écrite et qui fait sortir, dans l'assistance, un certain nombre des mouchoirs prévus par ma mère. Aurélie, en robe rose à col rond, apporte aussi, sans rentrer dans la nature exacte du projet, un beau témoignage sur la dernière collaboration de mes parents. Trois actrices et humoristes, des amies, font un sketch autour de notre vie de famille explosive. Julien chante pour eux et sa voix nous enveloppe tous d'une même émotion. Un déjeuner sur la scène suit ces hommages. Maman a prévu trois barmen qui font des cocktails à la chaîne et c'est passablement éméchés que nous partons, à l'issue de ce repas, en procession vers le cimetière. À la sortie du théâtre, la presse nous attend. Nous n'avons que quelques centaines de mètres à franchir pour mettre les urnes dans le caveau. Ma mère avait commandé la sienne, des mois plus tôt, chez Baccarat. C'est somptuaire, mais depuis qu'elle avait visité les ateliers pour un scénario, elle était fascinée par cet art. Constitué d'un lourd cristal rouge, l'objet précieux est orné de volumes pyramidaux en taille diamant. Dans l'urgence j'ai adapté, pour mon père, ce modèle rond en version carrée. Il a été terminé cette nuit même. À la fois semblables et différentes, ces urnes mises côte à côte forment un couple totémique qui pèse seize kilos. Huit par urne. Elles nous attendent au cimetière. Ma mère a bien précisé dans ses instructions qu'elle ne souhaitait pas que cet objet soit exposé au théâtre. Elle trouvait cela « de mauvais goût ». Christian est à mes côtés. Aurélie, Véronique et Damien juste derrière. Les autres amis en rang serré. Talya, à nouveau à la traîne, tente de s'abriter des photographes qui l'ont repérée. Chaque invité porte un rosier grimpant rouge, rose ou blanc. C'est une véritable mer de fleurs qui entoure bientôt le caveau de pierre, très simple. Les plants seront ensuite offerts au cimetière pour égayer le mur ouest près duquel mes parents reposeront. Je n'ai pas trouvé d'épitaphe pour mon père alors j'ai juste fait graver son nom. Je compléterai si je le peux par la suite.

Je suis le seul à prendre la parole. Ce que je dis ? Je ne m'en souviens plus. Je l'ai écrit d'une traite la veille. Je m'adresse à mes parents. Je leur rappelle les petites et les grandes choses que nous avons partagées, tout ce qui nous liait. J'ai parfois la voix qui s'étrangle, mais j'y arrive. Je sens l'électricité qui circule entre leurs amis réunis et moi. C'est à croire que mes parents sont là. Nous percevons leur présence. Je parviens même à poser mes blagues sans les laisser s'embourber dans ma peine. Lorsque je termine, un silence nous étreint. Les urnes sont placées dans les deux niches prévues pour les accueillir. Je dépose les quelques feuilles manuscrites de mon discours à l'intérieur. J'ai un haut-le-cœur lorsque la dalle se pose, scellant ce que je refuse encore de croire. Le quatuor de gospel de ma mère entonne un chant d'adieu. Les amis ont du mal à se séparer mais ils finissent par s'éclipser. Talya vient m'embrasser et me serrer dans ses bras, sous une pluie de flashs. Elle murmure à mon oreille :

« Peux-tu me donner les clés ? Damien va me raccompagner. Je t'attends à la maison. »

Je la regarde s'éloigner, triste et déçu à nouveau. Aurélie propose de m'attendre, mais j'ai envie d'être seul. Une fois tout le monde parti, je m'assois un long moment sur leur pierre tombale. Je caresse de mes mains cette surface rugueuse. Où vont les âmes ? Seront-ils accueillis par quelqu'un quelque part ? Resteront-ils ensemble d'une manière ou d'une autre ? Est-ce un leurre de penser que je les rejoindrai dans cet endroit indéfini, mystérieux, auquel certains croient ? Les lumières s'adoucissent, les ombres s'allongent sur l'environnement minéral qui m'entoure. La centaine de rosiers que nous avons déposés forment une coulée de vie au sein de l'immuable. Ils seront arrosés pendant quelques jours puis plantés par les jardiniers du cimetière. En levant les yeux, j'aperçois les rayons du soleil qui percent les feuilles d'un grand érable rouge. Au gré du mouvement des branches, ils m'éblouissent et jettent sur mon visage des éclats dorés dans lesquels je veux voir une forme de grâce. Le calme ici, plus loin la rumeur tenace de la ville où le quotidien de millions d'êtres suit son cours dans une illusion frénétique d'avancée et de progrès. Un gardien vient me voir et m'annonce, avec douceur, que les portes vont bientôt fermer. Si j'ai besoin de plus de temps, je pourrai sortir par la porte piétonne de la rue Froidevaux jusqu'à vingt heures. Il viendra la fermer à ce moment-là. Je le remercie pour sa sollicitude. Je prends le temps de parler à mes parents, de leur répéter que je les aime. Je me dis que ma mère a eu ce qu'elle souhaitait : nous avons passé un moment ensemble que personne n'oubliera. Je me lève. À présent, il ne reste plus rien de nous et pas grand-chose de moi.

J'ai quitté le cimetière à pied. Le peu de calme que j'avais réussi à retrouver après la cérémonie s'est dissipé à l'idée de voir Talya. Je me suis arrêté en chemin prendre plusieurs whiskys dans un café près des Invalides avant de me résoudre à rentrer. Elle m'attendait chez moi. Je l'ai regardée, soupçonneux. Je n'aimais pas du tout qu'elle soit partie avec Damien. J'avais imaginé des choses. Talya s'était changée. Elle portait une combinaison d'intérieur en soie gris perle et arborait cet air d'innocence qui la caractérisait. Elle avait commandé un dîner thaïlandais. Pourquoi thaïlandais ? Cela m'a paru incongru, mais je n'étais pas disposé à me satisfaire de quoi que ce soit. Je n'ai pas réussi à manger. J'avais trop bu et j'étais malade. Je n'ai pas réussi, malgré ses avances, à faire l'amour non plus. Je suis resté silencieux. Elle a essayé de me dire que c'était très dur pour elle aussi, la mort de mon père. Qu'elle n'arrivait pas à accepter. Je crois qu'elle aurait aimé se rapprocher de moi, parler de tout cela, mais si j'avais commencé, je l'aurais abreuvée de reproches. Nous nous sommes couchés tôt. Talya, en plein décalage horaire, n'a pas réussi à s'endormir. Je l'ai entendue se relever. Comme elle ne revenait pas, je l'ai rejointe dans le salon et je l'ai vue sur son ordinateur dont elle a rapidement baissé l'écran. Ce geste m'a irrité. Elle devait être en train de converser avec Jay ou de poster je ne sais quelle futilité. Le jour de l'enterrement de mes parents, cela m'a semblé insultant. Je suis retourné au lit sans un mot. Je l'ai entendue, dans un demi-sommeil, parler longuement russe à quelqu'un. J'ai imaginé que c'était sa mère, mais rétrospectivement, j'ai compris que ce n'était pas possible. Sa mère ne la reconnaissait pas quand Talya lui rendait visite. Elle n'aurait pas pu tenir une conversation aussi nourrie.

Le lendemain, j'ai ouvert les yeux vers onze heures. J'étais encore dans un état second avec une migraine à me fendre la tête. Talya était partie. Un mot m'attendait sur la table de la salle à manger, avec un jus d'orange et des croissants.

« Mon amour, J'espère que tu as pu te reposer un peu. J'ai rendez-vous à l'ambassade américaine pour mon projet. Je serai de retour à 13 h. Baisers doux. »

La déception de ne pas trouver Talya à mon réveil, après ces jours passés à l'attendre, a créé en moi une déflagration. J'avais envie de tout casser. Savoir qu'elle continuait, comme si de rien n'était, ses rendez-vous alors que, pour moi, la vie s'était arrêtée, m'était insupportable. Ma rage a fini par exploser quand, en allumant mon portable, j'ai été bombardé par les alertes de sites people montrant Talya aux funérailles de « son ex », mon père. Dans ces articles qui ne cherchaient que le clic, ma mère était à peine mentionnée quand Talya, les larmes aux yeux, était prise sous toutes les coutures. La photo où elle m'embrassait aussi était reprise partout. Et ce baiser chaste, presque indifférent, quand il aurait dû être amoureux, me révélait la faiblesse des sentiments qu'elle nourrissait pour moi. Ces articles m'ont ouvert les yeux. À peine avait-elle posé son sac sur la console de l'entrée que la dispute a éclaté. Je l'ai cueillie d'une volée de critiques. Ses choix, ses insuffisances, ses maladresses, tout y est passé. J'ai été odieux. Humiliant. Elle ne s'est pas laissé faire et j'ai découvert un visage d'elle que je n'avais jamais vu : ironique et cassant. Après avoir hurlé un bon moment sans nous toucher, nous nous sommes tus, le visage dur et les poings serrés. Aucun d'entre nous n'a été capable de baisser les armes. Ni elle ni moi n'étions prêts à céder, à prendre notre part d'offenses et de manquements. Nous sommes restés un long moment dans ce silence, puis j'ai relancé les hostilités. Elle aussi. À une phrase particulièrement mesquine qu'elle m'a dite, je me suis rendu à l'évidence.

« Je voudrais que tu partes Talya. Nous nous sommes trompés. Nous n'avons rien à faire ensemble. »

Elle a semblé saisie par ce que je lui disais, comme si elle n'avait pas encore compris que nous en étions là.

« Pars, ai-je répété, cela t'évitera de trancher. Je le fais pour toi. »

Elle a pâli, mais pas une larme ne lui est venue. Elle a tourné les talons, mis ses affaires dans sa valise et elle a quitté l'appartement sans un mot ni un regard.

J'ai fermé derrière elle avec autant de contrôle. La porte n'a fait qu'un léger bruit lorsque le pêne est entré dans la gâche. C'était fini.

Je suis resté sur mes griefs pendant une dizaine de jours. J'attendais qu'elle revienne et qu'elle s'excuse. J'étais non seulement sûr de mon bon droit, mais je considérais que le deuil me donnait la priorité. C'était à elle de me soutenir, de plier. Je refusais de considérer qu'elle avait également perdu un être cher. Ce n'était pas recevable. Personne ne pouvait souffrir autant que moi et personne n'avait le droit de souffrir de la mort de mon père à part moi. Des sentiments troubles se heurtaient. Nous étions à nouveau, au-delà de la mort, dans une compétition étrange autour de lui. J'étais tenaillé par la possessivité que j'éprouvais envers lui tout en étant jaloux des sentiments qu'elle nourrissait à son égard. À cela s'ajoutait le temps qu'elle avait mis à venir, la double vie qu'elle menait et une infinité de détails que le microscope de mon amour déçu grossissait par mille.

J'étais tellement blessé par la disparition de mes parents que, face à Talya, je me suis senti fort, intraitable. Je n'ai même pas cherché à regarder ce qu'elle faisait sur les réseaux sociaux, ou tenté de la joindre. Puis, petit à petit, le manque d'elle s'est insinué et il n'a fait qu'aggraver la liste des reproches que je lui adressais en pensée. Elle aurait dû m'appeler, elle aurait dû comprendre. Elle aurait dû m'accorder, en ce moment, un crédit illimité à l'erreur. Elle ne l'avait pas fait. Elle me semblait tour à tour mesquine ou méchante, butée ou stupide. Un soir pourtant, dans un éclair de lucidité ou d'absence, aidé par ce que je prenais – alcool, anxiolytiques –, j'ai vu les choses différemment. J'ai eu envie de comprendre ce qu'elle avait en tête. Je lui ai envoyé un texto auquel elle n'a pas répondu. Deux jours plus tard, j'ai cédé à cette illusion adolescente du message qui ne serait pas arrivé et je lui ai écrit un mail. Rien. Son silence a soufflé sur les braises de mon ressentiment comme le mistral sur un feu de forêt. J'ai consumé dans une rage folle jusqu'à la dernière brindille de notre passion. Défunte, elle aussi.

Fin juillet, un mois après leur mort, le sculpteur Jaume Plensa me téléphone. La voix de l'artiste, teintée de soleil, m'enveloppe de sa chaleur. Il me dit des choses très belles sur mes parents et l'influence qu'ils ont exercée sur lui. Il évoque leur collaboration à l'occasion du film *Une deuxième chance* dont il a conçu une grande partie des costumes et des décors. Je ne l'ai jamais rencontré, mais sa sensibilité me touche. Il me dit qu'il a préparé quelque chose pour eux et pour moi. Il m'invite à lui rendre visite dans son atelier de Barcelone.

Depuis que mes parents sont partis, j'attends un signe d'eux. C'est irrationnel bien sûr, mais je guette autour de moi une manifestation de leur présence. Je n'interprète pas autrement cet appel. Il est le message que j'attendais. À peine notre conversation terminée, je réserve mon billet pour Barcelone. Je m'y rends le lendemain par le premier avion. J'ai prévu de faire l'aller-retour dans la journée, étranger à la foule des vacanciers qui embarquent vers leur quota de bonheur annuel. Je n'ai même pas pris mon ordinateur. Je n'ai pas le cœur à travailler. Depuis leur mort je n'ai pas ouvert un fichier ni rien écrit. L'idée d'aligner à nouveau des mots me donne la nausée. Mon agent comprend. Il m'a « débranché » des projets en cours. Ceux qui peuvent patienter m'attendront. Pour le reste, il trouvera des solutions. « Débrancher », le verbe me poursuit pendant plusieurs jours. Faut-il remercier ma mère d'avoir évité le lent délitement, le moment où, à l'hôpital, dévastée, inconsciente, il aurait fallu la « débrancher » ? L'avion atterrit assez brutalement. Certains passagers crient, effrayés, alors que je regrette qu'il se stabilise. L'aéroport est noir de monde. L'un des assistants de Jaume Plensa, un garçon maigrichon d'une vingtaine d'années, m'attend. L'atelier de l'artiste est situé à quelques kilomètres de là, bien loin du centre de la ville où je ne mettrai pas les pieds.

Nous arrivons Passatge Multindus à Sant Feliu de Llobregat. C'est une longue impasse défoncée, bordée de hangars industriels. De l'extérieur, aucune fenêtre, uniquement des murs de brique grise ponctués de portes de garage en tôle blanche. Rien ne laisse présager qu'un artiste mondialement célébré nous attend. Nous nous garons devant l'un de ces hangars. La touffeur nous saisit. Dans l'atelier, l'atmosphère est plus lourde encore. La chaleur s'accumule très vite sous les toits de tôle. Une foule de personnages insolites m'accueille. Une immense tête de jeune fille, un doigt sur la bouche, m'invite au silence. D'une sérénité bouddhique, suspendue au plafond, elle mesure près de trois mètres de haut et semble faite d'ébène. L'illusion se dissipe lorsque je me rapproche : ce visage en bronze doit peser plusieurs tonnes. Autour de la jeune fille dont l'aura m'impressionne, d'autres portraits gigantesques forment une communauté d'une étonnante spiritualité. Nouvelle porte, nouveau hangar. Pas une ouverture vers l'extérieur. C'est comme être dans le cerveau de l'artiste. La seule source de lumière naturelle vient des longues verrières latérales de chaque côté du toit. Ici trois personnes travaillent déjà. Ils soudent des pièces métalliques sur des formes humaines de résine blanche. Le garçon qui m'accompagne salue ses collègues et me propose un café dont le parfum est déjà parvenu jusqu'à moi. Sur de longs établis de bois brut, rangées en pile, je remarque des centaines de lettres d'acier issues d'alphabets divers : japonais, chinois, arabe, hébreu, cyrillique, hindou et bien sûr latin. Elles seront pliées, moulées, attachées ensemble pour devenir des œuvres. La secrétaire de l'atelier prend le relais. Elle m'installe dans la salle des ordinateurs qui a le mérite d'être climatisée. C'est là que sont conçus les schémas techniques : calculs de poids, de résistance, de structure, pour permettre aux créations géantes – certaines mesurent quinze mètres – de rassembler tous les critères de durabilité et de sécurité avant d'être implantées dans l'espace public.

Jaume Plensa apparaît. Cheveux poivre et sel coupés court, lunettes carrées, c'est un homme de petite taille qui dégage une étonnante puissance physique, presque une tension. Son visage a l'air fatigué de celui qui a trouvé son unique obsession : créer et rechercher la beauté. Elle ne lui laisse pas de repos, et fait de lui un artiste à contre-courant de l'art contemporain. Un grand nombre de ses pairs se sont affranchis de cette quête esthétique millénaire, lui préférant l'immatérialité des idées. Pas Jaume. Il y a en lui des forces contraires, l'innocence de l'enfant, la confiance parfois dominatrice de sa vision, la simplicité de l'artisan qui tout au long du jour donne corps à ses rêves. Il m'accueille chaleureusement. En quelques mots, il me fait comprendre la peine qu'il a pour moi. Je le suis dans un couloir puis il fait coulisser une porte métallique. Sur une plaque réfléchissante, les sculptures d'un homme et d'une femme agenouillés l'un en face de l'autre. Leurs mains reposent sur un planisphère. Silhouettes blanches, transparentes, elles sont faites de lettres en acier inoxydable soudées les unes aux autres. Jaume m'explique qu'il a conçu cette œuvre pour qu'elle soit installée sur un plan d'eau. Le miroir sur lequel elle est posée donne une idée des reflets qui seront produits. Il branche une rallonge pour allumer ses sculptures. L'apparition, d'une poésie rare, me bouleverse. Les contours ajourés, fantomatiques, suggèrent à la fois la présence et l'absence, comme si Jaume avait réussi à donner une matière à l'âme. Ce couple propage sa lumière, sculptant l'ombre pour mieux la faire reculer. Ma gorge se noue. Je ne leur pardonne pas de m'avoir laissé. Jaume précise :

« Je l'ai appelée *Laure et Édouard*. »

Pendant des semaines, je me reproche violemment d'avoir réuni mes parents. D'avoir imaginé, avec une arrogance stupide, savoir ce qui était bon pour eux. Sans moi, ma mère serait encore là, peut-être pas pour très longtemps mais encore avec moi. Mon père, lui, lirait des scénarios, braillerait sur son équipe, les couvrirait de cadeaux dans l'heure qui suit, monterait des projets, regarderait des films à la chaîne, expliquerait le b.a.-ba du métier à de jeunes scénaristes, pousserait Aurélie à se dépasser, jouerait aux échecs avec moi, fuirait le coach de Natalya et prendrait du bon temps avec cette vipère qui m'avait lâché.

Ils sont morts. Les journaux en ont fait des gros titres. Des articles ont été écrits, approximatifs, biaisés, avec leurs grands mots et leurs jugements définitifs, si loin de l'homme et de la femme que j'ai connus. Il y a encore eu des hommages dans l'année. Le festival de Cannes leur a réservé une place à part. Un joli film de cinq minutes, avant la traditionnelle session des adieux qui fait défiler des photos en noir et blanc sur fond de piano triste. Pour une fois, c'était bien. Émouvant et juste. Beaucoup mieux qu'à Deauville. J'ai dû mener de longues tractations avec la Mairie de Paris pour décider où placer la statue de Jaume Plensa. Finalement ce sera à la Villette, là où mon père avait lancé les premières projections d'été en plein air qui ont eu tant de succès. Jaume la fera installer sur l'eau, comme il l'avait imaginé. Nous l'inaugurerons dans quelques semaines.

L'essentiel est passé. Il y aura un frémissement pour le premier anniversaire de leur accident. Les magazines tenteront peut-être quelque chose. On peut compter sur leurs amis aussi, qui penseront à les mentionner au fil d'une interview, avant de se faire vieux à leur tour. Le temps n'a pas d'égards, et je sais que malgré leur succès, il ne restera bientôt rien d'eux, mes parents, rien, à part la légende que je dois continuer à écrire. Il faudra inventer un prix Branković-Vian, trouver des sponsors, un jury. Négocier des rétrospectives et des festivals, des coffrets de Noël et des biographies. Il faudra faire restaurer leurs premiers films, retrouver leurs cahiers d'écolier, publier leur correspondance, distiller leurs maximes sur les sites de citations, baptiser une rue ou une place en leur nom. Ils deviendront une plaque, devant laquelle les gens passeront sans savoir à qui elle fait référence et moi je ne serai plus que l'héritier de leur œuvre, le forçat de leur mémoire, jusqu'à oublier le chemin que je me suis tracé, condamné à sortir de mon anonymat salutaire. Comparé, éternellement. La manière dont il produisait et la mienne, la manière dont elle écrivait et la mienne. Ils auront pour eux la nostalgie, les bons souvenirs de jeunesse, la place que la mort interdit désormais de contester.

Je comprends. Je les aime. Je le ferai pour eux. Je suis condamné à me dissoudre dans leur postérité, parce que je ne veux pas les laisser partir.

Aurélie a été là pour moi. À chaque pas. Malgré la préparation de son tournage sur lequel elle travaillait sans relâche. J'ai plus que jamais souhaité que mes parents aient fait des suites à leurs films et qu'ils aient aussi fait une suite à leur enfant unique. J'aurais trouvé du réconfort auprès d'un frère ou d'une sœur qui aurait complété les blancs, rectifié les approximations, avec qui je me serais approché d'une sorte de vérité. Pas ces inconnus qui se réclamaient de mes parents et prétendaient les connaître, colportant clichés et contrevérités, anecdotes et bons mots déformés. J'étais à présent le seul dépositaire de leur mémoire intime. Je craignais d'ennuyer de mes récits tout en étant lassé de répondre aux questions. Talya avait définitivement disparu. Pendant un moment elle a continué à poster sur ses réseaux et un jour tout s'est arrêté. Ses comptes sont restés en friche pendant des semaines puis j'ai cessé de les consulter.

La famille d'Aurélie m'a accueilli comme un de leurs enfants. Je me suis retrouvé à déjeuner chez eux le dimanche. J'ai rencontré sa sœur, Margaux, qui édite des livres pour enfants. Nous partageons le goût des belles histoires et des nouvelles de Roald Dahl. Le père d'Aurélie est dans la finance. Sa mère travaille au musée d'Art moderne. Dynamique et chaleureuse, elle n'a rien à voir, physiquement, avec Aurélie. C'est étrange de l'observer avec ses parents. Très différente d'eux, elle a une dimension en plus, une ampleur qui, à mon sens, les effraye un peu. J'ai plus de mal avec sa grand-mère, intransigeante et assez sèche. Elle se lamente sur l'état de la France et ne sait pas où va le monde si ce n'est dans la mauvaise direction. Ses petites-filles ont l'art, néanmoins, de la désarmer et de la faire sourire. Les orages passent au-dessus de ces repas dominicaux sans jamais éclater… Les Vaillant m'ont aidé à combler le gouffre. Je suis venu me réchauffer à leur gentillesse. Je pensais à mon père. À présent le coucou, c'était moi. J'ai mieux compris son désir d'appartenir à une famille, un besoin qu'il partageait avec ma mère. Tous deux avaient été orphelins très jeunes, bien plus jeunes que moi.

Dans les semaines qui ont suivi, j'ai d'abord attendu une lettre. Je ne sais pas pourquoi, j'ai imaginé qu'ils m'avaient posté un mot d'explication. J'ai guetté des jours durant. J'ai même pensé qu'ils m'enverraient une sorte d'adieu filmé. Comme dans les mauvais films de super héros, je recevrais d'eux une mission, une explication qui me forcerait à secouer mon chagrin. Rien n'est venu. J'ai réécouté leurs messages vocaux. Même les plus anecdotiques et ceux qui s'interrompaient en plein milieu parce que j'étais sans doute en train de les rappeler à ce moment-là.

J'essayais toujours de déterminer si Laure Branković était lucide lorsqu'elle a projeté leur voiture dans le décor. J'ai épluché une à une les notices de ses médicaments. Passé des heures sur Internet à en examiner les effets secondaires, à interroger des médecins sur des forums et à supputer une réaction indésirable due à un mélange mal dosé. Je n'ai rien trouvé de concluant. J'ai ensuite voulu avoir accès à leurs mails. J'avais besoin de percer leurs mystères. J'étais sûr qu'en lisant leur correspondance, je trouverais au moins quelques indices, peut-être même un message qui éclairerait les circonstances de l'accident comme je m'échinais encore à l'appeler. J'ai donc écrit un long courrier demandant l'accès aux comptes de mes parents avec les attestations de décès à :

Google Inc.
Gmail User Support – Decedents' Accounts
c/o Google Custodian of Records
1600 Amphitheatre Parkway
Mountain View, CA 94043, États-Unis

J'ai trouvé assez archaïque, pour l'une des GAFA les plus puissantes au monde, de ne pas avoir mis au point une solution dématérialisée, mais l'avocat en propriété intellectuelle de mon père m'a expliqué que le département légal de Google avait besoin de documents originaux pour accéder à ce type de demande. Plusieurs semaines se sont écoulées avant que je ne trouve, au milieu de divers prospectus, leur réponse dans ma boîte à lettres.

Le fournisseur d'accès refusait ma demande. Google estimait que me permettre de lire les mails de mes parents violait la loi des Stored Communications Act de 1986 ainsi que ses conditions d'utilisation. Ils se référaient à un cas faisant jurisprudence :

l'obscure histoire d'un certain John Ajemian, mort en 2006 d'une chute de vélo, à l'âge de quarante-trois ans. Ses frère et sœur avaient été nommés représentants légaux de son patrimoine. Ils avaient demandé à Yahoo l'accès aux mails du défunt, accès qui, comme moi, leur avait été refusé. Après onze ans de procédure, ils avaient obtenu gain de cause, mais la consultation des comptes ne leur avait été autorisée que pour éclaircir, en l'absence de testament, les dernières volontés de leur frère. C'était l'unique condition permettant de prendre connaissance des courriels d'un mort. Dans mon cas, j'étais fils unique. Personne n'avait fait de réclamation sur la succession de mes parents. L'accès à leurs données personnelles m'était donc refusé.

L'inhumanité de ces gens m'a mis en rage. Jean-Philippe Séqueri, l'avocat de mon père, a assuré que leur position était compréhensible et même vertueuse. Lui ne voudrait pas que ses enfants aient accès à son intimité après sa mort. Cheveux argentés, sourire soigné, parfum de vétiver et costume trois-pièces de dandy, ce beau parleur avait été l'un des proches de mon père. Il avait des mains de pianiste et des méthodes d'une parfaite brutalité quand c'était nécessaire. Qu'il défende ces crétins au lieu de me soutenir m'a irrité. Je lui ai dit que je me moquais bien de ses dispositions testamentaires et du secret dont il souhaitait protéger ses errements conjugaux, que personne n'ignorait. À ma connaissance il n'avait pas flingué sa femme en jetant sa voiture dans une chute de trois cents mètres. Il a essayé de s'excuser, a voulu formuler plus clairement sa pensée. Je ne lui en ai pas laissé le temps. J'ai claqué la porte de son cabinet, et j'ai dépensé des fortunes chez l'un de ses confrères moins honnête qui a déposé une demande auprès du parquet de Paris. Des semaines plus tard, nous avons obtenu une réponse en tout point similaire à celle que m'avait opposée Google. Lorsque j'ai reçu, presque dans la foulée, l'avis de suppression des comptes de mes parents, ruinant les derniers espoirs de mettre un terme à mes doutes, j'ai eu le sentiment qu'ils mouraient une seconde fois. Je suis parti marcher une journée entière. Pour m'épuiser, pour oublier. Je vacillais.

Les semaines passent et je ne parviens toujours pas à écrire. Pas une ligne. L'écriture a toujours été liée à une forme de jubilation, or toute joie s'est éteinte en moi. Même les scènes les plus simples, celles que, d'ordinaire, je déroule à la chaîne, me semblent insurmontables. Je ne sais ce qui me retient. Mon cerveau continue sa course folle alors que mes doigts et mon cœur se refusent à l'écouter. Je me souviens de la manière dont pouvait surgir l'envie. Ce flot qui prenait le pas sur moi, sur l'instant présent, pour me submerger de sa force. Ne demeure qu'une réalité douloureuse, décevante. Quant à l'écriture, elle reste dans le ravin où mes parents sont morts. Même une liste de courses griffonnée sur un carnet me fait penser à mon père. Je sais qu'il l'aurait composée avec soin. D'ailleurs manger ne m'intéresse plus. Mes repas sont devenus une corvée. Il m'arrive même de les remplacer par des cocktails protéinés. S'il n'avait été incinéré, mon père se retournerait dans sa tombe en apprenant que je me nourris de ces « saloperies ». Les protéines, il suffit de rajouter de l'eau, de secouer et c'est prêt. Je les bois avec une paille, comme l'enfant que je ne suis plus. Les journées se ressemblent toutes. Je me fais violence pour aller quotidiennement à LEO Productions dont j'ai repris la direction. Je me suis installé dans le bureau de mon père sans toucher à rien. Je m'assois dans son fauteuil avec le sentiment d'être un imposteur, et je n'ai pas remis les pieds à la maison cube depuis leur enterrement. J'avais été y chercher leurs vêtements et des réponses à mes questions. Je n'ai trouvé que les premiers. Une femme de ménage vient régulièrement aérer et dépoussiérer les lieux. Elle m'envoie de temps à autre des textos pour m'expliquer que son mari a tondu la pelouse, qu'elle a fait les carreaux ou me demander si elle doit allumer le chauffage. Je dis oui à tout, merci à tout, et je pars courir.

Je vois des filles. Je me noie dans leurs bras, leurs seins, leur ventre, leurs cuisses. Je voudrais que leur chair m'engloutisse. Je bande, j'essaie de leur faire plaisir, j'y parviens je crois, mais je ne jouis pas. Je fais semblant, pour ne pas les vexer. Et puis c'est l'après qui me fait du bien. Le bref temps de la tendresse. Je continue à les inviter, à les voir, parce que le contact physique, les baisers, la douceur de leur peau, me donnent le sentiment d'être moins seul. Je n'ai pas envie de me confier pour autant. Je leur pose des questions, je les écoute me raconter leur vie, sans parvenir à briser l'écran de verre qui semble désormais me séparer de mes semblables. Quand je suis avec elles, je pense à Talya, partagé entre l'envie de l'appeler et celle de ne plus jamais la revoir. Quel que soit le charme de mes accompagnatrices occasionnelles, elles ne soutiennent pas la comparaison et leur présence n'est qu'un exhausteur du vide laissé par d'autres. Elles ont toutes des parfums, des voix, des rires, des gestes différents, mais au fond elles ne sont que les parcelles d'une femme que je cherche, cherche encore, et que je ne trouve pas. Une femme qui n'existe pas puisqu'elle est faite d'une morte qui ne reviendra pas, et d'une amante que j'ai rêvée de bout en bout. Certaines pensent que je joue les ténébreux. D'autres que j'ai une belle gueule, mais pas grand-chose à dire. Les plus intuitives se rendent compte que quelque chose s'est brisé en moi.

Je vois des amis de mon père aussi. Des hommes plus âgés. Je vais dîner avec eux. Je joue aux échecs avec Claude, de temps à autre. Je le laisse gagner pour ne pas le décourager. Tous me racontent leurs souvenirs. Je leur pose à chaque fois les mêmes questions. Ils radotent, mais ils me font du bien, même si, en comparaison de mon ogre paternel, ils me semblent à la fois fragiles et vieux.

La psychologue chez qui je me rends chaque semaine me répète sans arrêt les mêmes choses. Je ne dois pas m'interdire de vivre, comme je ne devais pas m'interdire d'aimer :

« Vous n'avez aucune raison de vous punir, Oscar. »

Je persiste à penser, au contraire, que tout est ma faute. Je m'en veux à en perdre la raison.

« Vous n'avez pas créé la maladie de votre mère, Oscar… », me répète-t-elle sans que ses arguments, rationnels, ne parviennent à entamer mes certitudes ni mes remords.

Je m'astreins à retourner la voir. Ne serait-ce que pour lui parler de mes parents et de Talya. Encore et encore. Avec moi, elle est celle qui, désormais, les connaît le mieux. Elle me dit de me secouer, elle m'engueule parfois, mais je n'ai pas envie de continuer sans eux. Elle m'encourage à écrire, même des phrases sans queue ni tête, juste pour retrouver les mécanismes. Elle est persuadée que ces gestes réveilleront la mémoire du corps et du cerveau. Elle ne comprend pas que j'écrivais pour voir naître l'intérêt, la fierté dans leur regard. J'écrivais pour retenir leur attention, pour passer du temps avec eux, pour m'inventer des rêves qui se sont pulvérisés. Je n'ai plus personne à séduire ni à épater. Plus rien à dire non plus. Si les êtres que j'aimais le plus au monde m'ont quitté avec tant de facilité, sans un adieu ni un regret, alors je ne vois rien à ajouter.

Aurélie m'appelle un soir. Sa voix tremble au téléphone. Elle demande :

« Tu peux venir chez moi s'il te plaît ?

— Que se passe-t-il ?

— Viens, s'il te plaît », insiste-t-elle sur un ton que je ne lui connais pas.

En un instant, je suis sur mon scooter, direction le Trocadéro. Je vais souvent dîner chez elle. Je vis mal les fins de journée. Elle le sait et me propose, au dernier moment, de partager un plat de pâtes ou une salade composée d'à peu près tout ce qui lui tombe sous la main. Moins de quinze minutes plus tard, je suis à sa porte. Quand elle m'ouvre enfin, je retiens un cri : elle tient un linge ensanglanté sur son visage.

« Ça va, m'affirme-t-elle d'une voix qui indique le contraire. C'est plus impressionnant que grave.

— J'appelle le SAMU tout de suite. »

Elle m'arrête :

« N'appelle personne. J'ai bien regardé. C'est superficiel et je n'ai pas le nez cassé.

— Il faut que tu montres tes blessures à quelqu'un ! Tu as la lèvre ouverte. »

Je tends la main pour tourner son visage vers moi et mieux l'examiner, mais Aurélie se cabre comme un animal.

« Non, je t'assure... Emmène-moi juste à la pharmacie des Champs-Élysées. »

Je suis surpris par la brutalité de sa réaction. Je patiente quelques secondes et je lui prends la main, tout doucement, pour l'emmener s'asseoir sur son canapé.

« Tu es tombée ? Que s'est-il passé ?

— J'ai été agressée. »

Mon cœur bat plus fort, mes muscles se tendent.

« Ici ?

— En bas de la maison... Un type m'a cogné la tête contre le mur. »

L'adrénaline se répand dans mes veines. Je me relève :

« Il y a combien de temps ? À quoi ressemble-t-il ? Décris-le-moi. Je suis en scoot. Je vais faire le tour du quartier... »

Elle fait non de la tête. Un doute affreux s'insinue en moi :

« Tu as mal ailleurs qu'au visage ? »

Elle perçoit la pensée qui m'agite et que je tais.

« À part la douleur à la tête et aux cheveux, je n'ai rien, me rassure-t-elle.

— Il est comment ?

— Je ne l'ai pas vu, Oscar. Il m'a attaquée de dos. »

Je passe, autour de ses épaules, un bras que j'espère réconfortant.

« Que voulait-il ? Te voler ton sac ?

— Je te raconterai, mais je ne veux pas rester ici. Je peux dormir chez toi ?

— Bien sûr, ma belle.

— Je me suis déjà sentie plus en beauté », tente-t-elle, mais son sourire disparaît très vite. Sa lèvre la fait souffrir.

« Je me demande si tu n'as pas besoin de points de suture, quand même.

— Allons à la pharmacie. »

Aurélie jette trois affaires dans un sac que je mets à l'épaule. Je lui passe le casque avec précaution pour dissimuler ses blessures et la protéger. Je vois bien que chaque geste lui coûte. Elle a du mal à descendre les escaliers. La tête lui tourne. Je la soutiens par le bras et l'aide à s'installer derrière moi. Les Champs-Élysées grouillent de monde. La nuit est tombée, mais ce mois d'octobre reste d'une douceur inhabituelle. Dès que nous sommes garés, Aurélie n'y tient plus et retire le casque. Nous récoltons plusieurs regards anxieux sur notre passage. Elle baisse la tête et remonte le col de son trench beige. Les lieux sont très éclairés, mais il n'y a pas de clients. Le pharmacien, un homme aux cheveux gris et au léger embonpoint, reste d'abord derrière sa vitre protectrice. La faune ne doit pas être facile à mater pendant ses gardes nocturnes. Il prend ses précautions. Avisant l'état d'Aurélie et nous voyant casques à la main, il commence par fustiger l'usage des deux-roues. Une folie ! Particulièrement à Paris !

« C'est le troisième accident de la semaine », grommelle-t-il en sortant de sa cage en Plexiglas.

Il invite Aurélie à s'asseoir et chausse ses lunettes, l'air concentré. Elle lui explique qu'il ne s'agit pas d'un accident, mais d'une agression. Il tourne un regard soupçonneux vers moi.

« Ce n'est pas lui… anticipe mon amie.

— Mais vous ne l'avez pas défendue ! » me lance-t-il, accusateur.

Je proteste, indigné :

« Je n'étais pas là…

— Les hommes ne sont jamais là quand on a besoin d'eux ! » m'interrompt le pharmacien en levant les yeux au ciel.

Il commence par désinfecter les plaies d'Aurélie. Il procède avec méthode et légèreté, mais je m'inquiète de la voir grimacer :

« Vous ne pensez pas que je devrais l'emmener aux urgences ?

— Ne me dites pas que vous êtes hypocondriaque, en plus !

— En plus de quoi exactement ?

— De tout le reste ! répond le pharmacien.

— Vous allez continuer longtemps sur ce ton ?

— Parce que le vôtre est aimable peut-être ?

— Mais je vous emmerde ! Soignez-la et arrêtez de me harceler !

— Et grossier par-dessus le marché ! Il ne manquait plus que ça ! poursuit le pharmacien, acide.

— Ce n'est pas possible, vous venez de vous faire larguer ou quoi ? »

Il s'arrête un instant, compresse en l'air, le visage défait :

« Comment savez-vous ?

— Savoir quoi ?

— Que je me suis fait larguer ? »

La bouche du pharmacien se déforme vers le bas, ses yeux se troublent. Aurélie et moi échangeons un regard consterné. Je marmonne des excuses. Il se mouche dans une compresse, part se laver les mains et revient quelques secondes plus tard, la mine désespérée. Aurélie a trouvé sur son étal des fleurs de Bach qu'elle lui glisse sous le nez. Il s'assoit, abattu, et nous confie que son compagnon de toujours l'a quitté il y a quelques heures pour un gamin de vingt-cinq ans. Un bellâtre, vendeur dans le magasin de fringues juste en face, dont la « signature olfactive » synthétique et citronnée se répand jusque dans la rue. Le pharmacien n'arrive pas à y croire. Son compagnon est aveugle. Mené par le bout du nez et plus probablement le bout d'une autre partie de son anatomie. Le bellâtre ne s'intéresse qu'à l'argent. C'est un type un peu dans mon genre, remarque le pharmacien, avant de se rattraper, l'air contrit : « Physiquement, je veux dire. Vous êtes beaucoup plus intelligent. » Toujours est-il que son compagnon a perdu la raison. Il veut vendre leur appartement à Paris, ses parts dans la pharmacie et leur maison à La Rochelle. Tout recommencer à zéro. Sa détresse me touche. Une solidarité de plaqués. Nous lui remontons énergiquement le moral. L'empathie d'Aurélie m'impressionne, surtout après ce qu'elle vient de vivre. Le pharmacien reprend un peu contenance. Il la soigne avec la délicatesse d'une mère et, après avoir posé des sutures adhésives sur sa lèvre blessée, fourre dans un sac en papier orné du caducée vert toutes sortes de crèmes réparatrices qu'il nous interdit de payer. Quand nous passons la porte, il nous fait un petit signe de la main qui me serre le cœur.

Une fois à la maison, je range rapidement la chambre d'Aurélie. Elle est déjà dans la salle de bains quand je lui dépose des serviettes-éponges sur le lit. Elle s'éternise sous la douche. Inquiet, je finis par frapper à la porte pour savoir si tout va bien. Sa réponse positive s'étrangle à moitié. Elle répète : « Oui, oui. » Je n'ose entrer. Un quart d'heure plus tard, elle n'est toujours pas sortie. J'y retourne pour lui demander si elle a dîné. Mon frigo est vide, mais je peux commander quelque chose : des sushis ou libanais… Elle n'a pas faim. De toute façon sa bouche lui fait mal. Je lui propose un bol de chocolat qu'elle accepte.

Aurélie réapparaît enfin. Avec ses cheveux mouillés plaqués en arrière, ses meurtrissures sont encore plus impressionnantes. Legging, chaussettes et gros pull à col roulé : elle est couverte de la tête aux pieds. Nous nous installons dans le salon. Je la regarde boire son cacao à toutes petites gorgées. Sa tasse terminée, j'ose lui demander :

« Tu veux en parler ? »

Ses mains se crispent, mais elle ne se dérobe pas. Les mots viennent lentement, un peu dans le désordre. J'apprends que, trois jours plus tôt, Aurélie a eu le sentiment diffus d'être suivie. Au départ, elle n'a pas écouté son instinct. Une filature, franchement, c'était trop gros, même pour un type comme W. Elle refusait de sombrer dans la paranoïa ! Elle s'est contentée, tout en se sentant assez ridicule, d'adopter quelques techniques proposées par des forums complotistes sur Internet. Elle a utilisé les vitrines des magasins pour observer les gens derrière elle, ralenti le pas ou fait demi-tour sans raison apparente, et veillé à changer régulièrement d'itinéraire pour se rendre chez sa productrice. Ces quelques vérifications ayant suffi à la rassurer, sa vigilance est retombée.

Alors qu'elle composait le code de sa porte cochère, elle a été happée et violemment projetée contre le mur. Toute la partie gauche de son visage a heurté le crépi. La douleur, immédiate, l'aurait fait hurler si une main ne s'était emparée de sa bouche meurtrie pour étouffer ses cris tandis qu'une autre main empoignait sa queue-de-cheval à lui arracher le cuir chevelu. L'écrasant et la maintenant immobile, le poids de l'inconnu sur son dos l'a paniquée. Elle a revécu en flash des scènes horribles, des scènes qu'elle essayait depuis des années d'effacer et qui ont ressurgi, intactes. Elle mentionne l'odeur de transpiration de son agresseur, âcre, acide. Elle me confie, honteuse, que tous ses muscles se sont figés. Elle n'arrivait pas à bouger. C'est ce qui semble la blesser le plus, cette impossibilité à se débattre, à lutter. L'empreinte physique de son agresseur la dégoûte. Elle a senti, tout contre son oreille, la chaleur de son souffle, puis son haleine. Elle a eu envie de vomir à chaque mot prononcé :

« Tu as intérêt à laisser tomber. Comme tu peux le constater, je sais où tu habites, et je connais l'adresse de ta sœur. Si tu m'y contrains, je ne reviendrai pas seul. J'ai beaucoup d'amis. Des amis qui ont toujours envie de s'amuser avec des pétasses dans ton genre ou dans celui de ta sœur. Je sais aussi où vivent tes parents. J'ai plein d'idées sur ce que je vais leur faire… Tu pourras oublier tes réunions du dimanche en famille. C'est le dernier avertissement, connasse. Il n'y en aura pas d'autre », a-t-il terminé en lui cognant une deuxième fois la tête contre le mur.

Aurélie a eu le sentiment de réagir tout de suite, de se retourner presque instantanément, mais elle était déjà seule dans la rue. Personne. En me racontant, elle tremble à nouveau. Je me lève, la contourne et me rassois sur le canapé pour la prendre dans mes bras et lui permettre de poser la partie non meurtrie de son visage contre moi.

« J'ai peur, avoue-t-elle.

— Je comprends… Je suis là.

— Je ne veux pas rester seule.

— Je vais dormir avec toi. Je monterai la garde. »

Elle accepte et me laisse, en silence, la serrer précautionneusement contre moi.

Le Doute
Aurélie Vaillant

Parole contre parole. L'instinct de chacun qui hésite et se trouble : où est la vérité ? Le besoin de croire. Le désir de nier. Les témoins qui ricanent quand la victime pleure. Les courageuses tombées, les unes après les autres. Le saccage du corps, l'étouffement des possibles. Elles ont osé parler. Les yeux s'emplissent de gêne. Les soutiens se dérobent. Hommes et femmes pressés qui écourtent l'échange. Je les vois, esseulées, ravalant leur douleur, assises, épuisées, devant des portes closes. Leurs poings ensanglantés. Le mur d'indifférence ou pire, l'agacement, le soupçon : ne l'ont-elles pas voulu ? Ne l'ont-elles pas cherché ? Écervelées, frivoles, séductrices, arrivistes, toutes les mêmes au fond, avec leurs non qui veulent dire oui, et leurs chichis, alors qu'elles aimaient ça. Je les vois se relever, tremblantes, tituber, rester des mois, prostrées, à prétendre qu'elles vont bien, qu'elles sont plus fortes que ça, mais le sont-elles vraiment ? Je le sais, moi, qu'elles devront réapprendre la vie. Elles n'ont plus la grammaire pour comprendre le monde, pour entendre les autres. Je les regarde prendre ces objets, signifiants pour d'autres, avec l'étonnement des enfants : à quoi servent-ils, ces mots à jamais corrompus ? Je vois, autour d'elles, les choses grises et semblables, les frontières balayées, la boussole affolée. La vapeur dispersée des sentiments, des illusions, des espérances. J'entends l'écho de leurs pas dans un couloir sans fin. Je ressens ce qu'elles portent, ce qu'elles combattent et pourtant, après toutes ces années, après tout ce que j'ai fait pour effacer, j'ai encore du mal à le dire : je suis l'une d'entre vous et je vous crois.

Je ne veux pas qu'Aurélie s'en aille. Chaque jour, je lui propose de passer une nuit de plus à la maison. Chaque matin, elle affirme se sentir mieux, et chaque soir, nous inventons un prétexte pour nous retrouver, avant de nous passer, peu à peu, de justification. Nous dormons ensemble sans nous toucher. Juste pour ne pas être seuls. Les cauchemars, l'angoisse la saisissent au moment de s'assoupir. Elle a besoin de moi pour se laisser aller. Quelquefois, elle s'agite dans son sommeil. Je pose mes mains sur elle doucement, je lui caresse les cheveux. Je lui parle à mi-voix. Je lui dis que je suis là, qu'elle n'a rien à craindre. Elle ne se cabre plus à mon contact comme au début, au contraire, elle s'apaise peu à peu, elle ouvre parfois les yeux, l'air méfiant presque buté, puis elle me reconnaît, ses traits se détendent et elle se rendort. Cette confiance me touche. Je lis tard le soir et je regarde des films ou des séries avec un casque. Elle se réveille très tôt, vers cinq heures, et se prépare un thé. Au départ, elle s'installait dans le salon pour ne pas me déranger, mais comme elle préfère travailler au lit, je lui ai demandé de rester. J'aime la sentir près de moi au réveil, entendre s'imposer peu à peu dans mon esprit le cliquetis discret des touches de son clavier, le bruit du thé qu'elle verse dans sa tasse. J'aime la voir dès que j'ouvre les yeux. Elle reste silencieuse, l'ordinateur sur les genoux. Il lui faut quelques instants pour sortir de sa bulle, prendre conscience de mon regard posé sur elle. Alors elle me sourit. Elle n'a plus rien de la petite fille fragile du soir. Elle a sa force, sa densité du matin. Je lui embrasse la main. Rien de plus. Ce geste nous est venu naturellement, dès le premier jour. Nous mettons du temps à parler. Nous avons tous les deux besoin de progresser lentement de la brume à la réalité. Je prépare le pain grillé, le café et les oranges pressées. Elle arrive déjà vêtue de pied en cap. Fini les longues robes vaporeuses, les shorts ou les débardeurs d'été. Elle se couvre, protection illusoire contre l'incertitude et l'inconnu.

Au bout de quinze jours, son visage est presque guéri. Je dors, comme elle l'a remarqué en riant, « du bon côté ». J'aime voir son profil juvénile et sérieux, ses cheveux libérés des élastiques et des épingles en halo onduleux autour d'elle. Nous parlons de tout sauf de notre drôle de vie commune. Et de mon incapacité à écrire. Elle m'a proposé plusieurs projets. Je les ai tous refusés. Depuis, elle évite le sujet.

De toute façon, Aurélie est obnubilée par *Le Doute*. Je l'aide autant que le permettent les affres dans lesquelles je me débats. La préproduction touche à sa fin. Nous sentons approcher l'échéance avec un mélange d'impatience et de nervosité. Elle finit par me poser la question que j'espérais :

« Tu ne veux pas m'accompagner au Mexique ?

— Je n'écris plus, je ne te servirai à rien.

— Viens. Il y aura un million de choses à faire, et tu es coproducteur… Au pire tu feras du tourisme. »

À l'exception d'un voyage éclair à Cancún il y a presque dix ans – séjour dont je ne garde aucun souvenir ni aucun ami, tous dissous dans mes abus de tequila –, je n'ai rien vu de ce pays. Je songe à mes parents qui ont toujours vanté les vertus des voyages pour surmonter les épreuves. Je doute que ce principe suffise à me sauver, mais que vais-je faire ici sans Aurélie ? Passer l'hiver, sans voir personne ? Meubler le vide de mes journées du travail inachevé de mon père ? Me frotter à la solitude d'étrangères et à leur espoirs que je ne peux satisfaire pour ne pas devenir fou de chagrin ? Aurélie suit le fil de son idée :

« À Mexico, il y aura toutes les connexions nécessaires pour gérer LEO à distance. Après tu verras si tu peux nous suivre à Colima. J'aimerais que tu sois là. Nous l'avons construit ensemble, ce scénario… C'est la première fois que je réalise. En anglais et en espagnol en plus ! »

Je ne me fais pas prier.

Le 8 novembre 2016, Donald Trump est élu président des États-Unis. Je me dis qu'au moins mes parents se seront épargné ce cirque. J'assiste, heure par heure, au déroulement du scrutin. Aurélie, épuisée, s'est endormie sur le canapé à côté de moi. Je la couvre d'une couette pour qu'elle n'ait pas froid.

La nuit vire au cauchemar pour les démocrates. Accablés, ils apprennent à cinq heures du matin que la Floride leur échappe. À 7 h 48, le basculement de la Pennsylvanie leur ôte leurs derniers espoirs. Aurélie se réveille. Je n'ai pas bougé. Elle me sourit, ébouriffée. Son sourire s'efface en voyant les bandeaux de la chaîne info. Elle se redresse brusquement :

« Je n'en reviens pas, murmure-t-elle. Trump à la Maison-Blanche… Moi qui espérais enfin voir une femme présidente… »

Elle part prendre sa douche, contrariée. Je prépare son thé, mon café, mets au four des croissants dont l'odeur réconfortante envahit rapidement l'appartement. Nous prenons le petit déjeuner dans le salon face à la télévision. Je reste vissé à CNN comme l'aurait fait ma mère, et les deux jours suivants je guette, sur chaque image, la trace d'une chevelure blonde que je reconnaîtrais. Au milieu de cette foule en liesse, je cherche le visage de Natalya. Deux ou trois fois mon pouls s'accélère, j'ai l'impression de l'apercevoir, mais l'apparition est trop furtive. Même Jay a disparu de l'équation. J'ai beau parcourir des dizaines d'articles, il n'est nulle part. Les dernières mentions de lui avec Trump remontent à l'été. Il a dû être écarté de la campagne pour une raison que j'ignore, et Talya avec lui. Ils semblaient pourtant particulièrement proches de celui qui est devenu le 45e président des États-Unis.

Les amis que j'ai gardés à Los Angeles, à Chicago et à New York m'envoient des messages de fin du monde. Esther fulmine au téléphone. Elle est en train d'organiser une marche de protestation. Lancé sur les réseaux sociaux dès l'annonce du résultat, l'appel au rassemblement prend une ampleur considérable. « Not my President » sera leur mot d'ordre.

« Pas ce misogyne rétrograde, raciste et incontinent verbal. C'est un cauchemar. Le droit des femmes vit ses heures les plus sombres », m'affirme-t-elle.

« Fight back », scandent les foules dans les reportages retransmis quelques heures plus tard. Le pays entier s'est embrasé. Les veillées aux bougies, réservées d'habitude aux grandes catastrophes, se multiplient, illuminant de flammes incertaines les visages de citoyens à la gravité mortuaire. Ailleurs la révolte gronde. La jeunesse est dehors. Esther poste deux œuvres qui deviennent virales sur Facebook et Instagram. D'abord le tableau *Wall of shame* qui mêle des images du mur de Berlin à des citations de

Trump sur les Mexicains. Ensuite *Pussy grabs back*. Sur ce montage photo une main d'homme démesurée, velue, ornée d'une montre en or tout droit sortie des années 1980, broie un sexe de femme orné de tatouages fleuris que je reconnais : le sien.

Le 11 novembre 2016, nous embarquons, Aurélie et moi, à bord du vol AF 178 pour Mexico. Mercedes est déjà sur place depuis quinze jours. Le tournage commence dans moins d'une semaine. La veille, je suis passé faire le plein d'antimoustiques, de protection solaire et de médicaments d'urgence à l'officine du rond-point des Champs. Je voulais prendre des nouvelles de notre pharmacien, mais il était absent « pour quelques jours », a précisé sa collègue.

« Il se repose », a-t-elle ajouté, évasive.

Je lui ai laissé ma carte avec un mot et je suis reparti chargé d'un nombre déraisonnable de produits, comme l'aurait fait mon père.

Pendant les douze heures que dure le vol, je regarde des films. Aurélie a pris un somnifère. C'est un temps suspendu, une solitude entourée. L'obscurité autour de moi, adoucie par la lampe flexible de mon siège, me protège du jugement, de l'injonction permanente d'être et de faire. Le trajet donne brièvement un sens à ma vie, puisque je vais quelque part. Une heure avant l'arrivée, une collation est servie. Aurélie se réveille. Elle a le visage grave, concentré. Le sommeil immédiatement évanoui, je vois bien qu'elle reprend le fil incessant de ses pensées : tout ce qu'il faudra accomplir, tout ce qu'elle ne doit pas oublier.

L'atterrissage de nuit à Mexico laisse entrevoir la puissance de la ville. Cette coulée lumineuse s'étend à l'infini. Au milieu des lignes blanches et rouges tracées par les voitures et les maisons de la mégalopole, le dessin sombre, sinueux, des montagnes. Le contraste entre le scintillement du quadrillage urbain et ces masses noires me saisit. Je pense aux millions d'âmes qui se battent pour leur part de bonheur. Tant d'êtres humains qui naissent, aiment, souffrent, meurent au même instant. Chacun persuadé de son destin unique, incomparable, alors que nous sommes tous semblables, également affairés, infatigables et condamnés. Lorsque les pneus de l'appareil entrent en contact avec le tarmac, une appréhension naît en moi. Dans quelques minutes, il faudra prendre des décisions, marcher, discuter, se présenter, trouver son chemin, se montrer responsable. J'ai besoin d'un moment pour retrouver un semblant de volonté. Aurélie s'étire jusqu'au bout de ses dix doigts qu'elle ouvre et resserre pour leur rendre leur mobilité. L'avion s'arrête, la passerelle, comme un cordon ombilical, vient se greffer sur son flanc. Nous sommes arrivés.

Nous aurons tout traversé. Le racket des syndicats professionnels du Distrito Federal qui menacent de nous retirer les autorisations de tournage si nous ne leur versons pas de conséquentes « mordidas ». L'inflation desdites « mordidas » – littéralement leurs « bouchées » – quand ils prennent l'habitude de se présenter chaque matin au studio. Mercedes contrainte d'appeler un de ses amis puissants à la rescousse, lequel nous envoie une partie de son armée privée pour mettre fin aux exigences de ces mafieux déguisés en syndiqués. Soledad, notre actrice principale, complètement inhibée pendant les trois premiers jours. Nous tournons chaque scène vingt fois, rongés par l'inquiétude d'avoir commis une monumentale erreur de casting, jusqu'au moment où Aurélie et Rupert, notre W, la prennent à part pendant deux heures pour une séance mêlant psychanalyse parisienne et obscur chamanisme hérité des Indes britanniques. Rupert lui ouvre les chakras, lui fait manger une poudre d'herbe qui empeste l'ail et le curry, lui pose des gouttes d'huiles essentielles entre les deux yeux et derrière les oreilles. Rien ne semble changé dans l'après-midi qui suit. Le jeu reste pataud et laborieux. Nous fermons boutique, tristes et découragés. Aurélie passe en revue jusqu'à trois heures du matin toutes les filles qui n'ont pas été retenues sans parvenir à se fixer sur une remplaçante. Nous sommes en deuil de ce que Soledad nous avait fait entrevoir. Sa luminosité, sa candeur, mais aussi sa rage, sa révolte. Le lendemain, la tension est palpable sur le plateau. D'autant que nous tournons un passage particulièrement compliqué : notre héroïne, complètement perturbée depuis ce qui lui est arrivé, est censée ravager son appartement dans un accès de désespoir et de révolte. Soledad apparaît, les yeux cernés. Elle n'a pas dû passer une meilleure nuit que nous et nous lisons sur son visage la pensée qui la hante : elle est en train de gâcher sa chance. Aurélie voit sa souffrance. Dans un élan, elle s'approche de Soledad, la prend dans ses bras et lui murmure quelques mots à l'oreille.

Soledad a les larmes aux yeux lorsqu'elles se séparent. La première prise est déjà meilleure que celles de la veille, la seconde s'améliore encore, puis le miracle advient. Est-ce le geste d'Aurélie, les innombrables discussions qu'elles ont eues toutes les deux ou l'effet des incantations et de l'herboristerie de Rupert qui se manifestent enfin ? Notre actrice brise ses chaînes. Nous ne nous sommes pas trompés. Soledad avait bien ça en elle. C'est une révélation.

Elle est dans une telle veine, presque une transe, que je force Aurélie à reprendre les trois scènes clés de la veille. Rupert n'était pas censé tourner ce jour-là. Il accepte de venir. Pas frais – à en juger sa mine, il a trouvé où et comment s'amuser à Mexico City –, mais il est là. La violence de ce qui passe entre Soledad et lui nous donne la chair de poule.

Le répit est de courte durée. Nous enchaînons sur une semaine d'orages qui tournent à la mousson, transformant les rues en rivières et notre plateau extérieur en torrent de boue. Les embouteillages que ces intempéries génèrent paralysent la capitale du quartier de Cuautepec, au nord, jusqu'à Xochimilco, au sud. Des insectes vrombissants se réfugient à l'intérieur des maisons, rendant la scripte française à moitié folle. Aurélie est contrainte de réécrire plusieurs passages du scénario pour s'adapter à ces intempéries. Je suis toujours bloqué, incapable de l'aider. Je n'ai de valeur ajoutée que sur les dialogues où, en discutant avec elle, je parviens à lui fournir quelques répliques qui se tiennent. Nous restons à l'hôtel deux jours sans pouvoir tourner. Aurélie et moi partageons la même chambre. Avec la chaleur mexicaine, elle a renoncé à son armure de vêtements. Elle met des T-shirts, des débardeurs, des pantalons légers, ou les salopettes qu'elle affectionne. C'est plus troublant pour moi qu'à Paris. J'ai l'impression d'être avec une autre femme. La météo continue à jouer contre nous. De guerre lasse, nous changeons de décor avec deux jours d'avance. Nous voilà partis en caravane vers l'État de Colima. L'assistant de production oublie la jupe tachée de notre héroïne dans l'hôtel de la veille. L'objet est indispensable pour réaliser la scène au cours de laquelle la police confond W, et l'hôtel en question se trouve à trois heures de route du nouveau lieu où nous travaillons. Nous perdons un temps précieux. Il y a pire : Rupert piqué par un scorpion, délirant nu dans sa villa. Nous obligés de lui administrer un sérum antipoison en priant le ciel pour qu'il ne fasse pas une réaction allergique qui lui serait fatale. Le petit ami de Soledad qui, après avoir vu des rushs naïvement envoyés par notre actrice, débarque sur le tournage, fou de jalousie, armé, et persuadé qu'elle a une aventure avec son partenaire à l'écran. Rupert, comme je l'ai précédemment dit, n'a jamais couché avec une femme de sa vie, mais il est flatté que sa prestation puisse inspirer une telle violence de sentiments et décide d'entretenir le malentendu en embrassant passionnément Soledad… Il faut deux vigiles et autant de techniciens, dont l'un se casse le poignet dans la lutte, pour maîtriser le forcené. Lorsque Aurélie demande vertement à Rupert ce qui lui a pris, il explique, hautain, que l'on ne peut pas tourner un film sur le harcèlement sexuel et prendre des pincettes avec ce genre de type. Le sang d'Aurélie ne fait qu'un tour. Ils s'engueulent, ce qui me contraint pendant les trois jours suivants à jouer les messagers, avant de perdre moi aussi mon sang-froid et de leur passer un savon à tous les deux. Rupert finit par s'excuser et l'ambiance sur le plateau redevient respirable. Le tableau serait incomplet si je ne mentionnais pas le poil. Une demi-journée de tournage, des scènes que nous avions mises en boîte avec le sentiment de capturer la grâce, fichues en l'air pour… un poil. Au sens propre. Le coupable, tardivement repéré sur le viseur de la caméra, apparaissait à chaque image.

Aurélie garde le cap. Mercedes nous rejoint régulièrement pour dénouer les blocages et les difficultés de budget. J'aide aussi. Le tournage a beau avoir été minutieusement préparé, il y a une part incoercible d'imprévus.

Je suis pour ma part en proie à une autre adversité que je n'avais escomptée. Elle se manifeste un matin de relâche, alors que nous sommes, Aurélie et moi, attablés en terrasse. Nous contemplons, encore ensommeillés, le ballet des colibris qui boivent le nectar des fleurs d'hibiscus. Elle est fatiguée et, dans un mouvement maladroit, renverse son verre d'eau sur elle. L'intégralité de son verre d'eau glacée. Elle porte une blouse mexicaine en fin coton blanc rebrodé de fleurs colorées. Le tissu, devenu transparent, adhère à sa peau dont la partie visible, dans l'échancrure, se contracte en grains minuscules sous l'effet de l'humidité et du froid.

« Je ne suis pas réveillée », murmure Aurélie, un sourire contrit aux lèvres.

Elle commence à éponger avec sa serviette de table, je lui tends la mienne aussi. Notre bungalow est tout au bout du complexe hôtelier. Aurélie a la flemme d'aller se changer.

« Il fait chaud. Ça va sécher », ajoute-t-elle en tirant sur l'étoffe pour l'aérer, mais le tissu se colle de nouveau à elle par grandes plaques.

C'est à ce moment-là, alors qu'elle remercie le serveur venu l'aider à remettre de l'ordre sur la table, que je me rends compte de mon érection. Je prends une serviette et je la pose sur mes genoux pour dissimuler ce que j'ai à cacher. J'essaie de me concentrer, de penser aux images qui en général me refroidissent en quelques secondes. Peine perdue. J'ai le sentiment d'être retombé en adolescence. Je suis fasciné par le spectacle du coton qui, millimètre par millimètre, se détache d'Aurélie pour retrouver sa blancheur. Je dois fixer sa poitrine de façon évidente parce qu'elle finit par me lancer, rieuse :

« Tu as déjà vu des seins quand même ! »

Je pourrais rougir, mais je retrouve mes réflexes :

« Oui, les tiens notamment ! »

Ce qui me semble, ce matin-là, un minuscule incident, devient mon nouvel enfer. Des nuits entières à écouter la respiration d'Aurélie, le moindre soupir dans son sommeil dont je veux croire qu'il fait partie d'un rêve charnel. Le frottement soyeux de ses cuisses lorsqu'elle change de position. Ces heures à chercher sa chaleur dans le lit sans pouvoir m'en approcher, à essayer de chasser les images qui me viennent à l'esprit. Je brûle de retrouver sa cambrure voluptueuse, la générosité de sa chevelure dont je connais la douceur fauve. Mes insomnies, la fièvre qui m'envahit, le sang qui bat dans mes membres, sans savoir comment sortir du piège dans lequel je suis tombé, celui de l'amitié. Ces journées à l'observer, à la caresser en pensée, à laisser son parfum m'envelopper lorsqu'elle s'approche pour me demander mon avis, à la frôler de mon envie que j'empêche de sourdre. Je lance parfois des perches : un baiser plus appuyé, un frôlement qui pourrait glisser plus loin, plus bas, mais pas un signe d'elle ne m'invite à, pas un geste ne me permet d'avancer, de tenter une approche, d'attirer son attention. Sa sensualité ardente, je l'ai pourtant admirée en Grèce, sur la piste de danse, au fil des heures ensoleillées, des séances de baignades, des repas avec mes parents et brièvement entre mes bras. Comment peut-elle dormir à mes côtés sans jamais y songer ? Sortir de la douche, nue sous un peignoir qu'il serait si facile de faire tomber, sans percevoir les regards que je coule vers elle ? Au départ, j'ai pensé que l'agression dont elle avait été victime expliquait sa soudaine absence. Au fil du tournage, j'ai compris qu'il s'agissait d'autre chose : le film prend ses forces. Sa puissance vitale a changé de destination comme un torrent que l'on aurait dévié. Je vois bien où rayonne son énergie. Du matin au soir, l'équipe vient à elle. Vision, impulsion, arbitrages, solutions, elle est la première levée, la dernière couchée. Aurélie génère, presque à elle seule, l'électricité qui fait avancer ce tournage. Alors j'essaie de me tenir à distance et j'attends. J'attends qu'elle se réveille comme je me suis réveillé.

Je ne saurais décrire le mélange d'épuisement moral et de satisfaction que j'ai ressenti lorsque le machiniste a déclaré : « *Le Doute*, dernière. » Nous terminons avec dix jours de retard et 150 000 euros de dépassement de budget, ce qui, considérant les circonstances, tient de la magie.

Au fil des mois, les mauvais souvenirs deviendront des anecdotes que nous raconterons avec humour et nostalgie. Les ratés du tournage comme les rugosités de certaines scènes feront la texture et le charme de ce premier film. Nous garderons des amis à la vie à la mort ou, à l'inverse, des gens avec lesquels nous nous sommes juré de ne plus jamais travailler. Resteront aussi dans nos mémoires les dîners de Noël et de Nouvel An, installés à même le sable autour de grands feux, face au Pacifique. La dernière soirée passée ensemble surtout, avant que chacun ne reprenne la route ou l'avion. Nous l'avons organisée dans une hacienda au pied du volcan en éruption de Colima. La beauté de cette nature opulente m'a marqué : les plaines s'étirant jusqu'aux lisières boisées des premiers reliefs, dressés comme des géants aux avant-postes d'une forteresse imprenable, la chevelure affolée des palmiers dans le vent, les agaves aux fleurs indécentes et les cascades de bougainvilliers. La majesté des lacs volcaniques aussi et de cette montagne de terre ocre qui s'enflamme avec les derniers rayons du soleil éclairant nos adieux de ses geysers de lave. Ce moment restera dans nos mémoires à tous.

Nous atterrissons à Roissy le premier jour de février. Après des semaines passées dans la touffeur mexicaine, le froid et la grisaille nous saisissent. Sans même nous poser la question, nous rentrons, Aurélie et moi, cours Albert Ier. Je me fais violence pour dissimuler ce qui me dévore. Je ne couche plus avec personne depuis des semaines. Je crois qu'elle non plus.

Ils savent que nous sommes rentrés. Aurélie a reçu de nouveaux appels menaçants sur son portable. Elle a beau être solide, je sens sa tension. Elle s'est refermée. Elle s'arme. Je l'ai accompagnée au commissariat du 8e arrondissement pour déposer plainte. Je ne la laisse plus se déplacer seule et j'ai engagé deux agents de sécurité qui se relaient à l'entrée de LEO Productions où nous travaillons. Nous avons également fait plusieurs copies des rushs, dont deux sont restées au Mexique. Nous nous méfions de tout.

Avec le retour à Paris, mes angoisses ressurgissent. Elles se manifestent à tout moment. Dans la rue, la nuit, en plein travail, les flashs reviennent – la voiture détruite, leurs visages à la morgue, la froideur de leurs doigts, la dernière fois que je les ai vus. Un rien peut les déclencher : les premières notes d'une chanson que nous écoutions en Grèce, le velours d'un canapé qui rappelle l'étoffe des fauteuils de la maison cube, une silhouette boulevard Saint-Germain, comme une apparition, un quartier de citron vert sur le bord de mon assiette au restaurant… Ma mère disait que les citrons verts la faisaient voyager. Elle les scarifiait de l'ongle puis les humait avec une mine recueillie.

Les images s'imposent sans crier gare. Plusieurs mois après l'accident, je doute à présent de l'exactitude de mes souvenirs. Ne les ai-je pas reconstruits ? Était-il ainsi, l'ultime regard de ma mère ? Et ce sourire de mon père auquel je me raccroche, n'en ai-je pas modifié les contours, la signification ? J'hésite sur les traits de leurs visages. Ils n'ont plus la netteté d'avant. Je vois bien, malgré tous mes efforts, que lentement ils s'effacent. Je pourrais vérifier, me plonger dans les photos. Il suffirait de taper leurs noms dans un moteur de recherche pour en faire surgir des dizaines en une fraction de seconde. Sans parler de celles que j'ai sauvegardées sur trois serveurs pour être sûr de ne pas les perdre… Je pourrais écouter leurs derniers messages ou certaines de leurs interviews sur Internet, des émissions de radio pour retrouver leurs voix que je n'entends plus, mais je sais la déchirure que cela ravivera. Je m'irrite moi-même. Ma mère me dirait de me secouer et d'arrêter de me plaindre. Elle avait en horreur les « geignards ». Je sais qu'il faut que je « passe à autre chose », mais je n'y parviens pas. Je me demande s'il me sera un jour possible, à défaut de preuves, de me forger une intime conviction. J'ai repris le sport. Je me noie dans le travail. La présence d'Aurélie, depuis qu'elle est devenue plus ambiguë pour moi, ne m'aide pas. Je me sens plus seul encore.

Nous nous enfermons en studio. Carole, la chef monteuse, est une magicienne. Elle a une culture filmique encyclopédique et un instinct infaillible. C'est elle qui fait passer *Le Doute* dans une autre dimension. Elle arrive à donner du relief, du sens, à chaque plan. Elle coupe, rythme, reconstruit. Fin août, la version définitive est approuvée, avec nous, par Mercedes et le distributeur. Nous organisons une première projection en petit comité dans nos bureaux. Seule l'équipe restreinte y est conviée. De toute façon, Rupert joue au théâtre à Édimbourg et la famille d'Aurélie est encore en vacances à l'île de Ré, sans parler des collaborateurs mexicains qui sont restés de l'autre côté de l'Atlantique. Nous ne sommes, au final, qu'une dizaine à y assister.

Assis dans les larges fauteuils de la salle de projection, je redécouvre le film. J'ai du mal, à ce moment-là, à prendre du recul. Je suis encore dans la fabrication et, comme Aurélie, il me semble que je ne vois de notre long-métrage que ses défauts. Il tient la route néanmoins et il y a de très belles scènes.

Dans les jours qui suivent, nous commençons à le montrer aux professionnels. Paris, dans sa léthargie estivale, n'a pas retrouvé ses habitants. Il n'y a pas foule aux premières projections de presse. Film franco-mexicain tourné en anglais sur un sujet « dur », *Le Doute* n'est pas grand public a priori, mais quelques cinéphiles et journalistes féministes s'y intéressent. Leur enthousiasme nous donne confiance. « Acteurs exceptionnels », « tension de bout en bout », une « claque » sont les mots qui reviennent. Seul un vieux chroniqueur, bedonnant et dégarni, qui pontifie une fois par semaine sur une chaîne câblée, se plaint de « ces éternelles jérémiades contre les méchants hétérosexuels blancs ». Il trouve le sujet soporifique, au sens propre, la réalisation laborieuse, l'actrice principale « pas jolie ». Notre attachée de presse, qui a plus de trente ans de métier, peu d'illusions et la langue bien pendue, me rassure : le type se vante régulièrement de n'avoir jamais regardé un film en entier et il ne vient au cinéma que pour récupérer des nuits d'insomnie au cours desquelles il écrit un chef-d'œuvre qui fera passer Joyce et Céline pour des nains de jardin. La description circonstanciée qu'elle fait du personnage s'accompagne d'une analyse chiffrée de son pouvoir de nuisance limité :

« Ciné TV à 11 h 45 le samedi ? Ils sont 5 000 à le regarder grand max, dont 50 % ne peuvent pas l'encadrer. »

Pendant les premières semaines, aucun média ne semble établir le lien entre *Le Doute* et W. Pour des raisons juridiques, nous avons volontairement évité de le créer dans le dossier de presse, mais nous en sommes étonnés. D'autant que nous recevons une série de courriers comminatoires en anglais et en français des avocats de Vimax. Leurs recommandés nous menacent, Aurélie, Mercedes, moi et notre distributeur, de poursuites si nous osons sortir « ce film ordurier qui est une attaque à peine déguisée, bien qu'entièrement mensongère, de leur client ». Les griefs sont précis. Ils font référence à des passages identifiés du film. Ils ont dû soudoyer un journaliste ou envoyer un de leurs sbires à une projection. Au bas de ces diatribes légales, je retrouve une signature qui ne m'est pas inconnue : celle de Jay.

Nous contre-attaquons dans la foulée. Je retrouve Jean-Philippe Séqueri, l'avocat de mon père avec qui je m'étais brouillé à la mort de mes parents. Sa poignée de main, chaleureuse, s'accompagne d'un « Sans rancune. J'ai été maladroit » que je trouve élégant. Nous nous mettons au travail. Je tiens à être présent quand Jean-Philippe appelle Jay pour sonder ses véritables intentions. Entendre la voix de mon ancien rival me fait bouillir le sang. J'ai envie d'arracher le téléphone des mains de Séqueri pour faire subir à ce crétin un interrogatoire en règle à propos de Talya. Jean-Philippe cherche à me calmer d'un mouvement de la main semblable à celui qu'aurait un policier pour ralentir une voiture. Il attribue sans doute cette fureur à mon attachement pour le film, alors que des images de Talya me reviennent en rafale. Jean-Philippe tient ferme nos positions : les personnages du *Doute* sont des fictions et si W se sent visé, nous en sommes très étonnés. Évidemment il est libre de se lancer dans tous les procès qu'il voudra, mais nous doutons que la publicité qui accompagnera ces actions soient favorables à sa réputation. J'entends Jay beugler à travers le combiné. Jean-Philippe garde, jusqu'au bout de la conversation, son sang-froid et son anglais oxfordien teinté d'une touche d'accent français. La balle est dans leur camp.

Aurélie se bat aussi contre de vieux fantômes. Ses parents et sa sœur viennent enfin à l'une des projections. J'ai hâte d'avoir leur avis, je lui demande à plusieurs reprises ce qu'ils en ont pensé, mais visiblement aucun des trois ne l'a appelée en sortant. Lorsque plusieurs jours après, je lui pose la question pour la énième fois, elle balaie le sujet d'un revers de main :

« Ce n'est pas pour eux, tu sais.

— Que veux-tu dire ?

— Les violences sexuelles, la défense des femmes... Ils ne sont pas très à l'aise sur ce terrain. »

Je suis abasourdi :

« Ils devraient se sentir directement concernés pourtant !

— Ils ont toujours pensé que l'évitement était plus efficace que la confrontation, répond-elle sibylline.

— C'est pour cette raison que tu n'as jamais déposé plainte ?

— Notamment. Et je crois qu'ils avaient raison. J'aurais été marquée au fer rouge. Cela m'aurait suivie et précédée partout. C'est moi qui avais le plus à perdre...

— Tu ne m'as jamais raconté…

— Je ne préfère pas.

— Tu penses que, moi aussi, je changerais d'avis sur toi ?

— Je n'ai pas envie de prendre le risque. Pas par manque de confiance en toi, par manque de confiance en moi. J'attendrais de toi une foule de choses contradictoires : que tu me défendes et que tu me comprennes, que tu fasses attention à tout ce qui me blesse. J'exigerais trop de toi. Je ne pourrais pas m'en empêcher. Cela gâcherait notre amitié. »

Amitié, le mot rôde dans mon esprit tandis que je poursuis :

« J'ai été avec une fille, Esther, qui était comme ça… Impossible de la suivre, et impossible de la sauver.

— Ça s'est mal fini ?

— Ça s'est fini. Pas bien. J'étais fou d'elle, mais j'ai le don de choisir des filles qui ne sont pas pour moi. »

J'ai le sentiment que c'est au tour d'Aurélie de faire tourner cette phrase dans son esprit.

Le soir de l'avant-première, Aurélie semble d'un calme inquiétant. Aucun signe de nervosité. Absorbée, dans son monde, elle se prépare méthodiquement. Elle a passé une robe mi-longue bleu nuit, très sobre, dont l'encolure bateau révèle la naissance de ses épaules. Pas de collier, juste des pendants d'oreilles et la parure de ses cheveux. Elle me demande, en relevant ses boucles sombres qui exhalent une senteur d'ambre – je remarque qu'elle a changé de parfum –, de l'aider à remonter sa fermeture Éclair. Je me retiens de déposer un baiser sur sa nuque et au creux de ses omoplates satinées, de faire descendre le fermoir au lieu de le relever. Je fixe pourtant, en prenant mon temps, l'agrafe qui clôt cette possibilité. Aurélie a choisi des escarpins qui laissent apparaître la naissance de ses orteils. Je suis troublé d'apercevoir ces plis esquissés d'un trait net qui disparaissent dans l'arrondi du cuir. Elle s'éloigne pour rassembler ses affaires. À la faveur du contre-jour que crée la lumière vive de l'entrée, j'entrevois, sous la transparence de la jupe, ses jambes qui se rejoignent en un creux mystérieux. J'y pense encore quand elle enfourche mon scooter avec l'autorité d'une cavalière. Dans les vitrines des magasins, j'observe son reflet. Le tissu de sa robe largement remonté ne masque que le haut de ses cuisses et j'imagine son sexe au contact du cuir brun de la selle que nous partageons. Dentelle, soie ou coton, je ne pense plus qu'à la matière de ses dessous tandis que nous filons vers le MK2 Bibliothèque. Nous avons prévu un important dispositif de sécurité. Portique, inspection des sacs, présentation de la carte d'identité. Nous craignons un esclandre, ou le débarquement de gros bras envoyés pour saccager le cinéma.

Une partie de l'équipe est là, dont Soledad et Rupert. Il a retrouvé sa ligne de dandy britannique. C'est une grande salle pour un premier film. Nos amis et ceux de mes parents sont venus. Je suis touché par leur manière discrète, généreuse, de faire bloc autour de moi, d'essayer de combler le manque. Deux photographes habitués des avant-premières mitraillent les invités. Je leur demande de prendre en photo notre ami pharmacien qui est venu avec son nouveau fiancé. J'ai toujours eu un faible pour les histoires d'amour qui finissent bien.

Mercedes présente brièvement le film puis elle passe le micro à Aurélie dont le discours, passionné, fait grande impression. Soledad, aussi, émeut l'assemblée en racontant ce que ce premier rôle et le combat qu'il porte ont représenté pour elle. À Rupert et moi de détendre ensuite l'atmosphère de quelques plaisanteries. La salle rit de bon cœur. Nous regagnons nos places. Les lumières s'éteignent.

En dépit des mois que nous avons passés dessus, il y a une forme de magie à regarder notre film s'animer, se dérouler, avoir sa vie propre. Lorsque arrive la grande tirade inspirée des sorties de mon père, celle où l'un des personnages, un homme d'une soixantaine d'années, prend conscience de ce qu'il a laissé faire et accepté, nous échangeons un regard dans la semi-obscurité. La présence de la foule autour de nous réactive l'émotion d'une scène dont nous ne percevions plus que la trame. Nous pensons tous deux à mon père, à ma mère, à ces jours magiques en Grèce. Aurélie me prend la main. Je me sens comme un gamin à son premier rendez-vous. Souvenirs, sentiments, sensations se télescopent. Je me concentre sur la pression de nos doigts qui se serrent plus fort. Nous sommes immobiles et gauches. Cela fait des mois que nos amis et nos familles pensent que nous sommes ensemble alors que nous n'avons pas échangé un baiser depuis notre bref dérapage en Grèce. Je me demande si c'est ce soir qu'il faut me lancer.

Vient le dénouement : Soledad est rentrée à Mexico. Elle a quitté les États-Unis, Hollywood et son système pourri qui a failli avoir raison d'elle, mais elle sera actrice malgré tout, ici, chez elle. Nous voyons sa silhouette gracile remonter la rue derrière le Palacio Nacional, au cœur du Zócalo. La nuit commence à tomber. Elle s'arrête, soudain, devant une petite affiche d'elle sur la devanture d'un cinéma de quartier. Elle attend un moment, retrouve deux amis. Ensemble ils se rendent à une projection en plein air. Des milliers de spectateurs sont là, sur la place historique de la capitale mexicaine. La projection a commencé. Soledad sort de son sac une couverture, sur laquelle les trois amis s'assoient. Mise en abyme. Soledad regarde son visage apparaître sur l'écran géant.

La salle est debout. C'est rare chez un public parisien généralement blasé. Aurélie, sous le coup de cet hommage auquel elle ne s'attendait pas, se lève à son tour. Elle m'incite à l'imiter ainsi que Rupert, Mercedes, Soledad. Nous sommes émus. Les gens viennent nous saluer, les uns après les autres. C'est un long flot d'embrassades confuses et de compliments interrompus par d'autres embrassades. L'amphithéâtre se vide peu à peu. Mercedes emmène les acteurs et une partie des invités vers le hall où a été dressé le buffet. Le dernier groupe s'éloigne. Aurélie vide d'une traite une bouteille d'eau. Je l'imite. Nous sommes seuls au milieu des cinq cents sièges. Nous nous asseyons quelques instants pour reprendre nos esprits. Nos mots sont rares, suffisamment flous et lointains pour laisser se déployer le vertige.

Nous remontons à notre tour. Aurélie devant moi. Si proche, à portée de ma main qui pourtant se retient de la saisir, de se glisser autour d'elle comme une ceinture, suivie d'un bras d'amant. J'observe sa liberté de mouvements qui me rend fou. La confusion coule en moi comme une lave. Si proche, si proche.

Je crois qu'elle sait que mon regard la brûle. Elle ne me voit pas, mais une communication muette me dit qu'elle sent mon désir. Nous sommes presque en haut des marches. Accident ou miracle, elle trébuche, manque de tomber. D'un geste, je l'ai rattrapée. Je la tiens fermement juste sous ses côtes. Je la stabilise, mais ne bouge pas. Elle non plus. Mes mains sur elle avouent tout. D'un geste très lent, elle se décide et, au lieu de reprendre son chemin, s'abandonne contre moi. Mes mains quittent sa taille, glissent, se croisent pour l'enlacer étroitement. Je la couvre de mon torse et de mes épaules, mon souffle dans ses cheveux. À nouveau une pause, au bord de laquelle nous hésitons, vacillants et étourdis. La digue cède enfin. Je tourne Aurélie vers moi. Je la soulève, je la porte pour gravir les deux dernières marches et l'appuyer contre le mur, le bas de mon corps collé à elle. Une jambe glissée entre les siennes, je l'épouse entièrement. Une main soutient sa nuque, l'autre prend l'arrière de sa cuisse. Je l'emprisonne, mais elle veut être emprisonnée. Toute sa peau me le dit. Front contre front, le temps d'une respiration, puis la frémissante approche de nos bouches. Ses lèvres me semblent des flammes bientôt suivies d'une fraîcheur légèrement anisée. Son œil répond au mien. Ses baisers s'enhardissent, ses caresses aussi. Derrière moi, la cabine de projection. Demi-tour en duo comme trois pas de valse. J'entre, Aurélie toujours contre moi, dans la pièce vide. À l'aveugle, je trouve le loquet et le ferme. Les voyants rouges et verts des commandes de la régie sont les seules sources lumineuses. La masse carrée du projecteur occupe une bonne partie de la place. Une horloge accrochée en hauteur produit un tic-tac anachronique qui couvre le fond de grésillement feutré des machines et rythme comme un métronome les sons mats de nos baisers. Je jette ma veste par terre. Le long du mur, j'avise quelques chaises empilées et un mange-debout sur lequel j'assois Aurélie qui m'embrasse avec avidité. Tout en déboutonnant ma chemise, elle se débarrasse de ses escarpins d'un mouvement leste de danseuse. Ils tombent sans bruit sur la moquette à motifs noirs, roses et gris. Dans son dos, mes doigts s'affairent sur l'agrafe que je ne voulais pas fermer quelques heures plus tôt. Je descends la fermeture Éclair de sa robe suffisamment bas pour libérer ses épaules rondes et veloutées. Je les mords consciencieusement puis j'explore son menton, sa gorge, la naissance de l'oreille, les épaules à nouveau, la pliure de l'aisselle. Je plonge dans l'échancrure bleu nuit et la dentelle turquoise. Ses seins ! Enfin je les touche, je les embrasse, je les enveloppe. Ils se dressent, majestueux, et j'y roule ma face entière d'un côté puis de l'autre. Elle m'enserre de ses bras et bientôt de ses cuisses tandis qu'elle se renverse pour mieux s'abandonner à moi. Je remonte ses jambes de chaque côté de mon cou. Je me charge d'elle. Mes mains sur son ventre, ses fesses, bientôt sur son mont de Vénus que j'enrobe de ma paume en cercles fermes avant de descendre plus bas où je sens l'humidité poindre sous la soie que j'écarte, comme j'écarte les mystérieux drapés de son sexe pour y préparer, de la pulpe des doigts, un premier baiser. Je la fais attendre, je sens monter dans son corps cette électricité dont j'aurai besoin pour nous accorder. Je savoure du bout de la langue le sucre de sa peau aux abords de son sexe, avant de goûter au sel, à ses parfums doux, épicés, qui m'enivrent. Elle me presse, les doigts dans mes cheveux. Elle me guide de mots soufflés dont les dernières syllabes s'éteignent en soupirs. Je m'attache à elle, de ma bouche et de mes doigts, amoureusement, aussi longtemps qu'il le faudra. Je veux qu'elle jouisse avant d'entrer en elle. Aller jusqu'au bout d'elle qui m'étreint et m'implore. Retrouver ensemble le chemin du plaisir.

Quelqu'un essaie d'entrer. La poignée s'agite énergiquement. Nous rions en silence, nos yeux étincelant dans cette semi-obscurité. La personne renonce.

Aurélie a ensuite ce geste très doux, qui me trouble parce qu'il vient de loin : elle prend ma main, la pose sur sa joue, puis l'embrasse en disparaissant presque dans ma paume.

« Ça valait la peine d'attendre », murmure Aurélie, taquine, alors que nous sommes toujours enlacés, moi en elle, debout, mon jean sur les mollets, elle assise sur la table haute.

Son téléphone sonne, puis le mien. Nous les ignorons. Deux minutes de répit et ils vibrent à nouveau. Mercedes essaie de nous joindre. Tout le monde doit se demander où nous sommes. J'aide Aurélie à se rhabiller sans ressentir, contre la maudite agrafe, la rancœur que j'avais plus tôt dans la soirée. Elle me demande si son mascara a coulé. Je lui passe le doigt au coin de l'œil pour retirer la légère ombre qui s'est installée.

« Le reste ça va ? demande-t-elle.

— Tu es magnifique. »

Une fois rajustés, nous sortons. Je m'apprête à ouvrir la porte coupe-feu qui nous sépare du hall et du cocktail où les invités nous attendent. Aurélie s'arrête :

« Oscar…

— Oui ?

— Je n'ai pas envie d'y aller. »

Je suspends mon geste, surpris :

« Ils sont là pour toi… »

Elle fait non de la tête.

« Tu es sûre ?

— Sûre.

— Alors viens, on file. »

Grisés, nous dégringolons les marches, direction la sortie de secours. Nous courons presque. Couloir peint en rouge et blanc, marches en béton, la rue. Nous respirons une grande bouffée d'air froid. Aurélie a soudain l'air gelée. Je me rends compte que nous avons oublié nos manteaux.

« Attends, j'en ai pour une minute. »

Je retourne dans le bâtiment par l'entrée principale. Les vigiles me demandent à nouveau mes papiers. Je dois parlementer pour leur dire qu'ils sont dans le vestiaire. Comme l'hôtesse s'est absentée, je passe derrière le comptoir avec eux et récupère nos affaires. J'ai été très vite, mais quand je reviens, Aurélie est face à Xavier.

« Laventi… » dit-il sans autre commentaire.

Je le salue sans le regarder en aidant Aurélie à passer son manteau.

« Vous vous la jouez Gatsby ? La fête se déroulera sans vous ? ironise-t-il.

— Tu partais aussi non ? D'ailleurs je ne crois pas t'avoir invité, lance Aurélie.

— J'en ai assez vu en effet, confirme-t-il en pointant son doigt vers le décolleté qu'elle est en train de couvrir.

— Nul n'est irremplaçable », lui renvoie-t-elle, le visage blême.

Je ne comprends pas de quoi ils parlent. Je tends un casque à Aurélie. Je mets le moteur en route, mais Xavier s'interpose :

« Aurélie, je te demande de réfléchir. Il est encore temps de tout arrêter. Je m'inquiète pour toi.

— Arrête. Tu ne t'es jamais inquiété pour personne.

— Je veux te protéger.

— N'insulte pas mon intelligence. Je sais, Xavier. Je sais tout. Et je regrette chaque minute que j'ai passée avec toi.

— Si c'est une question d'argent, on s'arrangera. Tu connais ses moyens.

— Tu me dégoûtes. »

J'ai beau être stupéfait de ce que j'entends, j'interviens :

« Dégage. Laisse-nous passer. »

Comme il tarde à réagir, je démarre le scooter et je le pousse d'un violent coup d'épaule. Il ne s'y attendait pas. Déséquilibré, il tente de se rétablir avant de tomber assis, ridicule. Je lance à Aurélie :

« Monte. »

Elle enfourche le scooter et nous filons. Les mots de Xavier s'ancrent dans mon esprit. Aurélie se serre contre moi et je ne veux penser qu'à elle. Dans les vitres illuminées, j'ai à nouveau de brefs aperçus de nous et de ses jambes que la vitesse a largement découvertes. Je me faufile entre les voitures. Paris brille ce soir de toute sa splendeur. L'étreinte d'Aurélie, le contact de son corps contre le mien, la manière dont elle accompagne nos mouvements me donne un sentiment d'euphorie que je n'avais pas éprouvé depuis des années. En arrivant cours Albert Ier, alors que le nom de Mercedes s'affiche une énième fois sur mon écran, je lui envoie : « Urgence amoureuse. Désolés. Absolument besoin d'être seuls. Je t'appelle demain. » Mercedes répond du tac au tac : « Enfin ! Détails exigés. Je vous embrasse fort, bande de lâcheurs. »

Aurélie pose ses affaires dans l'entrée. Je lui lance :

« Cela fait combien de temps que tu sais pour Xavier ?

— J'avais des doutes déjà, avant notre départ à Mexico. J'ai eu confirmation aujourd'hui. La police m'a contactée. Certains des appels de menace proviennent de ses bureaux.

— Quelle merde, ce type. On lui fera mordre la poussière. »

Aurélie a l'air lasse tout à coup. Je lui propose un verre de tequila. Nous en avons rapporté plusieurs bouteilles. Elle acquiesce. Nous nous installons sur le canapé. Je la prends sur mes genoux et j'essaie de comprendre :

« Pourquoi a-t-il dit qu'il en avait assez vu ?

— Quand ?

— En montrant ton décolleté… »

Elle sourit :

« Parce que je rougis là, assez fort, quand je jouis. Il le sait et il l'a vu. »

Apprendre qu'elle a eu du plaisir avec lui me contrarie, mais je suis plus heureux encore de savoir qu'elle en a eu avec moi :

« C'est vrai ? Je t'ai fait rougir ? Montre-moi ! »

Je la fais pivoter pour me pencher sur la question, le nez à quelques centimètres de sa peau.

Je me redresse, déçu.

« Tu n'es pas rouge…

— Ça ne dure pas des heures non plus… »

J'insiste en effleurant plusieurs zones :

« C'est ici ou ici ?

— Là… » précise-t-elle.

Je l'embrasse, la caresse à nouveau. Je ne veux plus jamais me retrouver à côté d'elle sans pouvoir l'atteindre, la toucher, la palper, la prendre. J'ai besoin de savoir qu'elle ne dira pas non. Je mets un point d'honneur à laver cet appartement de toute tentation d'amitié. Je vais lui faire l'amour dans chaque pièce, sur chaque mètre carré. Elle rit de ma flamme.

« C'est purement scientifique, pour étudier comment tu rougiras…

— Si c'est pour la science… » concède Aurélie en se renversant dans le canapé les bras tendus derrière elle.

Octobre 2017, le *New York Times* et le *New Yorker* publient les témoignages d'actrices, de productrices ou de mannequins qui accusent W de les avoir agressées sexuellement, puis de les avoir menacées ou payées pour les faire taire. En trois semaines, elles sont plus de quatre-vingts à sortir de l'ombre avec des récits désespérément similaires d'attouchements, de menaces et de viols à Los Angeles, Cannes, Paris, Londres ou Toronto. Le monde du cinéma s'embrase. Aurélie, Mercedes, moi, nos collègues, nos amis, suivons le déploiement de l'onde de choc. Ce scandale qui libère la parole des femmes fait basculer les rapports des sexes dans une ère nouvelle, bouleversant le jeu amoureux et social comme il ne l'a jamais été auparavant.

Le film d'Aurélie, par un miracle de calendrier, sort trois semaines après les premiers articles qui font exploser l'affaire W. Très vite, Aurélie est emportée par un mouvement d'une telle puissance que, bien qu'étant scénariste et producteur du film, je ne peux pas la suivre. Elle se consacre à une promotion intensive et enchaîne les interviews, les émissions de télévision, les tribunes, les rencontres. Son charisme et son sens de la repartie font merveille, même si elle ne peut éviter les questions des journalistes sur les motivations intimes qui l'ont menée à cette croisade de longue haleine. Aurélie évoque ce qu'elle a vécu à petites touches. Elle a un système de défense perfectionné, des méthodes de diversion et des plaisanteries bien rodées. Elle laisse entendre qu'elle a eu, comme d'autres, à souffrir de W, mais à quel point ? Elle botte en touche et rend hommage aux femmes qui arrivent à se confier, parce qu'elle en mesure, mieux que quiconque, l'extraordinaire difficulté.

Le jour où elle répond enfin à mes questions, elle le fait sans émotion, comme si elle parlait de quelqu'un d'autre. Elle m'expose les faits de façon succincte. Elle ne rentre pas dans les détails. Je comprends – ce que je soupçonnais depuis la Grèce – que la jeune stagiaire de notre scénario, c'est elle. La toute première expérience professionnelle d'Aurélie à New York, chez Vimax, le graal pour une étudiante en cinéma…

« Comment as-tu fait ?

— Pour m'en remettre ? J'ai essayé plein de choses : l'anorexie, la dépression, la brouille familiale, les sports de combat…

— Tu pourrais me mettre au tapis ?

— Par surprise, probablement, affirme-t-elle narquoise, après, je ne donne pas cher de ma peau. Tu fais de la boxe quand même… »

Elle soupire et conclut :

« Finalement c'est l'écriture qui m'a le plus aidée. Comme toi…

— Comme moi avant.

— Tu écriras à nouveau. On se remet de tout, Oscar. »

J'évacue le sujet. Je ne veux pas qu'elle parle de moi pour ne pas parler d'elle.

« Et avec les hommes ?

— Ça a été long. Difficile. Il y a eu un garçon doux, très patient, qui a pris le temps de me ramener sur la rive. Il a été incroyable. Il m'a aimée mieux que je ne l'avais jamais été, mais je n'ai pas su l'accepter. Moi qui étais plutôt timide, je me suis mise à chasser. Je prenais au lieu d'être prise. Je le trompais pour me protéger du mal qu'il ne me faisait pas. Il en était malheureux. Je l'aimais pourtant. Que veux-tu, je leur en voulais trop... Les hommes m'attiraient, mais je ne pouvais pas m'empêcher de les blesser.

— Et Xavier ?

— Xavier est fort avec les faibles et faible avec les forts, il n'a pas de colonne vertébrale.

— Pourquoi es-tu restée avec lui alors ?

— Sur le papier, il avait tout... Mais il aurait vendu son père et sa mère au premier inconnu, et il m'aurait vendue moi, si cela servait ses intérêts.

— Tu as l'air bien maintenant... »

Elle me regarde droit dans les yeux, prise d'un élan de franchise :

« Je vais bien. J'aime être avec toi. J'aime la personne que tu es, mais ce ne sera pas simple Oscar. Je ne sais pas où nous allons, ni combien de temps nous resterons ensemble, mais ne baisse jamais entièrement la garde. Ne me laisse pas te mettre la tête à l'envers. Même si j'ai beaucoup progressé, ça peut revenir tu sais. Je ne suis pas facile à vivre. »

Ce soir-là je lui ai dit, sans hésiter :

« Je n'aime pas la facilité… »

Je l'ai embrassée comme si de rien n'était, nous nous sommes caressés un long moment. La confiance qu'elle m'avait témoignée nous avait rapprochés. Nous avions envie d'y croire.

Aurélie voyage beaucoup. Je la vois peu. Je sais que je lui manque, autant qu'elle me manque, même si nous n'en parlons pas. C'est dangereux les mots, lorsqu'ils sont mal ajustés, trop lourds pour des émotions naissantes qui peuvent se froisser comme une jeune plante sous l'effet du froid.

Je remets sur pied le projet de *Goliath*. Le dernier film de mon père va enfin voir le jour. J'ai trouvé le réalisateur et reconstruit le casting. Edward Norton a élégamment maintenu sa participation. Quant à *Mythologies*, la dernière série de ma mère, elle est déjà en tournage. Les choses avancent. Je me force aussi à prendre une décision pour la maison cube. Si je m'écoutais, je ne toucherais à rien. Je la transformerais en un sanctuaire où personne n'irait jamais, pas même moi, mais je sais que cet égoïsme n'est pas à l'image de ce qu'aurait voulu ma mère. Si elle a détaillé précisément ses funérailles, elle n'a donné aucune indication sur ses intentions concernant son patrimoine. Tout m'est donc revenu. J'essaie d'en faire bon usage. Son loft du 17e arrondissement a été rattaché à l'association de protection des femmes battues qu'elle avait créée. Nous venons de signer un bail de trente ans. Je suis le même chemin pour la maison cube. Après bien des hésitations, j'ai décidé de la transformer en résidence d'artiste au sein de la fondation Branković-Vian, que je suis en train de constituer.

Quand Aurélie n'est pas par monts et par vaux, nous nous retrouvons chez moi. L'ancien dressing de Natalya est désormais plein de ses affaires. Le soir, je prépare le dîner en repensant aux gestes de mon père. Si je me sens paresseux, nous commandons indien ou japonais. En fonction du menu nous débouchons une bouteille de vin rouge, ou je lui fais chauffer du saké. Elle raffole de cet alcool qui la rend joyeuse. Je guette le moment où les premières fissures apparaîtront, j'attends, depuis qu'elle m'a averti, que se révèle son « vrai visage », mais nous sommes surpris par l'évidence de ce qui nous lie.

Malgré les précautions que prend Aurélie, le caractère polémique de son film et plus encore ses aveux créent des remous dans sa famille. Leurs réactions mitigées la blessent et me choquent. Elles viennent plus particulièrement de sa grand-mère et de sa mère. Toutes deux auraient préféré un sujet moins explosif, qu'Aurélie évite d'épiloguer sur sa « mauvaise expérience ». Pour les Vaillant, c'est plus facile de penser que ces violences se limitent à une date et à un lieu, bien contingentées dans une mémoire lointaine. Ils ne veulent pas comprendre leur pouvoir de contamination, leur empreinte définitive, la destruction qu'elles engendrent dans la durée. Ils lui font des reproches voilés, des remarques en apparence anodines, mais qui ne le sont pas. Ils auraient voulu qu'elle « mette tout cela derrière elle, au lieu de s'y complaire ». Ils trouvent qu'elle n'a pas suffisamment essayé de s'en guérir.

Aurélie prétend passer outre, mais elle en parle souvent. Dans le flot des hommages et des critiques, la défection feutrée des siens reste une épine plantée dans sa chair. Elle analyse, dissèque, explique leur comportement, mais je vois bien qu'elle est atteinte. Je pense à ma mère. À la manière dont elle aurait défendu Aurélie bec et ongles, dont elle aurait fait taire toute personne – mon père inclus – qui se serait laissée aller à des inexactitudes de langage ou d'appréciation... Elle me manque. Je me rends compte, à présent, de la force de caractère que nécessitaient sa liberté, son honnêteté, son sens de la justice. Maman n'était pas du genre à faire des petits arrangements avec sa conscience. Ses éclats m'épuisaient, je la trouvais intransigeante, excessive, mais elle était cohérente de bout en bout. Les Vaillant, eux, maintiennent l'harmonie de leur vie commune grâce au compromis, à cet art savant de la position médiane : jamais pour, jamais contre. Aucun combat ne mérite d'être mené qui remettrait en cause leur réputation – mot que j'exècre – ou leur confort. Ils ont beau s'être montrés d'une grande gentillesse envers moi, je leur en veux de ne pas faire bloc autour de leur fille, de ne pas l'avoir soutenue par le passé et de poursuivre leur valse-hésitation aujourd'hui. Aurélie me dit qu'ils sont ainsi et qu'ils ne changeront pas. Leur amour est conditionnel : si elle a de bonnes notes, si on leur fait des compliments à son propos, si elle est un objet de fierté, alors ils l'aimeront. Si elle trébuche, si elle va mal, ils détourneront les yeux. D'ailleurs ne s'est-elle pas toujours relevée ? Ont-ils tort, dès lors qu'elle poursuit son chemin et qu'il suffit de patienter sans lui tendre la main ? N'est-elle pas plus forte qu'eux tous réunis ? Ces désillusions, ce sentiment de solitude qu'elle traîne depuis l'enfance, l'ont finalement poussée à se construire en dehors d'eux. Son inadéquation à leur système est devenue sa chance, son moteur. Quant à leur gêne, leur pudibonderie anachronique, rien de nouveau. Depuis des années, sa famille évite soigneusement de parler de la vie amoureuse d'Aurélie, « mouvementée » pour reprendre l'expression de son père. Ils refusent de faire le lien entre ce qui lui est arrivé et ce qu'ils appellent son instabilité sentimentale.

À l'un des fameux déjeuners du dimanche où je suis à présent invité, le ton monte à propos d'un article. La mère d'Aurélie trouve les propos de sa fille trop crus :

« Je m'inquiète, chérie. Je ne veux pas que les gens disent du mal de toi… Il faut éviter de mettre de l'huile sur le feu.

— Quels gens ?

— Tes amis, les nôtres. Tu sais bien que ce n'est pas bon, ce genre d'histoires. »

Aurélie s'emporte :

« Pas bon pour qui exactement ? »

Aurélie finit par quitter la table et l'appartement. Je la suis, non sans dire froidement aux Vaillant que ce n'est pas à leur fille d'avoir honte, mais à l'homme qui lui a fait du mal. En partant, j'entends son père soupirer : « Elle a quand même un de ces caractères ! », ce qui me déçoit beaucoup.

Ils ne savent pas comment « la prendre ». Sa sœur, au contraire, les rassure. Margaux a un fiancé ingénieur. Il revient d'un premier job en Nouvelle-Zélande et monopolise la conversation dominicale des querelles internes du groupe automobile pour lequel il travaille. Il ne peut faire une phrase sans y mettre deux ou trois mots d'anglais qui l'ancrent plus avant, pense-t-il, dans cette élite internationale qui voyage et fait de l'argent. Rien ne semble clocher dans la vie de ce type. La jolie Margaux est un trophée qui viendra se poser sur l'étagère de ses ambitions à côté des récompenses aux tournois amicaux de son club de tennis. Le jeune couple passe ses week-ends à essayer des hôtels et à se faire masser. Ils sont incollables sur la bistronomie parisienne, le mobilier design, les thés antioxydants, le catalogue de Netflix et celui de Picard. Lorsque Aurélie déprime, j'imite son futur beau-frère. Je prends un air posé, suffisant, j'écarte les jambes sur mon siège dans une attitude de virilité caricaturale et je lui fais un grand dégagement politique sur les freins hexagonaux à la croissance, la trajectoire décevante des indicateurs économiques, la faiblesse de la direction gouvernementale, et les indécisions de l'exécutif qui ne cesse de donner du volant à droite puis à gauche pour tenter de conserver sa base électorale alors que c'est le meilleur moyen de la perdre. Personne ne souhaite, chez les Vaillant, contredire ce gendre parfait. Pour ma part je ne l'estime pas assez pour consacrer mon énergie à lui reprendre du temps de parole, sauf quand il va vraiment trop loin dans la connerie. Ma formation trotskiste à la rhétorique – héritée des années chevelues de mon père – me permet alors de lui remettre les deux pieds dans une même Berluti, avant de me resservir de la salade de la mère d'Aurélie : crevettes, pamplemousse, avocat.

Margaux en revanche a une douceur et une application de bonne élève qui me touchent. Je pense qu'elle fait une erreur colossale avec ce type. Il n'a que son nombril en tête et semble entièrement dépourvu de la subtilité nécessaire à la compréhension d'autrui. Quant à la rendre heureuse… Margaux est jeune encore, peu affirmée. Je parie qu'avant ses quarante ans, elle l'enverra valser.

Les tensions avec la famille d'Aurélie mettent plusieurs semaines à s'apaiser. L'équilibre commence à se rétablir grâce à deux événements : lorsque le conseiller culturel du président fraîchement élu organise une projection du film à l'Élysée et lorsque *Le Doute* est montré au festival de Berlin. La presse insiste sur son caractère prémonitoire, l'audace de la réalisation, l'aventure du tournage, l'alchimie explosive des acteurs. Les portraits d'Aurélie se multiplient. Elle redevient, pour ses parents, un atout dans le jeu social parfois étriqué qui régit leur cercle amical. Je m'aperçois que son père archive consciencieusement ce qui paraît sur sa fille, le jour où il me demande de lui rapporter de Berlin tous les journaux et magazines qui mentionneront Aurélie.

Le 17 février 2018, tôt le matin, mon téléphone se met à vibrer compulsivement. Dans la chambre d'hôtel de Berlin où je suis avec Aurélie – la projection du *Doute* a lieu le lendemain –, mon portable clignotant de toutes parts, je vis une sorte de séisme intérieur.

Les nouvelles viennent de l'autre côté de l'Atlantique. Le procureur spécial Robert Mueller, en charge de l'enquête sur les intrusions du Kremlin dans les élections présidentielles américaines, a mis en examen treize ressortissants russes et trois sociétés accusées d'avoir mené une « guerre de l'information » contre les États-Unis. Cela pourrait n'être qu'un scandale de plus. Rien qui me concerne directement. À la différence près que je reçois ces alertes pour une raison : parmi les treize accusés russes, il y a quatre femmes : Irina Kaverzina, Anna Bogacheva, Maria Bovda et Natalya Vassilievna.

Ma Natalya !

Pendant des mois, son nom a disparu des notifications Google. Pendant des mois, ses comptes sont restés en friche. Voilà qu'elle réapparaît d'une façon inimaginable. Je cherche comme un fou une photo des quatre détenues dans les milliers d'articles que la presse consacre à cette affaire. J'épluche méticuleusement les réseaux sociaux, sans plus de succès. Impossible de trouver le moindre portrait des suspects. Seule la liste de leurs noms s'étale sur le Web. J'essaie d'appeler Natalya aux trois numéros que je connais, comme je l'avais fait au moment de la mort de mes parents. Deux d'entre eux sont déconnectés, le troisième réaffecté à un jeune homme qui parle anglais avec un fort accent asiatique. Je n'en reviens pas. J'envoie un mail à la dernière adresse sur laquelle elle m'avait répondu. Je reçois un message d'erreur.

Je me décide à joindre le bureau de Jay en début d'après-midi. Il est seize heures quand j'ai son assistante. Elle commence par me dire qu'il ne prend aucun appel, mais elle a connu mon père et finit par me le passer. Lorsque je lui parle de Natalya, Jay m'insulte copieusement. J'ai un de ces culots ! Non seulement j'ai sauté la maîtresse de mon père et tenté, après son installation à New York et le début de sa relation avec Jay, de la lui arracher pendant des mois, mais j'ose l'appeler pour prendre des nouvelles ? Quelles nouvelles d'ailleurs ? Ne suis-je pas au courant ? Que cette bitch nous a tous menés par le bout du nez ? Il a quitté sa femme pour elle. Il lui a offert une vie de rêve, présenté la terre entière, et maintenant ses enfants refusent de lui parler, des amis de trente ans lui tournent le dos, et ses contrats tombent les uns après les autres. Il va tout perdre à cause de cette salope communiste, cette putain à la botte de Poutine. Il éructe plusieurs minutes et même si j'ai du mal à suivre ses considérations politiques hasardeuses, je sens un homme aux abois. Quand je lui demande s'il sait où est Talya et où je peux la joindre, il rugit « In hell I hope » et me raccroche au nez.

Son discours commence à m'ouvrir les yeux. Le portrait de Natalya sort une semaine après l'annonce de son arrestation. Il n'y a plus de doute possible. Dans le dossier que le *New York Times*, en tandem avec *The Observer*, consacre au scandale, son visage s'étale à côté de ceux de ses supposés complices. C'est bien elle, et les accusations la visant sont particulièrement graves. Les enquêteurs américains ont établi qu'à partir de mars 2016, les services de renseignements militaires russes, le GRU, ont lancé une campagne sur Internet visant à interférer avec le scrutin présidentiel de la première puissance mondiale. En parallèle, plusieurs agents œuvraient sur le terrain. Talya a joué un rôle de premier plan, d'abord en établissant des contacts à Londres, ensuite aux États-Unis. Le FBI est en train de l'interroger, et des zones grises masquent encore l'essentiel de l'affaire. En dépit de mon trouble, de mon incrédulité et de ma colère, je l'imagine dans une cellule ou dans une salle d'interrogatoire, et mon cœur se serre. Je n'arrive pas à réconcilier la Talya si tendre que j'ai tenue dans mes bras et aimée, avec la manipulatrice glaciale que décrit la presse.

À peine un mois plus tard, le scandale des élections américaines prend une nouvelle dimension. Un article dans *The Observer* signé de la journaliste d'investigation Carole Cadwalladr enflamme le monde. Comme le grand public, je découvre, abasourdi, les agissements d'une société dénommée Cambridge Analytica. Les données personnelles de 87 millions d'électeurs américains ont été absorbées à leur insu, analysées, vendues et ciblées pour influencer leur vote. Des campagnes massives de désinformation ont déferlé sur les citoyens « hésitants » via Facebook.

Dans ce puzzle aux pièces encore mal taillées, les connexions entre l'équipe de campagne de Trump, la société Cambridge Analytica, le camp du Leave pro-Brexit dirigé par Nigel Farage au Royaume-Uni, Julian Assange qui, avec WikiLeaks, a fait fuiter des mails d'Hillary Clinton, et enfin la Russie, affolent. Ce sont pas moins de 25 000 articles qui sont quotidiennement consacrés à ce tsunami politico-médiatique. À trois moments clés, le nom de Natalya Vassilievna surgit.

Difficile de croire encore à une coïncidence. J'essaie de tracer des lignes entre les maigres points de repère qui me restent. Je me remémore ses séjours à Londres, notamment après Courchevel, les photos d'elle avec Jay à New York, la nuit où elle m'a appelé de Moscou. Je repense au coffre qu'elle avait fait installer dans l'appartement cours Albert Ier, à son matériel informatique improbable. Et cette comtesse russe de Courchevel avec qui elle passait des heures à palabrer, qui était-elle vraiment ? Le retour du Maroc en urgence, la manière dont elle a pu prendre un avion officiel russe. Ses rendez-vous à l'ambassade américaine. Que m'avait-elle dit, déjà, de son projet caritatif ? Je parcours mon agenda pour dater ces moments. Je réalise un matin qu'elle avait choisi le pseudonyme « Shadow lady » sur le compte du réseau social qui nous permettait de coucher ensemble à distance. Je passe de la rancœur à la fascination et je lis tout ce que je peux trouver. Je mesure le basculement qui est en train d'advenir. Comme pour mes scénarios, Talya commence à envahir le mur autour de mon bureau. J'y affiche des extraits d'articles. Je rédige des dizaines de pages de notes. Aurélie me dit que cette histoire est un film. Je justifie ainsi mon obsession pour l'ancienne maîtresse de mon père. Je ne lui ai pas avoué ma relation avec Natalya. J'ai honte d'avoir été berné et j'ai honte d'avoir trahi mon père juste avant sa mort. J'évite d'aggraver ma culpabilité en me soumettant au jugement d'Aurélie. Pas vu, pas pris.

Damien m'appelle quelques jours plus tard. Il vient de faire le lien. Lui aussi est sous le choc. Ensemble, nous passons au crible chaque détail de la conversation que nous avions eue avec Natalya le soir de notre trio. Sa proximité avec Melania Trump, ce qu'elle disait de Jay… Nous nous envoyons, dans les jours qui suivent, tout ce qui continue à paraître sur cette affaire, et puis un soir, le flot me submerge. Une sorte de raz de marée. Dans un état second, j'écris. Des heures durant, sans m'arrêter. Aurélie est au Danemark pour quelques jours. Je suis machinalement les ordres qu'un autre impose à mon cerveau, à mes idées, à mes mains. Un autre qui vit en moi et que je croyais à jamais disparu. Je bois du café, je marche, j'écris. Dans une solitude absolue, je pose les bases d'un film fondé sur des faits réels qui me donnent le vertige :

Sur les réseaux sociaux, il n'y a pas de limites à l'argent qui peut être investi en publicités ou en infox. Sur les réseaux sociaux, il n'y a pas de traces de ce qui est dit ou fait puisque les fils d'actualité s'évanouissent, à peine consommés. Sur Facebook, personne ne sait comment nos données sont utilisées pour nous cibler et nous manipuler. Ni qui nous cible et nous manipule. Sur Facebook, il n'y a pas de frontières. Chacun d'entre nous peut devenir, sans le savoir, le pion d'un combat dont nous ignorons tout, orchestré par une puissance étrangère ou occulte. Ces zones d'ombre abritent nos pires cauchemars. Les garde-fous ont été balayés par un développement technologique devenu incontrôlable. Une scène de crime. Nous croyons encore à la démocratie alors qu'elle a, de fait, cessé d'exister. Une femme s'y est employée : Natalya Vassilievna.

Un hiver russe. Les techniciens emmitouflés, le visage rougi. Les acteurs qui se concentrent et pestent contre le froid moscovite. Cette scène d'extérieur va nous en faire voir. En parka, bonnet et mitaines, je tape, avec le deuxième scénariste, les derniers ajustements des dialogues de *Talya*. Nous sommes sous une tente qui a dû appartenir à l'Armée rouge avant d'être mise à notre disposition. Les poêles à pétrole ne suffisent pas à nous réchauffer. Nous sommes gelés. Sur une grande planche de chantier soutenue par des tréteaux, des thermos de café, des madeleines, des cakes sous plastique et des cendriers. La petite imprimante portable est en bourrage papier. Les doigts gourds, je la remets en route. Finalement j'arrive à sortir des copies propres pour Aurélie et les équipes. Je vais les leur porter en contournant l'allée d'arbres où nous allons filmer. Il ne faut pas abîmer le manteau de neige impeccable. Avec la quarantaine de personnes qui s'activent autour de moi, il serait bientôt transformé en rivière de boue. D'abord Aurélie. Elle est avec le chef op, en train de régler je ne sais quelle nouvelle tuile qui nous est tombée dessus. Je ne veux même pas savoir de quoi il s'agit. Je lui tends le script. Elle me remercie distraitement en prenant la liasse de feuilles tandis que je ronchonne :

« C'est intenable, ce froid.

— Le Mexique, ce n'était pas mieux. Promets-moi de ne plus accepter que des tournages en milieu tempéré ! exige-t-elle la mine goguenarde.

— Je te promets. Ras-le-bol.

— On le précisera dans une clause du contrat. Quelque chose du genre : la réalisation ne pourra se faire qu'entre 10 et 35 degrés Celsius. C'est bien, 10 et 35, non ? »

Je confirme mon accord d'un baiser vorace sur ses lèvres couvertes d'une épaisse couche de baume, et je la laisse se concentrer.

Dans son camion-loge, l'une des actrices, celle qui incarne la supérieure hiérarchique de notre héroïne, me parle de mes parents comme à chaque fois qu'elle m'aperçoit. Elle est persuadée de les avoir bien connus. Cela me contrarie. Avec la même mine pénétrée qu'il y a trois jours, elle me dit que j'ai les yeux incroyables de ma mère. Elle pense sans doute me faire plaisir, se lance dans des récits que je connais par cœur. Je lui décoche un demi-sourire qui a fait ses preuves auprès des dames d'un certain âge, promets de revenir et tourne les talons.

Quand je sors de la caravane, une rafale glacée me cueille. La fine pluie de flocons, un moment perturbée par le vent, reprend sa course verticale. J'aperçois une silhouette, au loin, et je me fige. Le sang me monte au visage. Des coups sourds dans ma poitrine. J'ai l'impression que tout est suspendu, ralenti. Je suis sur un tournage et je vis une scène de film. Les éléments se brouillent. Oui, cette femme lui ressemble. Elle lui ressemble même à m'en couper le souffle. Je la regarde progresser. La démarche familière, inchangée malgré la neige. Elle porte un épais blouson rouge, un jean gris qui épouse ses formes et des bottines doublées à grosses semelles. C'est bien elle. Fine, plus grande que dans mon souvenir. Même sourire. Cheveux coupés court. Bonnet de fourrure blanche. Elle vient vers moi. Comme un long travelling. L'arrière-plan se brouille. Les autres personnages s'effacent. Elle seule se dessine, de plus en plus nettement, dans mes pensées et dans mon cœur. Trois ans que nous ne nous sommes pas vus. Deux ans que j'ai perdu toute trace d'elle.

Talya ne fait pas de fioritures. Elle m'embrasse sur la joue en se collant à moi et murmure :

« Bonjour Oscar… »

Ce geste m'est presque désagréable. Elle se croit en terrain conquis. Je ne me penche pas vers elle, je ne la prends pas dans mes bras, je lui rends à peine son baiser. Tout remonte d'un coup.

« Viens, je t'emmène prendre un café, me dit-elle.

— Je travaille.

— C'est juste à côté. »

Elle voit le trop-plein de sentiments qui m'agitent et glisse un bras sous le mien avant de poser son autre main sur mon torse dans un mouvement apaisant.

« Je vais t'expliquer. »

Je me dégage.

« J'ai déjà tout lu dans la presse, je te remercie.

— Je sais que tu as envie de me parler. »

Je reste silencieux, mais Talya a raison. Je ne suis pas scénariste pour rien. La proposition est trop cinématographique pour que je refuse. Bien sûr que je veux savoir. J'en crève même. De comprendre enfin les raisons de ses mensonges. Même si je suis tenté de la laisser en plan, pour le panache, je veux des réponses à mes questions.

« Tu savais que j'étais là ?

— Oui.

— Depuis longtemps ?

— Depuis le début, Oscar, dit-elle.

— Mais c'était quand le début, Natalya ? »

Elle se mord la lèvre. Je retourne à la tente prévenir que je m'absente. J'ai une urgence. Je suis joignable. De toute façon, personne n'est prêt. Nous quittons le parc Gorki en passant sous son porche à colonnes et marchons une quinzaine de minutes côte à côte, sans nous toucher. Natalya m'emmène assez loin. Ce qui m'agace. Elle a une conception du « juste à côté » que je ne partage pas. Nous entrons finalement dans un restaurant tout en verre, néons et écrans plats avec des meubles en résine aux couleurs pop. Les serveurs la saluent, un murmure parcourt la salle. Natalya produit toujours le même effet sur les gens, mais cette fois-ci je vois les têtes se pencher en la regardant, les tablées échanger quelques mots. Ce n'est pas uniquement sa beauté. Elle doit être, ici aussi, une sorte de célébrité. Talya enlève son blouson. Elle porte dessous un col roulé en cachemire parme. Elle s'assoit :

« Tu as bonne mine…

— C'est le froid. Que veux-tu, Talya ?

— T'expliquer.

— Comme ça, trois ans plus tard ?

— Cela t'a peut-être échappé mais j'ai passé un certain temps en prison aux États-Unis…

— Comment en es-tu sortie ?

— Ils ont négocié.

— Qui ils ?

— Les gens qui m'emploient.

— Quand t'ont-ils libérée ?

— Il y a un an. »

Talya doit sentir que je suis sur le point de préférer mon orgueil à ma curiosité. La tentation de rebrousser chemin, de la mépriser comme elle m'a méprisé me taraude. Sans me demander, Talya se lance.

« Pour que tu comprennes, il faut que je reparte d'assez loin. Il y a vingt ans. »

Je lui coupe la parole :

« Tu vas me faire tout ton CV ? »

Talya ne se laisse pas dérouter.

« À l'époque, j'ai treize ans. Le mur de Berlin est tombé depuis dix ans, Gorbatchev et la Perestroïka ont suivi, faisant basculer, malgré eux, le communisme et l'ex-URSS dans une nouvelle ère. »

Je l'interromps à nouveau :

« Treize ans… il y a vingt ans… mais tu es plus âgée que moi en fait ! »

Natalya confirme d'un sourire et poursuit :

« Mon père, à ce moment-là, travaille avec Boris Eltsine. Les anciens bastions de l'Union soviétique se délitent un à un. Le pays se métamorphose à une vitesse inimaginable. Le président de la Fédération, lui, est une légende. Pas un Russe qui n'ait en tête l'image du grand Boris, défenseur de la démocratie, monté sur un char pour empêcher le coup d'État de 1991. Pour ceux qui travaillent avec lui, c'est différent…

— Je n'ai pas le temps pour un cours d'histoire russe, Natalya. Va au fait. »

Elle reste imperturbable :

« Eltsine est malade. Il boit comme un évier et passe plus de temps au sanatorium à se remettre de ses crises cardiaques qu'au Kremlin. Autour de lui, ses anciens alliés se livrent une guerre de succession brutale. Son état-major se partage l'empire : la privatisation des ressources, les scandales, une nouvelle tentative de coup d'État, des règlements de comptes sans foi ni loi. C'est l'anarchie. Mon père navigue dans cet environnement avec dextérité et prudence. Je n'en ferai pas un saint. Il n'en était pas un. Il a pris sa part du butin et elle était grande. Mais au sein de la corruption généralisée qui règne à ce moment-là, il est l'un des seuls à conserver un sens de l'intérêt général et le rêve de la grande Russie. Le seul, avec un ex-agent du KGB qui ne paie pas de mine. Un fonctionnaire des services secrets que tous voient comme un être efficace et sans envergure, sauf mon père. Avec ce flair qui le caractérise, il est le premier à se mettre dans le sillage de Poutine. »

Je veux être sûr :

« Tu veux dire Vladimir Poutine ?

— Papa s'est lié d'amitié avec lui.

— Mais tu l'as rencontré ?

— Oui. Lorsque ma mère est arrivée en Russie, elle ne connaissait personne. Elle vivait avec mon père à Leningrad, il lui a présenté Lioudmila, la femme de Poutine. Elles se sont bien entendues. Nous partions en vacances ensemble.

— Carrément. Avant de passer tes week-ends avec Trump, tu partais en vacances avec Poutine !

— J'ai presque le même âge que Maria et Ekaterina… »

Ma mine perplexe l'incite à préciser :

« Ses filles…

— Et c'était qui la comtesse de Courchevel ?

— Mon agent de liaison.

— Tu t'es bien foutue de nous quand même !

— Qui s'est foutu de qui ? Je me suis contentée de ne pas démonter vos préjugés. Vous aviez, père et fils, une idée très claire de qui j'étais. Je ne vous ai pas détrompés. »

Talya dit cela d'une voix douce. Elle est factuelle. Je repense à mon père. Notre longue marche, les deux jours qui ont suivi. J'ai honte de nos discussions condescendantes, plus que condescendantes même… Quel duo de cons ! Un serveur me tire de l'embarras en nous tendant les menus. Je ne comprends rien au russe. Natalya commande pour moi un café latte et un Medovik, une sorte de gâteau au miel dont elle me dit du bien. Pour elle, un jus d'abricot et un Napoléon, spécialité pâtissière inventée, ajoute-t-elle l'air narquois, pour célébrer les cent ans de la défaite de l'empereur français. Je la relance :

« Et ta maman malade qui vit dans un institut à Moscou ? Ta maman pour laquelle je me suis inquiété comme un imbécile ! Là encore, tu mentais ?

— Maman… Malheureusement maman, c'est vrai. »

Natalya marque une pause. Je sens son émotion. Il lui reste donc un cœur, même si j'ignore entièrement de quoi il est fait.

« Tu vas souvent la voir ?

— Depuis que je suis rentrée, oui. C'est triste… Chaque jour elle s'éloigne un peu plus de moi. Je pense à toi quand je suis avec elle. Je n'arrive pas à déterminer si tes parents, en partant brutalement de cette manière, t'ont fait une crasse épouvantable ou un cadeau.

— Une crasse épouvantable.

— Je n'en suis pas sûre…

— Ma mère était malade. Cela lui donnait des droits sur son destin, en aucun cas celui de tuer mon père.

— Je ne crois pas que tu aies tout compris, Oscar. Peut-être que ta mère a fait là un acte d'amour incroyable.

— Je ne saurai jamais.

— Ton père était fou d'elle. Tout au long de notre histoire, elle a été le point de repère, l'alpha et l'oméga… C'est, d'une certaine manière, une belle mort.

— Tu penses que les belles morts existent ?

— Oui, je crois. Quant aux affreuses, j'en suis sûre. Savoir que mon père s'est vidé de son sang pendant plusieurs heures, ligoté et bâillonné dans le coffre d'une voiture au dernier sous-sol d'un parking londonien, cela n'a rien de romantique ni de cinématographique, crois-moi.

— J'avais oublié que ton père était mort dans une voiture, comme eux.

— Lui ne l'a pas décidé.

— Certains matins, j'ai l'impression que je ne m'en remettrai jamais…

— On ne se remet pas, Oscar. Je ne serais pas qui je suis, et je ne ferais pas ce que je fais, si mon père n'était pas mort de cette façon. Mais la douleur s'éloigne, oui. Tu le sais déjà. Les souvenirs s'estompent, le visage, la voix. Tu y penseras moins souvent, puis tu y penseras sans souffrir. Il restera en toi des lignes de faille. À la faveur de détails minuscules, elles peuvent t'ouvrir en deux. Moi c'était le jour où j'ai retrouvé son parfum sur un homme. Et le jour où j'ai appris la mort de ton père… »

Un long silence nous étreint.

« J'aimais beaucoup Édouard, tu sais.

— Tu aurais pu m'appeler… Trois ans sans un signe de vie…

— Je n'étais pas en très bonne posture.

— Que veux-tu dire ?

— Jay est d'une jalousie maladive. En dépit de mes précautions, il se doutait de quelque chose. Mon agent de liaison a exigé que je cesse tout contact avec toi. Elle était furieuse. Nous ne pouvions pas tout mettre en péril parce que j'avais des sentiments pour toi…

— Tu avais des sentiments pour moi ?

— Le meilleur moyen de bien mentir, c'est d'être vraie, répond-elle.

— Tu n'as plus rien à voir avec celle que j'ai connue. La Natalya que j'ai aimée il y a trois ans ne parlait pas comme toi. Elle ne pensait pas comme toi non plus. C'était une fille légère, joyeuse…

— J'ai appris très tôt que peu d'hommes supportent les femmes intelligentes.

— Et ta relation avec mon père, à quoi t'a-t-elle servi ?

— Ma première mission était à Paris. Ensuite, ton père m'a permis de rencontrer Jay. Personne n'allait se méfier de la petite amie russe, écervelée comme tu dirais, d'un grand réalisateur français.

— En fait, tu allais quitter mon père ?

— Tu m'as bien aidée, répond-elle avec, pour la première fois depuis le début de cette conversation, un franc sourire.

— Je ne comprends pas pourquoi tu t'es lancée dans cette vie-là…

— Je ne l'ai pas vraiment voulue. J'ai été approchée lorsque j'étais à l'université.

— Tu as fait des études ? »

Elle me regarde, ironique, l'air de dire « Tu me prends toujours pour une idiote », et précise :

« Histoire et droit, à la faculté de Moscou.

— D'où la conférence sur la Russie.

— Il faut bien t'éduquer un peu.

— Et ensuite ?

— Ensuite, j'ai été formée pendant quatre ans.

— Tu ne regrettes pas ?

— En prison, si. J'ai regretté. C'était très dur. J'étais haïe de tous. Pas une personne ne m'a tendu la main. Tout a été fait pour me salir et m'humilier. Le harcèlement, je n'étais pas sûre de tenir. J'ai eu envie d'en finir. »

Je la questionne longuement. Elle me raconte l'arrestation, la brutalité des interrogatoires, les violences verbales et physiques, la campagne de presse, la fureur de Jay, de la Maison-Blanche. Elle a brièvement les mains qui tremblent quand elle conclut :

« Maintenant que je suis rentrée, je vais mieux. »

J'essaie à nouveau de comprendre la chronologie des événements. Cela fait des mois que je tente de la reconstituer, mais il y a de nombreux blancs. Pour le film, j'ai inventé, mais maintenant que Talya est face à moi, je ne vais pas la laisser repartir sans combler les manques de son histoire :

« Pourquoi ont-ils accepté de te relâcher ?

— Nous avons fait un échange. Comme au bon vieux temps. J'ai une certaine valeur sur le marché.

— Où était-ce ?

— À Vienne.

— Tu n'as pas le sentiment d'être utilisée ? De sacrifier ton bonheur ? »

Elle rétorque :

« Le bonheur est une obsession occidentale. Chez nous c'est assez vulgaire d'être heureux.

— C'est drôle. Il y a quelques mois, j'aurais pu dire cette phrase… J'avais tout un discours bien rodé sur la néo-religion occidentale de l'épanouissement personnel.

— Et maintenant, tu es heureux ? me demande-t-elle.

— Je crois. Autant que je peux l'être avec mes obsessions. Et toi ?

— Je ne me pose pas la question, du coup, oui, je me sens bien.

— Tu vas consacrer ta vie à Poutine ?

— Quand mon père est mort, Poutine nous a protégées, ma mère et moi. Il a veillé sur nous, sur notre patrimoine, il a gardé un œil sur moi pendant mes études, il m'a mis le pied à l'étrier. Je lui dois beaucoup.

— À t'écouter, les plus grands dingues de la planète sont tous des types adorables.

— Parce qu'ils peuvent l'être.

— Et la démocratie ? La liberté de la presse ? L'indépendance de la justice ?

— Ce sont des idées. Un luxe pour privilégiés qui refont le monde depuis leur canapé. Pendant des siècles, on a fait croire aux masses des choses impossibles. Mais ce n'est rien, tout ça, Oscar. Strictement rien.

— Et la Tchétchénie ? Ce n'est pas de la théorie, la guerre en Tchétchénie…

— Je ne crois pas que la France soit bien placée, ni toi d'ailleurs, pour faire des leçons à mon pays. Quant à vos indignations géopolitiques, elles semblent, vues d'ici, des gesticulations apeurées.

— Cambridge Analytica, tu es consciente de ce à quoi tu as participé ? La démocratie occidentale est en miettes et tu as activement œuvré à la briser.

— Ton goût des grands mots ! Oscar, c'est l'Occident qui a inventé ces technologies. Vous êtes incapables de les réguler, et vous vous plaignez que d'autres les utilisent. C'est facile de mettre les malheurs du monde sur le dos de la fédération de Russie, mais Cambridge Analytica, que je sache, est une société britannique. Et les plateformes d'information sont toutes nées dans la Silicon Valley.

— Tu es sans foi ni loi.

— J'ai connu le communisme et sa chute, le capitalisme et son poison, je vais te dire, il n'y a qu'une chose qui compte : la survie des rares personnes sur cette terre qui valent la peine d'être aimées. Elles se comptent sur les doigts d'une main. Le reste n'existe pas.

— Et tes millions de followers ?

— Le FSB me les a fabriqués. Autant te dire qu'avec l'image déplorable des influenceuses, personne ne s'est préoccupé de savoir qui j'étais vraiment.

— Pourquoi avoir inventé ce personnage ? Que cherchais-tu ?

— En 2013, Poutine m'a donné la tête de l'homme qui a fait tuer mon père. Je ne voulais pas que ce monstre, après le crime qu'il avait commis, finisse ses jours tranquille, à se prélasser sur son yacht ou dans ses villas. Je voulais qu'il paie. Poutine ne s'y est pas opposé. Alors quand il m'a demandé de faire quelque chose pour lui, je lui ai rendu service. Et puis j'avais envie d'accomplir quelque chose d'extraordinaire. Je ne me voyais pas trouver un boulot de professeure ou d'avocate… Encore moins une vie d'héritière. J'étouffais à cette idée.

— C'est un cadeau, le droit de tuer un homme ? »

J'observe cette femme. Je ne sais plus à qui je parle. Un frisson me parcourt. Je me demande si elle a exécuté ce type de ses propres mains ou si elle a commandité quelqu'un pour le faire. Je n'ai pas envie de savoir en fait. Je m'accroche aux ruines de mes souvenirs. Des flashs de nos ébats me reviennent. Qui ai-je aimé ? Puis-je créditer ses gestes et ses soupirs de la moindre authenticité ? Je marque une pause. Je lui cherche des excuses :

« Quand considéreras-tu que tu as payé ta dette ?

— Je l'ai payée. De toute façon, maintenant que j'ai été démasquée, je ne peux plus travailler. Plus de cette façon en tout cas. Je suis trop connue ici comme à l'étranger. Il y a eu des centaines d'articles sur moi. Mon visage imprimé partout… Et maintenant un film, à ce que je comprends, poursuit-elle. Tu as pris pas mal de libertés… »

J'élude le sujet, arrimé au fil de mes questions :

« 2013… Cet homme dont tu as obtenu la tête, qui était-il ? »

Elle ne répond pas, adossée à son siège. Ses yeux ne sont pas fuyants, ils sont neutres. Comment peut-elle contrôler à ce point ce qu'elle éprouve ? Pas une contraction de la lèvre ni une hésitation de la pupille. Natalya me fait peur à présent. Sa manière de parler des hommes les plus puissants du monde. La façon dont elle a négocié la mort de son ennemi. Sa vengeance froide, œuvre d'années de patience, pour venir à bout de lui. Était-il seulement coupable ? La profondeur de son mystère et de mon ignorance me renverse. Je suis passé à côté d'elle entièrement. J'ai vu ce que je voulais voir. Mon père plus encore qui la décrivait comme une gamine inoffensive et limitée. Et moi qui pensais l'avoir révélée à elle-même… J'ai poursuivi une chimère. Je suis écrasé par ma propre bêtise, l'arrogance dont nous avons fait preuve.

« Ne te flagelle pas, me dit Talya comme si elle lisait dans mes pensées. C'est mon métier.

— Tu peux me dire en quoi il consiste exactement ton métier ?

— Je défends les intérêts de la Russie, ceux de Poutine et les miens.

— Et ils sont toujours alignés, ces intérêts ?

— Je fais en sorte qu'ils le soient.

— Entre nous c'était quoi ?

— C'était bien. Et maintenant, tu es avec cette fille super… »

Ai-je vu une ombre imperceptible sur son visage ? L'ai-je imaginée ? Je suis pris d'un élan :

« Tu aurais pu essayer de me joindre depuis ton retour. Me demander de venir…

— Cela n'aurait servi à rien, Oscar. Je ne suis pas la femme qu'il te faut. Je ne saurais pas me couler dans cette vie-là. Je n'ai jamais pu m'y résoudre.

— Qu'appelles-tu "cette vie-là" ?

— Celle qu'il faut construire pour attraper ce bonheur que vous cherchez tous… » répond-elle, moqueuse.

Son ton me vexe. Elle développe :

« Chercher un appartement, l'acheter. Mettre des objets puis des enfants dedans. Avoir un métier de bureau avec des collègues plus ou moins sympathiques. Voir des amis. Partir en week-end. Organiser les vacances. Être une mère attentive qui sait mettre le pied dans la porte des bonnes écoles. Faire du sport et des régimes. Collectionner les sacs et les chaussures. Acheter une maison de campagne, un chien pour les enfants. Redessiner le jardin. Inviter des gens à dîner et les mêmes gens en vacances. Cuisiner pour tout le monde. Laver pour tout le monde. Vivre dans la logistique. Vieillir. Avoir peur de ne plus plaire. Avoir peur d'être quittée. S'offrir une incartade. Être déçue. Savoir qu'il s'offre une incartade. Fermer les yeux pour le garder. Se dire que l'on s'en fout. Que de toute façon, on ne couchait plus avec lui, qu'au moins il n'essaiera plus. Et qu'en faisant comme si de rien n'était, il ne partira jamais. Voir les enfants grandir puis se disperser. Mal le vivre. S'inscrire à un club de lecture, à des cours d'histoire de l'art ou à des conférences philosophiques. Être au comité d'institutions culturelles et d'associations de recherche contre le cancer. Organiser des galas de charité. En avoir assez de collectionner les sacs et des chaussures. Acheter de la photo. Se piquer de s'y connaître. S'inquiéter. Pour lui, pour eux, pour la génération d'avant et celle d'après. Essayer d'aider. De leur éviter des erreurs. Devenir une belle-mère puis une grand-mère. Se laisser envahir par une nostalgie sournoise. Regretter le temps du règne, celui de la jeunesse, de la beauté et du succès professionnel. Être une femme en sorte… »

Elle marque une pause et conclut, pensive :

« Je n'ai jamais vraiment eu envie d'être une femme. »

Je suis frappé par sa sortie. Elle me remue d'autant plus que, dans cette révolte sourde, cette insatisfaction hautaine, je retrouve quelque chose de ma mère.

« Mes parents n'ont pas du tout mené cette vie.

— Tes parents ont occupé leur vie à l'amour, et il n'y a pas grand-chose de plus bourgeois que le divertissement amoureux. Quant à toi Oscar, il serait temps que tu descendes tes idoles de leurs piédestaux. Si nous avons été capables d'abattre les statues de Lénine, tu devrais pouvoir remettre tes parents à leur place. »

Je baisse les yeux. Je sais qu'elle a raison. Aurélie me le répète aussi. Une question me taraude néanmoins :

« Si c'est ta vision du couple, pourquoi es-tu venue me chercher aujourd'hui ?

— Parce que je tiens à toi Oscar. Je voulais t'expliquer ce qui s'est passé. »

Elle me scrute, énigmatique…

« Et je voulais te donner quelque chose. »

Talya sort de son blouson une petite boîte entourée d'un ruban jaune.

« C'est pour toi. »

Je m'apprête à la déballer quand elle m'arrête :

« Il y a une surprise à l'intérieur, mais ne l'ouvre pas maintenant. Et ne l'utilise pas avant d'être rentré à Paris, s'il te plaît.

— Tu ne peux pas me dire ce qu'il y a dedans ? »

Natalya se penche pour retirer de la commissure de mes lèvres une miette imaginaire et chuchote :

« Non. Je ne peux pas te dire. Parce que je ne devrais pas le faire, et que cela pourrait m'être reproché. »

Nous changeons de sujet. Elle me demande des nouvelles d'un peu tout le monde. Joséphine, l'assistante de mon père. La santé de LEO Productions depuis que je m'en occupe. L'avancement de *Goliath*. Elle a lu l'hommage d'Edward Norton et l'a trouvé juste. Elle veut savoir ce que je pense du nouveau réalisateur. Je lui assure qu'il est très bien et qu'il étudie les cahiers de notes d'Édouard Vian comme s'il traduisait l'Évangile. Elle me demande si Damien a enfin une petite amie. Je lui annonce que oui. C'est la fille d'un des associés de la banque qui l'emploie. Il vit dans la terreur que leur liaison soit découverte par ce type qui tyrannise son équipe. Il couve sa fille comme la huitième merveille du monde, et n'a toujours pas accepté qu'elle ait une vie sexuelle. Pour la voir, Damien prend des précautions ridicules alors qu'elle rêve d'officialiser. C'est comique. Natalya s'amuse de mes récits, mais quand j'essaie d'en savoir plus sur sa vie aujourd'hui, elle élude. J'apprends qu'elle va bientôt repartir, mais elle ne précise pas où. Une salve de messages sur mon téléphone sonne le terme de cette escapade. L'équipe me cherche.

Nous n'avons pas touché à nos gâteaux. Un flottement entre nous deux. Nous reverrons-nous un jour ? Nous taisons nos interrogations. Je ne lui demande pas comment la joindre à l'avenir. C'est plus sûr, je me méfie de moi. Échange de sourires, puis nos regards glissent, se détournent. Talya remet son blouson et son bonnet. Dehors, la neige tombe à nouveau de façon drue. Je me souviendrai longtemps de son visage sur lequel les flocons viennent se poser et disparaître. De ses yeux aussi. Ils me disent quelque chose qui n'a rien de froid ni de gris. Ils me parlent de ses hésitations et de ses choix. Ils portent en eux une solitude infinie. Talya se rapproche de moi. Elle pose sa main sur ma nuque, m'enlace. Nous échangeons un baiser.

« Si j'avais plusieurs vies, Oscar, j'aurais aimé en passer une avec toi », murmure-t-elle.

L'image d'Aurélie s'interpose. Je serre Talya dans mes bras et je la laisse partir. Comme il se doit.

J'arrive sur le tournage dans un état second. J'analyse, à chaque pas qui fait crisser le manteau neigeux, les informations que je viens de recevoir. En moi se heurtent l'impatience, une colère qui ne s'est pas effacée, la honte de ma bêtise passée, celle du baiser que nous venons d'échanger et que j'aurais dû lui refuser, une mélancolie sourde, enfin, que je ne m'explique pas. L'équipe m'attend. Je retrouve Aurélie sous la tente. Elle se tient debout, entourée de la costumière et du chef de la photo, près d'un des chauffages à pétrole. De sa chapka qu'elle a achetée dans un magasin pour touristes et qu'elle ne quitte plus, s'échappe sa longue chevelure brune. Elle leur parle, l'air concentré. Son souffle se matérialise, sous l'effet du froid, en un fin halo blanc que coupe, par moments, la vapeur de son café. Je suis accueilli d'un « Elle va bien ? » plutôt railleur.

Quelqu'un a dû lui dire que j'étais parti avec une fille. Je ne sais pas si elle a compris qu'il s'agissait de Natalya. Je sens dans cette question un subtil avertissement. Une manière de dire : « Je te fais confiance jusqu'à preuve du contraire. »

Je réponds :

« Oui. Tout va bien. Je te raconterai… »

Pour l'instant, il faut avancer. Un rayon de soleil, pâle et mystique, perce les nuages puis s'affirme. Autour de nous, soudain, chaque élément du décor étincelle. Aurélie veut profiter de cette lumière au plus vite. Nous réglons en deux minutes une dernière interrogation scénaristique. Câblage, projecteurs, caméras, prise de son, raccord maquillage, tout le monde se met en place. Silence, ça tourne.

Quand, au bout de l'allée immaculée, je vois apparaître la silhouette de notre héroïne, j'ai un moment de vertige. Diane, l'actrice principale, porte un bonnet blanc, un blouson rouge, un jean gris et des bottines fourrées. Ce n'est pas fortuit. C'est presque la même tenue que celle de Talya. Ébahi, je me tourne vers Aurélie qui, à côté de la caméra principale, a déjà les yeux posés sur moi. Elle sourit – ça c'est pour l'équipe qui nous entoure – mais elle me scrute avec intensité, en quête d'une confirmation ou d'une infirmation dont je saisis immédiatement la nature. Elle a dû me voir partir avec Talya. Je refuse de me sentir coupable. Je soutiens son regard pyromane et lui envoie un baiser du bout des doigts. Elle se trouble puis se détourne, reportant son attention sur Diane qui avance, incarnation saisissante d'une femme que j'ai cru connaître et aimer.

Suis-je paranoïaque ? J'attends la fin de la journée avant d'ouvrir le cadeau de Talya. Lorsque j'ai enfin un moment tranquille, je m'enferme dans les toilettes qui servent pour le tournage. J'extrais de la boîte un portefeuille d'une marque de luxe. À l'intérieur, trois minuscules enveloppes contiennent chacune une clé USB de la marque Chanel. Décontenancé, j'inspecte les différentes poches à plusieurs reprises pour être sûr de n'avoir rien manqué. Non, juste ces mystérieuses clés. Natalya m'a bien précisé de ne pas les utiliser avant mon retour en France. Dans une semaine. Cela me semble interminable. À quoi joue-t-elle encore ?

Le soir venu, dans la chambre de notre hôtel, Aurélie et moi nous jaugeons silencieusement, comme deux fauves qui hésitent entre la caresse et la morsure. Je sens qu'elle est furieuse. Voir Natalya s'enrouler autour de moi n'a pas dû lui faire plaisir. Elle finit par mettre les pieds dans le plat :

« Viens, allons boire un verre en bas. Ça ne sert à rien de se tourner autour comme si on allait s'empoigner. »

Au bar, les lumières tamisées, la musique d'ascenseur et les bougies font baisser la tension. Aurélie commande une bouteille de Tsarskaya. Je ne peux voir de la vodka sans penser à mes parents. J'ai envie de me mettre la tête à l'envers. Aurélie aussi.

Je lui raconte les confidences de Talya. Sa mission, l'arrestation, les interrogatoires à New York, la prison, son retour à Moscou et surtout son enfance. Aurélie est stupéfaite. Cela fait des mois que nous travaillons ensemble sur son histoire, mais pas un instant nous n'avions imaginé sa proximité avec Poutine. Je prends soin de vider mes récits de tout contenu amoureux ou sentimental et pour une raison que je ne saurais expliquer, je ne mentionne pas non plus les clés USB. Je veux d'abord me faire une idée. Je ne sais pas si elles contiennent des photos de Talya avec moi ou des éléments qui nous trahiraient.

Nous parlons longuement, buvons beaucoup, mangeons sur le pouce des blinis de saumon, des pirojkis de légumes et des syrnikis, ces petites crêpes chaudes et nappées de miel dont Aurélie raffole. Lorsque nous remontons dans la chambre, nous sommes complètement soûls. Aurélie pose son front contre la baie vitrée. Face à nous, la Moskova de nuit, ses berges et ses ponts éclairés. D'épaisses plaques de glace se déplacent avec le fleuve. J'embrasse Aurélie dans le cou. Je ne veux pas qu'elle m'en veuille. Lorsque je baisse l'échancrure de son pull pour libérer son épaule, elle m'arrête et disparaît un instant. Quand elle revient, elle porte un col roulé, un manteau, un bonnet, une écharpe et elle est en train d'enfiler des gants. Je lui passe un doigt sur la joue et les lèvres, les seules parties accessibles de sa personne :

« Moi qui pensais te déshabiller…

— J'ai envie de sortir. C'est magnifique ce soir », répond-elle.

Nous sommes à quelques centaines de mètres de Saint-Basile. Le froid n'empêche pas les Moscovites d'aller et venir. Sur la place Rouge, le marché de Noël se déploie avec ses guitounes, ses kiosques, ses parfums de vanille et de praline. La foule se presse entre les allées décorées et les immenses sculptures lumineuses. Aurélie est particulièrement volubile, provocatrice. Je me demande qui peut lui résister quand elle décide de séduire. Elle veut tout voir, tout essayer. Nous passons sous un long tunnel de guirlandes électriques qui aboutit à la cathédrale enneigée. Ses bulbes colorés, comme saupoudrés de sucre glace, contrastent avec l'architecture classique du Kremlin et de ses remparts. La porte est ouverte. Une cérémonie a déjà commencé. Nous nous glissons à l'intérieur. Les lanternes et les bougies accentuent le caractère mystique des lieux. Nous admirons en silence les voûtes, les murs peints de fleurs, les centaines d'icônes sur fond d'or. Les fidèles achèvent de se placer. Nous restons au dernier rang, curieux, mais prêts à nous éclipser. L'office commence. Cette langue étrangère nous rend sensibles, plus facilement que des mots que nous comprendrions, à une spiritualité dont nous sommes depuis bien longtemps éloignés. Lorsque les chants s'élèvent, un frisson nous parcourt. Je prends la main d'Aurélie. Nous écoutons, saisis. L'un des choristes, que nous ne voyons pas, a une voix de toute beauté. Nous sommes conscients de vivre un moment rare. En sortant, sur les marches de l'église, nous échangeons un baiser qui a pour nous la force d'un serment.

Le lendemain, Aurélie me fait ce que j'appelle « un effet retard ». Typiquement elle : je crois que tout va bien, qu'elle est passée à autre chose, et elle remet le sujet sur le tapis. Je lui fais remarquer ce travers de sa famille. Les Vaillant ont tellement l'habitude d'intérioriser qu'elle n'arrive pas à dire les choses en première intention. Ce matin-là, alors qu'elle a apparemment le nez sur son téléphone, elle lâche, sans me regarder :

« Tu sais que nous finirons ensemble, Oscar ? Je t'ai laissé te débattre, t'interroger, prendre la température de tes envies et de tes incertitudes, mais maintenant Natalya est dans ce film et tu sais très bien qu'elle n'est pas pour toi.

— Pourquoi dis-tu cela ?

— Parce qu'elle a un combat à mener, parce qu'elle ne veut pas finir comme sa mère, à vieillir mal et doucement. Parce qu'elle préférera imploser que se conformer. Tu sais ce qui me ferait plaisir ?

— Non…

— Que nous déménagions.

— Tu n'aimes plus le cours Albert Ier ?

— C’est là que tu retrouvais Talya. C’est là que ton père retrouvait Talya. J’ai envie de changer de sujet. Et puis le quartier est sinistre… Que des bureaux, des vieux et des magasins de luxe. J’ai envie de petits commerces, de jeunes, de familles avec des chiens. J’ai repéré des annonces du côté de Bastille. On pourra visiter en rentrant. »

J’encaisse.

« Cela fait longtemps que tu as compris, pour Talya et moi ?

— Il aurait fallu être aveugle. Je ne le suis pas. De toute façon, je vous écoutais, en Grèce, quand tu l’appelais pour vous amuser tous les deux.

— Tu ne me l’as jamais dit.

— On entendait tout entre nos deux chambres.

— Tu es jalouse ?

— Je l’ai été et c’était bien que je le sois. Cela m’a donné du nerf, de la lucidité. Et puis si je n’avais pas été jalouse, je n’aurais peut-être pas pu t’aimer. »

Je ne réponds pas. Elle me fait une déclaration à sa manière, sans y toucher. Je suis cueilli. Aurélie ne me laisse pas réfléchir :

« Aujourd’hui Talya est à moi autant qu’à toi. Je l’ai pliée à notre histoire et à ma vision. Elle ne sera plus jamais autre chose pour toi, ou pour moi, que ce que nous avons créé : une fiction. J’ai trouvé le titre d’ailleurs : *Une fille de l’Est*.

— Une fille parmi tant d’autres…

— C’est ça.

— Tu as piégé W avec *Le Doute* avant de le faire enfermer. Tu emprisonnes maintenant Talya dans *Une fille de l’Est*. La tueuse, c’est toi en fait…

— Je t'avais dit de te méfier », sourit-elle en sortant une lime à ongles pour faire semblant de se polir les griffes avant, l'air appliqué, de les peindre consciencieusement en rouge.

À peine descendu de l'avion, l'impatience me saisit. Dans les couloirs de Roissy, je ne pense qu'aux trois clés USB que je fais rouler entre mes doigts dans la poche de ma parka. Aurélie me regarde d'un air bizarre. Je voudrais m'asseoir là, sur un chariot à bagages, sortir mon ordinateur et regarder ce que m'a donné Talya. Je sais qu'il faut attendre encore.

J'arrive juste à temps pour une réunion au bureau. Encore une heure d'attente et, enfin, j'introduis, fébrile, la première clé sur mon ordinateur. Un avatar féminin, blond aux yeux bleus, me salue de la main et me fait un clin d'œil. Je clique sur le seul dossier que comporte la clé. En quelques secondes, je comprends le cadeau que Talya m'a fait. Une messagerie, dans laquelle je peux naviguer librement. Sur la première clé, tous les mails de ma mère. Sur la deuxième, ceux de mon père. Sur la troisième… Sur la troisième je ne suis pas encore prêt à le dire.

Édouard à Laure

Le dimanche 8 mai 2016

Hier, pour la première fois depuis nos retrouvailles, nous nous sommes disputés et je regrette les mots que nous nous sommes dits. Je me suis heurté à ton silence. Tu voulais partir… Lorsque je t'ai arrêtée, tu as levé les yeux vers moi et l'univers a tremblé. Je sais, je sens, que tu me caches quelque chose. Cette langueur, tes absences… Elles ne te ressemblent pas.

Que crains-tu ? Tu sais bien que je ne t'ai jamais quittée. C'est toi qui as voulu mettre des points de suspension à notre histoire, des parenthèses. Je les ai toujours refermées pour te retrouver.

Il faut que tu me parles. J'aime tes mots. Ce sont eux, bien avant ta beauté – oui, je t'assure bien avant –, qui m'ont attaché à toi, moi qui venais d'un monde si éloigné du tien. Je t'ai désirée pour ta beauté, je t'ai aimée et je t'aime encore pour tes mots.

Ne redeviens pas cette enfant solitaire qui ne compte que sur elle-même et ne se fie à personne.

Ne me crois pas moins fort que je ne le suis. Ne te laisse pas détourner de moi par les idées qu'une femme peut se faire sur un homme, votre mépris sous-jacent de ce que nous sommes. Oublie nos vieux différends. Les tentations n'étaient rien. Tu ne peux pas balayer de ta défiance les années qui nous lient ni les épreuves que nous avons traversées. En dépit des gloires et des ratés, elles nous ont soudés plus qu'elles ne nous ont écartés.

J'ai été là pour toi. Et je serai là pour toi, quel que soit ton secret. J'aime tout de toi. Ta tendresse révoltée, ton exigence insatiable, tes fatigues, ta générosité. Peu de femmes peuvent, comme toi, tout donner. Depuis des années, je me réchauffe à tes rayons. J'ai pu être rustre et goujat, égoïste, un chien fou enivré par le champ des possibles, mais je n'ai, mon amour, jamais aimé que toi. Tu es, pour moi, tout ce que quelqu'un peut être. Tu es le commencement et la fin. Je ne veux plus être séparé de toi, ni de corps, ni d'esprit. Je te l'interdis. Parle-moi. Et si tu dois partir, où que tu ailles, emmène-moi.

Ma mère a-t-elle eu raison une dernière fois ? Était-ce une décision concertée ? Lui a-t-il dit « finissons-en ensemble », « je ne supporterai jamais cette vie sans toi » ? A-t-il précisé « tue-nous sans me prévenir, sans que je voie le coup arriver » ?

Je ne parviens pas à me décider sur ce qui s'est passé, si mon père a voulu partir avec elle, s'il l'a verbalisé ou si ma mère a librement pris sa lettre comme un permis de le tuer. Avec cette force qui était la sienne, Laure lui a-t-elle seulement avoué qu'elle n'en avait plus que pour quelques semaines ? A-t-elle au contraire accepté de lui parler, de lui faire confiance ? Dans ce dernier projet, l'ultime, étaient-ils deux ? Par moments, je les imagine examinant ensemble les diagnostics, les images, singeant les médecins un soir d'ivresse. À d'autres, Laure garde sa maladie pour elle, sûre de son aura, préservant à tout prix sa légende, aux yeux de l'homme de sa vie. Je repense à sa détermination, son regard intraitable. Je la devine farouche, dissimulant tout jusqu'au bout. Préparant ses antalgiques en cachette, prétendant être toujours la puissance, la folie, l'exigence, et la joie qu'elle a incarnées pour Édouard. Je la vois tenir contre vents et marées, dissimulant ses doutes, sa souffrance, désormais transcendée par une mission : éviter à Édouard, comme à elle, une fin qui ne leur ressemble pas. À moins qu'elle n'ait accepté de déposer les armes. Mon père n'était pas dupe. Il n'était pas ce mari aveugle et béat que j'ai maudit pour son aveuglement et sa béatitude. Il savait. Et lorsque mon père voulait quelque chose de ma mère, il ne renonçait pas.

Je revis en pensée l'accident. Cette fois-ci mon père ne panique pas. Cette fois-ci, ils échangent un dernier regard, pendant cette fraction de seconde où, dans son envol, la voiture leur offre une vue impensable sur le Roselend. Je me demande s'ils ont le temps de se prendre la main. S'il lui dit : « C'est maintenant ? Déjà ? » S'ils ont peur.

Je reste un long moment, à explorer leurs mails, du plus anecdotique au plus émouvant. Je tombe sur les échanges de ma mère avec Esther et ceux, passionnés – ou sentencieux –, avec son philosophe. Il a cette manière de commencer ses messages par « ma chère » ou « très chère amie », cette affectation de la vouvoyer que je trouve ridicule et datée. Je ne l'aimais pas, avec son teint pâle, un peu cireux, son phrasé alambiqué et ses cheveux trop longs. Il avait l'air malheureux au cimetière. Elle a continué à le voir même après le retour de mon père. Maman avait sans doute besoin de son adoration pour se donner des forces… Pareil pour mon père. Je découvre les gentils mails d'Agnès, ceux de Talya qui utilise pour lui certains des mots qu'elle avait pour moi. Une autre fille, aussi, lui écrit. Une certaine Cécile. À travers ces lectures, je saisis la complexité de leurs vies. Je me rends compte qu'il est impossible de connaître quelqu'un. Chaque message vient nuancer le portrait que j'ai de mes parents, en modifier les couleurs, les matières, l'aspect. Pourtant, derrière la gangue de leurs mensonges et leurs petits arrangements, je touche la pierre étincelante de leur amour.

Ce que je découvre sur la troisième clé USB ne se révèle pas tout de suite. Il me faut un certain temps pour rassembler les éléments du puzzle, mais lorsqu'il prend forme, c'est un choc d'une rare violence. Pas de messages ici, seulement l'historique des recherches Internet de ma mère sur quasiment un an. C'est comme chercher une aiguille dans une botte de foin. Imaginez le nombre d'entrées que l'on produit en une journée, alors sur des semaines et des semaines ! Il y a de tout. Des prestataires qu'elle a contactés en vue de ses funérailles. Des recherches sur la mythologie grecque pour sa série. D'autres sur les femmes battues, abusées. Des actualités de toutes sortes. D'autres encore sur les machines à laver le linge. Il y a également des vêtements, des commandes de thé ou de nourriture, des achats de livres, de films ou de disques. Des documentaires en libre accès, des podcasts littéraires et philosophiques. Des liens qui concernent mon père aussi, grâce auxquels je me rends compte que, malgré ses dénégations et bien avant leurs retrouvailles, elle continuait à se renseigner sur lui, ou simplement à regarder des photos d'eux ensemble. Beaucoup de forums. Principalement de santé. Des vidéos de gym. De la lingerie. De la décoration. Wikipédia sous toutes ses formes. Le dictionnaire des synonymes en ligne. Des sites serbes auxquels je ne comprends rien, mais en faisant une simple traduction sur Google, ils ne semblent pas constituer une piste sérieuse.

Il me faut plusieurs jours pour trouver une méthode d'exploration rationnelle. L'informaticien du bureau me vient en aide et parvient à archiver ces données pour me permettre de faire des recherches par mots-clés. En entrant le mot « suicide », je tombe sur une multitude de sites de cliniques en Suisse et autant de témoignages de personnes dont les proches ont utilisé ce genre de « service ». J'arrive aussi sur des blogs qui expliquent avec un luxe de détails effrayant les manières d'en finir sans assistance et de façon « la moins salissante possible ». J'en suis horrifié.

C'est Damien qui trouvera la solution. Alors qu'un soir, je le retrouve pour dîner, j'évoque avec lui mes vaines investigations. Pris d'une intuition soudaine, il me demande si j'ai tapé « freins » dans le moteur de recherche. « Freins ». Tout simplement. Je n'y avais pas pensé. C'est le fil qui me manquait. Les occurrences sont très nombreuses. Je finis par débusquer une conversation que ma mère a eue sur un forum. Une très longue conversation. Elle s'est liée d'amitié avec un concessionnaire belge qui a inventé un drôle de concept : le café garage. « À la fois bureau partagé, lieu de convivialité, atelier de réparation de voiture et espace de vente. » Elle l'a interrogé à de nombreuses reprises. Elle prétendait que c'était pour un scénario. Au fil de leurs échanges, ses motivations deviennent claires. Comment saboter une voiture. Comment faire disjoncter le système de freinage à une certaine vitesse. Comment désactiver l'ABS. Elle prétend que son personnage trame un crime quand elle prépare sa mort. Amusé par ses questions, pris au jeu, le garagiste lui a tourné une vidéo. Une sorte de tuto, d'une clarté imparable. Même un enfant de dix ans aurait pu y arriver avec de telles explications. Elle avait tout prévu pour qu'il n'y ait pas de retour possible.

Ma mère a décidé de mourir. Elle a décidé de le tuer. C'est écrit. Noir sur blanc. Dans mon bureau, je sors la dernière bouteille de whisky japonais de mon père. Celui qu'il m'avait fait goûter à Courchevel. Je m'en sers un verre entier. J'ai encore en tête ses plaisanteries, sa mine satisfaite à chaque gorgée. Comment a-t-elle pu ?

La brûlure de l'alcool n'a pas changé. Je reconstitue la conversation de mes parents en copiant leurs messages sur un seul document que je glisse dans mon sac. J'ai beau chercher, je ne vois pas comment justifier l'acte de ma mère. Il teinte tout d'une couleur sale. J'aimais tellement la croire infaillible…

Vers treize heures, je pars. Je traverse Paris. Du 16e jusqu'à la butte Bergeyre. J'ai besoin de régler mes comptes avec ceux qui ne sont plus là. En voyant apparaître, en haut de la rue Georges Lardennois, la proue sur pilotis de la maison cube, je sens ma gorge se nouer. Je ne suis plus entré chez eux depuis leur enterrement. J'y étais retourné en quête de réponses, déjà, sans rien trouver qui puisse m'apaiser. Demain les lieux seront vidés puis les travaux commenceront pour accueillir, dans quelques semaines, le premier artiste de la résidence Branković-Vian. Nous avons obtenu le permis de construire pour créer un espace vitré sous la pièce principale, entre les pilotis, où sera installé l'atelier. Le comité de sélection a recueilli les premières candidatures. Présidé par Jaume Plensa, composé d'une dizaine de personnalités, il permettra à un jeune talent d'y vivre gracieusement pendant un an. En échange, le pensionnaire devra réaliser au moins deux œuvres dont une sera léguée à la fondation.

Je pousse la barrière du jardin qui grince exactement comme avant, gravis les quelques marches qui me séparent de la porte d'entrée. Je suis accueilli par un silence qui me fait venir les larmes aux yeux. Sur les patères, leurs manteaux, leurs écharpes. Rien n'a changé. Je revois tout. Leurs sourires, leurs excès, leur tendresse. La manière si particulière dont mon père prononçait mon prénom. La caresse que ma mère posait sur mes cheveux lorsqu'elle me disait bonjour… Je remonte le chauffage et garde mon blouson. Errant dans les différentes pièces, je prends un à un ces objets qu'ils ont touchés. Dans leur chambre, sur sa table de nuit, une paire de lunettes de mon père. Je me rappelle son air rieur, lorsqu'il les baissait pour me regarder. J'ai déjà sa montre au poignet, que j'ai fait réparer après l'accident. De l'autre côté, les livres que lisait ma mère, deux bagues et, sur le petit fauteuil près de la fenêtre, le kimono de soie qu'elle aimait porter le soir avant de se coucher. Je m'allonge sur leur lit un moment. Ce qui me fait le plus mal, ce sont les parfums que j'y respire. Altérés, certes, mais si liés à eux. Ces dernières traces de leur présence, je ne les retrouverai plus. J'aimerais les fixer, les mettre en flacon. J'ai eu la même angoisse au lendemain de leur mort, lorsque je cherchais le moyen de sauvegarder leurs messages vocaux. J'avais absolument besoin de conserver leur voix.

Les yeux fixés au plafond, j'y regarde défiler mes souvenirs un long moment avant de retourner dans le salon. Il fait meilleur à présent. Je retire mon blouson et, assis à leur place, je contemple la lumière changer en buvant leur thé favori, un mélange de gingembre, de cardamome et d'épices indiennes. Je trouve enfin le courage de m'atteler à la tâche.

Au téléphone, Aurélie propose de m'aider, mais je préfère rester seul. De toute façon les déménageurs feront l'essentiel et me déposeront ce que je souhaite conserver. Le reste ira au garde-meubles. Les cartons ont été déposés il y a quelques jours. Je commence par le plus intime. Je ne veux pas que des inconnus touchent leurs vêtements. Combien de fois ai-je fait ces gestes pour eux ? Je garde les pulls de mon père. Ils sont un peu grands pour moi, mais qu'importe. Les bijoux de ma mère m'émeuvent aussi. Je les rassemble dans une valise. Je vois peu de choses à jeter. Les placards de la salle de bains sont presque vides. Impeccables. L'armoire à pharmacie également. Viennent ensuite les papiers. Ils sont rangés dans un long meuble bas, sous le tableau qu'elle aimait tant et que j'emporte. Je mets un moment à dénicher la clé. À l'intérieur, je trouve des dossiers en carton dûment étiquetés.

Elle a déjà fait le tri. Je les mets directement dans les boîtes prévues à cet effet. Factures d'électricité, contrats, comptes en banque, coupures de presse, associations : tout est précisément archivé. L'un des dossiers m'arrête. Il est intitulé Léo Laventi. Pourquoi ce nom ? Je pourrais le mettre avec les autres, mais un instinct m'en empêche. Léo Laventi… Je l'ouvre et trouve une enveloppe blanche, scellée à la cire d'une tête de lion. Mon cœur s'accélère lorsqu'en la retournant, je lis de l'écriture de mon père : « Pour Oscar. Tu comprendras. » Rien de plus. À l'intérieur, des dossiers médicaux. Les analyses ont été faites dans une clinique que je ne connais pas, il y a presque cinq ans. Assis par terre, j'étale la dizaine de chemises qu'elle contient et je commence à lire. Prises de sang, radios, scanner, c'est un check-up complet. Un check-up qui, déjà, n'était pas bon. Je suis décontenancé. Ma mère savait donc depuis plus longtemps que je ne l'imaginais. Je découvre qu'une multitude de traitements ont été tentés. Les comptes rendus sont très techniques. Il faudrait les soumettre à un médecin. J'essaie d'appeler les bureaux des praticiens qui ont mené ces investigations, mais il est déjà tard. Les standards sont fermés. Ces diagnostics cryptés, ces résultats inintelligibles et leurs espoirs déçus me découragent. Je m'apprête à refermer la chemise cartonnée quand, sur l'un des rapports, la taille et le poids me sautent aux yeux : un mètre quatre-vingt-cinq, quatre-vingt-seize kilos. Fébrile, je parcours à nouveau tous les documents, en quête d'une confirmation qui vient sous la forme d'une date de naissance à laquelle je n'avais pas prêté attention. Dans un éclair de lucidité, je comprends ce que je tiens entre les mains, et ce que mon père nous a caché.

Mon père a été le plus fort d'entre nous. Le plus dissimulateur aussi. Je ne sais où il a trouvé les ressources nécessaires à son mensonge. Ni les raisons pour lesquelles, l'un comme l'autre, ils ont refusé de parler. Je repense à la scène qu'il m'avait faite au Flore. À sa violence pour me faire céder. Il voulait me forcer à trahir le secret de ma mère pour mieux garder le sien. Je me souviens de sa rage, de la mienne. L'idée de cette fin avait-elle déjà germé en lui ? Je pensais que ma mère l'avait imaginée seule, mais je me demande à présent s'il ne la lui a pas soufflée. Ils ont réalisé un dernier film, à deux. Une dernière mystification, à deux.

Mon père a fait preuve d'un courage inouï. Lui qui s'affolait pour une grippe a, une fois la maladie installée, su l'affronter. Ses dizaines de répétitions inutiles lui ont finalement permis d'être résolu une fois le danger avéré. Comme s'il avait besoin d'un ennemi clairement identifié pour se révéler. Je comprends mieux, maintenant, son attitude dans l'affaire *Goliath* et, plus encore, ses réactions lors de notre expédition en montagne. Espérait-il mourir là-haut, avec moi ?

Je réinterprète tout. D'un bout à l'autre de cette histoire, je n'ai rien vu. Je me demande si, au fond, ce n'est pas lui qui m'a poussé dans les bras de Talya, s'il n'espérait pas faire d'une pierre deux coups : me consoler et se libérer d'elle. C'est lui aussi qui a deviné, bien avant moi, la place qu'Aurélie prendrait dans nos vies. La manière dont ma mère l'aimerait avant que je ne l'aime aussi. C'est lui qui a organisé leur voyage, les adieux à Christian, les étapes qui les mèneraient au Roselend. Je relis, sur l'enveloppe, les quelques mots qu'il a tracés : « Pour Oscar. Tu comprendras. » Jusqu'au bout, mes parents ont suivi une course commune. Jusqu'au bout, ils m'ont fait tourner dans la ronde folle de leurs jeux, de leurs rôles, de leurs mises en scène.

Assis près des baies vitrées, entouré de piles de papiers, je reconstruis, pour la millième fois, l'histoire de mes parents. Peu à peu, leur parcours s'éclaircit. Je contemple avec mélancolie la symétrie de leurs destinées. La simultanéité du mal qui les a frappés aussi. Je ne soupçonnais pas, moi leur enfant, à quel point ils étaient inextricablement liés. Un rayon m'aveugle. Dehors le soleil se couche dans un rougeoiement théâtral. Je m'allonge sur le canapé et je le regarde disparaître entre les toits de Paris. Perdu dans mes pensées, je laisse les heures s'égrener comme autant de prières. Lorsque je me réveille, la tour Eiffel ne scintille plus. Il est minuit passé.

Nous descendons de la berline sombre au milieu de la foule et des cris. Le festival de Cannes dans toute sa frénésie. Les acteurs, accompagnés de Mercedes et de notre producteur américain, émergent de deux autres voitures, elles aussi aux couleurs des sponsors officiels. Quelques mots, des mains serrées et des signatures d'autographes pour les fans au premier rang des barrières métalliques. *Une fille de l'Est* est projeté en compétition. Musique officielle de la quinzaine. Le ruissellement des notes d'*Aquarium* résonne tandis que le journaliste en charge de la présentation des invités égrène nos noms et nos parcours avant de présenter le film. Sous nos pieds la rugosité du béton fait place au moelleux du tapis rouge.

Aurélie porte une longue robe de soie verte très décolletée. Un nœud d'émeraudes et de diamants, prêté pour l'occasion, scintille autour de son cou. Elle a son grand sourire, celui de ses conquêtes, et s'offre aux photographes, tous en smoking, qui clament son nom et le mien. Je reconnais certains d'entre eux, les vieux de la vieille qui suivaient déjà mes parents. Un plus jeune qui était à leur enterrement. Aurélie ! Oscar ! Nous répondons : salutations, clins d'œil, pouces levés ou baisers. À leur demande, Aurélie fait des allers-retours sur le tapis rouge seule, puis avec moi. Ses longues boucles moirées se soulèvent dans le vent du soir. À la différence des actrices, Aurélie ne pose pas, elle se donne. Sans retenue ni affectation. Je ne sens chez elle aucune nervosité. Je suis toujours étonné par son calme dans ces moments-là. Elle se glisse à mes côtés avec une confiance, une densité, que je perçois dès qu'elle s'approche de moi. Je la tiens d'un bras solide. Lorsqu'elle porte des talons hauts, nous avons presque la même taille. À la faveur de nos mouvements, ses cheveux m'effleurent par vagues, comme son parfum. Le crépitement des appareils photo reprend de plus belle. Un feu d'artifice. J'ai le sourire qui tremble. Oscar ! Aurélie ! J'essaie de ne pas fermer les yeux. Par ici ! À droite ! À moi, maintenant ! La gauche, la gauche ! Le reste de l'équipe nous rejoint. Nous sommes survoltés. Nous faisons les pitres. Les injonctions s'apaisent.

Nous pouvons désormais monter les marches. À l'entrée de l'auditorium, le président et le délégué général du Festival nous attendent. J'ai le sentiment d'être en apesanteur. Je vole un baiser à Aurélie qui m'en demande un second. J'ai envie de graver ce moment dans nos mémoires. Avant d'entrer dans la salle, nous nous retournons brièvement pour contempler ensemble l'escalier, les affiches, la foule, la ville, la plage, les palmiers, la baie, les bateaux et le ciel en tenue de soirée. Dans la poche de ma veste, j'ai glissé une photo : celle de mon père et de ma mère sur ces mêmes marches, à leur premier festival de Cannes. Je regarde Aurélie. Sa force. Son éclat. C'est maintenant que commence notre histoire. Nos jours heureux.

REMERCIEMENTS

MERCI à …

Christophe Bataille de m'avoir attendue sur le chemin de ce roman quand le monde entier semblait vouloir m'en détourner.

Ma mère chez qui j'ai puisé la joie de vivre, la liberté et le sens de la fête des femmes de ce roman.

Mon père dont l'optimisme et la capacité à se réinventer sont un exemple permanent.

Micky, mon espiègle et subversive grand-mère.

Hadrien de Clermont-Tonnerre pour les projets que nous avons à construire.

Marieke Liebaert, mon amie, pour son esprit et sa générosité.

Laure, à qui je dois tant et pas seulement le prénom de mon héroïne.

François Pinault pour la chance qu'il m'a donnée, pour son aide dans les moments incertains et les conversations toujours drôles et éclairantes dont il a le secret.

Maryvonne Pinault pour sa bienveillance et son soutien.

Susanna Lea, la meilleure des agents secrets.

Olivier Nora qui m'a accordé le temps que je n'avais pas sans un froncement de sourcils.

Élodie Deglaire, parce que personne ne saurait accompagner comme elle les premiers pas de mes personnages dans le monde.

Roland Georges, guide de montagne à Courchevel, avec qui j'ai eu le sentiment de faire une grande promenade en altitude.

Christian Carion qui m'a inspiré le film « Goliath ».

Jaume Plensa, dont j'admire l'œuvre sans l'avoir jamais rencontré.

Merci, enfin, à vous, chers lecteurs et libraires, de faire exister les livres malgré les vents contraires.

DE LA MÊME AUTRICE :

FOURRURE, *roman*, Stock, 2010.
LE DERNIER DES NÔTRES, *roman*, Grasset, 2016.

PAPIER À BASE DE FIBRES CERTIFIÉES

Le Livre de Poche s'engage pour l'environnement en réduisant l'empreinte carbone de ses livres. Celle de cet exemplaire est de :
350 g éq. CO_2
Rendez-vous sur www.livredepoche-durable.fr

Composition réalisée par NORD COMPO

Achevé d'imprimer en France par
CPI BRODARD & TAUPIN (72200 La Flèche)
en avril 2022
N° d'impression : 3047586
Dépôt légal 1re publication : mai 2022
LIBRAIRIE GÉNÉRALE FRANÇAISE
21, rue du Montparnasse – 75298 Paris Cedex 06

79/8852/9